断罪された悪役令嬢は、逆行して完璧な悪女を目指す

楢山幕府

TOブックス

目次

第一章　断罪された悪役令嬢は、逆行して完璧な悪女を目指す

イラスト えびすし

デザイン Veia

第一章

断罪された悪役令嬢は、逆行して完璧な悪女を目指す

悪役令嬢は断罪され、娼館へ行き着く

無知な公爵令嬢には驕《おご》りがあった。

だから王城で開催された学園の卒業パーティーに、一人でも胸を張って入場できた。

しかし王太子殿下を見つけた瞬間、ただでさえキツい目尻がつり上がる。

「わたくしは殿下の婚約者ですのよ！　どうしてエスコートしてくださらないの！」

恥《はじ》をかかされたと、殿下へヒステリックに詰め寄る。

そこで殿下の肩越しに異母妹《いもうと》であるフェルミナの姿を認め、ギリッと奥歯を鳴らした。

（どこまでも邪魔な子！）

クラウディアは、この半分だけ血の繋がった平民出身の異母妹が大嫌いだった。

目が合うなり怯《おび》える姿にイライラさせられる。

冷ややかな態度を崩さない殿下も気に入らない。

「婚約者ではない。婚約者候補だ」

「どちらも同じですわ！」

このときまで、血統に裏付けられた自分の身分は揺らがないと、クラウディアは信じ切っていた。

生家《せいか》のリンジー公爵家は、ハーランド王国の建国から歴史に名を刻む、言わずと知れた名家だ。

過去には王族も降嫁《こうか》している。

国の第一王子であるシルヴェスターとは、はとこの間柄。

他の婚約者候補の爵位《しゃくい》が公爵家より劣《おと》っているのを鑑《かんが》みれば、婚約者は自分に決まっている。

クラウディアがそう言い募ろうとしたとき、パーティーの主役であり、卒業生となる兄のヴァージルが異母妹を庇《かば》うようにして前へ出てきた。

「同じじゃない。それにもうお前は婚約者候補ですらなくなった。父上が、公爵家からお前の籍《せき》を抜き、修道院へ送ると決められたからな」

兄の口から出た言葉の意味を、すぐには理解できなかった。

瞳《ひとみ》を大きく揺らし、ありえないと掠《かす》れた声で呟《つぶや》く。

(修道院？　わたくしが？　公爵令嬢で、殿下の婚約者であるわたくしが？)

瞠目《どうもく》するクラウディアを見下ろし、ヴァージルは吐き捨てるように続ける。

「お前がフェルミナを過度に虐《しいた》げていたことは調べがついている。見損なったぞ。半分とはいえ血を分けた妹に、よくここまで非道をおこなえたものだ」

その言葉に、殿下の隣にいた騎士団長令息も端整《たんせい》な顔を歪《ゆが》ませた。

彼も事情を知っているらしく、一緒になってクラウディアを責める。

「果ては悪漢《あっかん》に襲わせようとするなんて……公爵令嬢として、あなたは何を学んできたんですか！」

(なに、どうなっているの……？)

状況に頭が追いつかない。

同い年の異母妹を虐げてきたのは事実だ。

愛人の子である立場をわからせるため、悪漢に襲わせようとしたのも。

けれどなぜ、このきらびやかな場で、自分が責められなくてはいけないのか。

大広間の天井ではシャンデリアが輝き、オーケストラの生演奏が風にのって聞こえてくる。

卒業生のため、送り出す側の在校生も等しく着飾り、パーティーに花を添えていた。

クラウディアも兄を祝おうと、宝石をふんだんにあしらったドレスを着てきたというのに。

「もう、やめてください！」

遂には嫌悪してやまない異母妹まで声を上げる。

兄の背に隠れていた彼女は、何を思ったのかピンクブラウンの髪を揺らし、その姿をクラウディアへ見せ付けた。小動物を連想させる愛くるしい少女。

妖艶《ようえん》な黒髪を持つクラウディアとは正反対に、明るい色で彩られた異母妹は、目に涙を浮かべている。

そしてクラウディアへ近付くと、まるで勇気付けるように肩を抱いた。

突然のことに、体が強張る。

「お姉様だって、話せばわかってくださります。みんな責め立てないで！」

「フェルミナ、お前の優しさはクラウディアのためにならない」

「でもお兄様……！」

自分の主張が通らないとわかり、可憐《かれん》な少女は悲しげに顔を伏《ふ》せる。

その際、笑いを堪《た》える口元を見たのは、クラウディアだけだった。

「あなたっ」

「お姉様、あたしは信じています！　修道院に入れば、必ず改心してくださるって！」

肩から手を放し、クラウディアと向き合うフェルミナ。

かけられる声はどこまでも同情的で、周囲はフェルミナの優しさに感動した。

しかし、クラウディアの目に映ったのは。

愉悦《ゆえつ》に頬《ほお》を染める、フェルミナの凶悪な表情だった。

異母妹の隠された一面を目の当たりにし、ショックで言葉が出てこない。

そんなクラウディアを嘲るように、フェルミナは目で弧《こ》を描き、ぷっくりとした愛らしい唇を音もなく動かした。

——いい気味、と。


クラウディアを不運が襲ったのは、修道院へ馬車で送られているときだった。

野盗が現れたのだ。

狙いは彼女に定められ、そのまま貴族も利用する娼館へと売り飛ばされた。

不幸中の幸いは、先輩娼婦たちに可愛がられたことだろうか。

手つかずで売られたこともあり、元公爵令嬢であるクラウディアの「はじめて」は、過去最高額で買われた。

それでも屈辱《くつじょく》と喪失感《そうしつかん》が消えることはなく、涙を流すクラウディアを慰《なぐさ》めてくれたのが、先輩娼婦たちだったのだ。

公爵家にいた頃は誰にも優しくされず、泣くときはいつも一人だった。

最初こそ、商売女に何がわかるのかと拒絶していたけれど、先輩娼婦たちの懐《ふところ》の深さを知れば、心を開くまでに時間はかからなかった。

中でも元伯爵令嬢だった経験を生かして男心を巧《たく》みに操るヘレンに、クラウディアはよく懐《なつ》いた。

「バカな子。まんまと罠《わな》にはめられて娼館送りにされるなんて」

「ヘレンは、わたくしの話を信じてくださるの？」

「だってディーは、体が大きいだけの小さな子どもだもの。相手の裏をかく行動なんてできないでしょ」

単純な性格を言い当てられて、カッと頬が熱くなる。

しかし事実だったので、反射的に口を開いたものの言い返せない。

そんなクラウディアの頭を、ヘレンが優しく撫でる。

「フェルミナ……異母妹だっけ？　ディーが罪を重ねるよう、彼女の手の平で上手く転がされたのね。物語でいうところの悪役令嬢に仕立て上げられたのよ」

フェルミナを陥《おとしい》れるためにクラウディアが取った手段は、ことごとく悪手《あくしゅ》だった。

ヘレンは、それがフェルミナの企みだったという。

思い返せば、いつも計画を立てるときは誰かと一緒だった。

断罪の決定打となった、暴漢にフェルミナを襲わせる案も、取り巻きだった貴族派の女子生徒から持ちかけられたものだ。

しかし罪に問われたのはクラウディアだけだった。

もしかしたら女子生徒は、フェルミナと通じていたのかもしれない。

(今となっては貴族の派閥《はばつ》も他人事だけど、当時は王族派と貴族派で対立していたのよね)

リンジー公爵家は中立を保っていたものの、フェルミナは貴族派から人気が高かった。

「か弱い女を演じるのは、わたしたちも使う手よ。ディーも周囲も、まんまと騙《だま》されたってわけ。中々の悪女ね」

「悪女……」

「しかもディーに替わって、殿下の婚約者におさまるなんてね」

クラウディアが身を置く娼館は、貴族が利用するだけあって情報の宝庫だった。

最近では、異母妹だったフェルミナが王太子妃になるのも秒読みだと、もっぱらの噂《うわさ》だ。

自分が娼館に行き着いたのもフェルミナの画策《かくさく》だったのでは、と考えた矢先だったのもあり、深い溜息が出る。

「あの性悪《しょうわる》女が、王太子妃になるだなんて信じられないわ」

「案外そういう子のほうが向いてるのよ」

むしろ簡単に騙されるような子を妃《きさき》にはできないでしょ、とヘレンは笑い飛ばす。

確かに自分は、無知で愚《おろ》かだった。

学園生活を思いだすたび、クラウディアは過去の自分を殴りたくなった。

このあと、先輩娼婦たちの手ほどきを受けたクラウディアは、飛ぶ鳥を落とす勢いで高級娼婦の仲間入りを果たし、娼館のナンバーワンにまで上り詰める。

けれど就寝前には、決まって自分を嘲笑《ちょうしょう》するフェルミナの凶悪な顔が浮かんだ。

今では隣国、バーリ王国の上級貴族にまで、身請《みう》けを申し出られているというのに。

娼婦として最高級の生活をするようになっても、心の奥は鬱屈したままだった。

それをヘレンに指摘される。

「今日は降臨祭《こうりんさい》だっていうのに、辛気《しんき》くさい顔ね」

「病人に言われたくないわ」

仕事柄、病と縁《えん》は切り離せない。

すっかり痩せ細ったヘレンの姿に、胸が痛むのを憎まれ口で隠す。

薄暗い部屋がより切なさを加速させた。

「お見舞いに来ておきながら、それが先輩であるお姉様に対する態度?」

ベッドから顔を覗《のぞ》き込んでくるヘレンに、クラウディアは苦笑を返すしかない。

自分の心情とは裏腹《うらはら》に、朝から街は大賑わいだ。

唯一ある窓から通りを見下ろせば、出店やカラフルな垂れ幕が目に入り、楽団による演奏が聞こえてくる。

ヘレンも同様に視線を向け、口を開いた。

「信仰に関係なく、お祭りは平民にとって数少ない娯楽の一つよ。このために生きてる人だっているんだから」

「わたくしは楽しめそうにないわ」

祭りは、国民の息抜きの場であり、為政者にとってはガス抜きの手段でもある。

娼館にきてからというもの、クラウディアはたくさんのことを学んだ。

男心をくすぐる手管《てくだ》はもちろん、今では政治の話でも客と盛り上がれる。

降臨祭は、きまぐれな神の降臨によってもたらされる繁栄を願う祭りだ。

神はきまぐれであるがゆえに、いかなるときも信心しろというのがこの国の教えで、降臨祭では国民が一丸《いちがん》となって神に祈りを捧げる。

「ディーが楽しめないのは、王太子夫妻が第一子をお披露目《ひろめ》するからでしょう?」

「わかっているなら訊《き》かないで」

フェルミナは王太子妃になり、昨年第一子となる男児を産んだ。

今年の降臨祭では、お披露目のパレードがおこなわれる。

(どこまでわたくしを惨《みじ》めにすれば気が済むのかしら)

彼女との関係は、もう過去のものだと頭ではわかっている。

どれだけ娼館でもてはやされても、自分は商売女にすぎず、かつての家族は今や遠い世界の住人だと。

「仕方ないわね。きまぐれな神様に、わたしがディーのことを祈ってあげるわ」

「どう祈るっていうの」

「ディーが笑顔になれるようによ」

ぱちりとウィンクするヘレンは、頬がこけていても女性としての美しさを失っていなかった。

改めて見れば、窓から降り注ぐ日差しがヘレンを温かく包み、まるで降臨祭に合わせて彼女を祝福しているようだ。

思わず見惚《みと》れてしまい、クラウディアはこの人には敵《かな》わないわ、と笑う。

「あなたがいれば、祈るまでもないわ」

「っ……すっかり人を喜ばせるのが得意になっちゃって」

「売上げ一位をなめないでくださる？」

きまぐれな神様がいるなら、クラウディアこそ祈りたい。

代わりにわたくしが楽しませますから、彼女に穏やかな余生をお与えください、と。

（どうか、この素敵な先輩を連れていかないで）

——国が祝賀に沸いた三日後、ヘレンはクラウディアが見守る中、静かに息を引き取った。

悪役令嬢は逆行する

「やっぱり神様なんていないのよ」

「クラウディア様、心痛お察ししますが、公爵令嬢ともあろう方が不信心なことを言ってはいけません」

（うるさいわねっ、どうせ「元」公爵令嬢よ！）

昔の話を持ち出され、声のしたほうをキッと睨みつける。

そこに懐かしい顔を見たクラウディアは、愕然《がくぜん》とした。

「どうして……あなたがいるの」

「明日は朝が早いというのに、クラウディア様が寝付いてくれないと、お付きの侍女に泣きつかれたからです」

灰色の髪をきっちりまとめた侍女長の姿は記憶にある通りだが、もう十年以上会っていない。

にもかかわらず、一切老けていないのはどういうことだろうか。

（え、どこの商会の化粧品？　って、そうじゃなくて）

「あなた、お父様が愛人を連れてきたときに、クビにされたじゃない」

窓辺に立つクラウディアを能面顔《のうめんがお》でベッドへ促《うなが》していた侍女長は、そこではじめて表情を険《けわ》しくした。

「誰からお聞きになったのか存じませんが、そのような事実はありません。それに連れ合いを亡くしたあと、一年は喪《も》に服するのが貴族の慣習です」

（そう、だからお父様は、お母様の葬儀《そうぎ》からきっちり一年後に、愛人とフェルミナを屋敷に連れてくるのよ）

当時は、愛人だけじゃなく、同い年の妹を作っていた父親を心底軽蔑《けいべつ》した。

こともあろうに父親は、クラウディアや兄のヴァージルには向けなかった愛情を、愛人とフェルミナには惜《お》しげもなく注いでいたのだ。

思いだしただけでも腹が立つ。

「さぁ、明日は弔問客《ちょうもんきゃく》がたくさんおいでになります。お辛《つら》いでしょうが、クラウディア様もヴァージル様と一緒に出迎えねばなりませんよ」

そこでようやくクラウディアは、自分が侍女長を見上げていることに気付いた。

彼女が屋敷を辞するときには、背が追いついていたはずなのに。

信じられない気持ちを抱え、言われるままにクラウディアはベッドに入る。

「ねぇ、マーサ……わたくし、何歳だったかしら？」

訝《いぶか》しげな表情を作りながらも、侍女長のマーサは断言する。

「十四歳でございます」

「……お母様は亡くなったのね」

「流行《はや》り病《やまい》でございました。ホットミルクをお持ちしますか？」

「いいえ、一人にしてちょうだい。明日は、ちゃんと起きるから」

頭を下げ、部屋を出るマーサを見送る。

ベッドから見える景色は、間違いなく公爵家の自室のものだ。

（どういうこと？　わたくしはヘレンのお葬式に出て――）

雨の中、墓石にすがりついて泣いた。

（それから体調を崩して……あぁ、そうだわ）

ちょうど体が弱っているときに、病気になった。

いわゆる娼婦がかかるものではなかったけれど、接客業であるため、流行り病には晒《さら》されやすい。

（わたくし、お母様と同じ病で死んだのね）

最期《さいご》は誰にも看取《みと》られず一人だった。

病がうつることを危惧《きぐ》したクラウディアが、人を寄せ付けなかったからだ。

十四歳の頃亡くなった母親と同じように。

（お母様も一人で旅立たれたのだわ。どれほど心細かったことかしら）

少なくとも、クラウディアはとても寂しかった。

高級な家具も、きらびやかな宝石も、彼女の心を一切慰めてはくれなかったから。

（きまぐれな神様はいたっていうこと？）

なぜ死んで、十四歳に戻っているのか。

（どうせならお母様が生きている頃に戻してほしかったわ。前のわたくしは、お母様が大嫌いだったけど）

母親は、とにかく厳しくクラウディアを躾《しつ》けた。

侍女長のマーサも同様で、幼いクラウディアは二人から嫌われていると信じて疑わなかった。

実際は逆だったのだと、今ならわかる。

愛の反対は、無関心。

本当に嫌われていたら、教育も家庭教師に丸投げして関わらなかったはずだ。

母親はクラウディアが他の令嬢から侮《あなど》られないよう、完璧を求めただけだった。

父親の愛人と異母妹に、足を引っ張られないように。

（マーサの反応を見る限り、きっとお母様も愛人の存在は知っていたのね）

男性貴族が愛人を持つことは珍《めずら》しくない。

女性が一人で生きていくには厳しい社会で、余裕のある男性が愛人という形で後見人になるのはステータスだからだ。この場合、女性は夫を亡くして生活に困っている未亡人が多い。

クラウディアの父親は単に恋愛に耽《ふけ》った結果なので、これに当てはまらないが。

マナーや教養は、女の武器になる。

母親とマーサは、それを教えようとしてくれていただけなのだ。

ヘレンをはじめとした先輩娼婦たちのように。

（お母様、今度こそわたくしは間違えません。お母様の愛に応え、やり直してみせます）

目を閉じ、胸の上で手を組む。

（この年、まだヘレンは娼館で働いていないはず。何としてでも、娼館行きは阻止するのよ。そしてフェルミナ……彼女のいいようにはさせないわ）

未だ病床で、都合の良い夢を見ているだけかもしれないと思いながらも決意する。

無知で愚かだった幼いクラウディアはもういない。

ここにいるのは、娼館で人生経験を積んだ大人のクラウディアだ。

しかし体と精神は別で、癇癪《かんしゃく》を起こしていた子どものクラウディアは、気持ちが落ち着くなりすぐに寝入った。

翌朝。

公爵家当主の父親が弔問客と挨拶を交わす隣で、喪服に身を包んだクラウディアは、兄のヴァージルと並んで目礼する。

記憶より若い父親と、青年になりきれていないヴァージルを見たときは、思わず笑いそうになった。

もちろん顔には出さなかったけれど。

弔問客を迎える合間に、隣に立つ兄を盗み見る。

(わたくしもお兄様も、これからの一年で急に背が伸びるのよね)

体付きも大人になるが、クラウディアの身長はそこで止まる。

断罪がおこなわれた卒業パーティーでは、兄とは二十センチほど差がついていた。

見下ろしながら睨まれ、胃が縮んだのを思いだす。

(あのときは気圧されたけど、少年時代のお兄様は可愛らしいわ)

クラウディアも、ヴァージルも、公爵から闇のような黒髪と青い瞳を受け継いでいた。けれどキツい目元や美しい顔立ちは、揃って母親似だった。

誰もが見惚れる貴公子となるヴァージルだが、今の姿には母性本能がくすぐられる。

(前はお兄様のようなサラサラした髪質に憧れたけど、お母様と同じだと思うと、クセで波打つ髪も悪くないわね)

軽蔑する父親との類似点は、少ないほうが良い。

（お父様の気持ちも、わからないではないけど……）

母親は礼儀《れいぎ》にうるさく、気が強い人だった。

未だ屋敷に緊張感を残すほどに。

息苦しさを覚えた父親が、外で愛人を作ったとしても仕方ないのかもしれない。

実際、娼館ではそういう客も多かった。彼らは愛人を作らない代わりに、娼婦に癒《い》やしを求めた。

（でもわたくしやお兄様を放って、フェルミナだけを愛したのは納得いかないわ）

母親似の顔が気に入らなかったのかもしれないが、血を分けた子どもなのには変わりない。

外へ逃げられる大人とは違い、子どもは窮屈《きゅうくつ》な屋敷で過ごすしかなかったというのに。

母親への不満があるとすれば、子ども相手にも容赦《ようしゃ》がなかったことだ。

（飴《あめ》と鞭《むち》の「飴」がなかったのよね。お母様と乳姉妹《ちきょうだい》のマーサは、お母様の言いなりだし）

そこはバランスを考えて、マーサが飴役になるべきだろうと思わずにはいられない。

公爵家の侍女長を務めるマーサは、元は母親が実家から連れてきた侍女だった。

（だから愛人が来るなりクビにされるのよ）

父親にとって、母親が遺したものに未練《みれん》はないのだ。

前は口うるさい人間がいなくなって喜んだけれど、今は間違いのような気がしてならなかった。

（まずはマーサを屋敷に引き留めましょう。彼女が有用だとわかれば、お父様もクビにはしないわよね？）

クラウディアが懐けば、マーサはきっと味方になってくれる。

昔からマーサは母親を崇拝《すうはい》しているような節があった。

愛人のこともよく思っていないはずだ。

（ヘレンを助けるためにも、地盤《じばん》を固めるのよ）

母親を亡くした悲しみを顔に湛えながら、クラウディアは小さな手で拳を作った。


葬儀が終わると、墓石の前には家族だけが残る。

早々に帰ろうとする父親に心が冷めるのを感じながら、クラウディアは母親の墓石にすがりついて泣いた。

時間が巻き戻る前、ヘレンの墓石にしたように。

いや、そのとき以上に大声で泣き叫ぶ。

「お母様っ、どうしてディーを置いていくの？　ディーをひとりぼっちにしないでぇっ」

突然の号泣に、背後から父親とヴァージルの戸惑う気配が伝わってくる。

二人とも癇癪を起こすクラウディアは見慣れていたが、涙ながらに感情を吐露《とろ》する姿を見たことがなかった。

（泣くときは、いつも一人だったものね）

誰でもない母親の教えだ。

貴族たるもの、人前で泣くことは許されない。

勉強嫌いなクラウディアであっても、洗脳《せんのう》に近い形で教え込まれたことは、体に染みついていた。

「クラウディア、はしたないぞ」

ヴァージルがクラウディアの肩に手を乗せて咎《とが》めるものの、声に覇気《はき》はない。

二つ上の兄は、母親の厳しさが愛情の裏返しであることを察していた。

父親に関心を持たれない彼にとっても、母親だけが愛情を与えてくれる存在だったのだ。

失ったものの大きさは、ヴァージルも変わらない。

母親亡きあとも忠実に教えを守ろうとするヴァージルに、クラウディアは涙を流しながら抱き付く。

「いやよっ、お兄様は寂しくないの？　ディーは寂しいわ！　お母様がいなくなったら、誰を頼れっていうの⁉」

父親は愛人宅に入り浸って屋敷には帰ってこない。

兄は習い事に忙しく、食事のときぐらいしか交流がなかった。

「クラウディア……」

ヴァージルの声が震《ふる》える。

クラウディアの嘆《なげ》きは、ヴァージルが抱えていたものでもあった。

次第にヴァージルの頬にも涙が伝い、嗚咽《おえつ》が漏れる。

母親を亡くした悲しみは本物だったが、一方でクラウディアは冷めてもいた。

（お父様もお兄様も、口では礼節を重んじるように言うけど、実際は型にはまらない弱々しい女が好きなのよね）

愛人と異母妹はその典型だ。負けてなるものか、と思う。

これはどちらかというと、娼婦としての矜持《きょうじ》だった。

「お兄様、ディーは、わたくしはいい子になるって誓うわ。お勉強も真面目にする。だからお兄様は、わたくしの傍《そば》からいなくならないでっ」

「あぁ、約束する。俺はクラウディアの傍にいるよ。これからは母上に代わって、俺がクラウディアを守る」

こうして兄妹は、母親の墓前で誓い合った。

それを気まずい表情で見守る父親に、クラウディアは心の中で舌を出す。

（ふんっ、実子に愛想《あいそ》を尽かされていることを思い知ればいいわ。けど、フォローも必要よね）

こちらから歩み寄るのは癪《しゃく》だが、公爵家当主は父親なのだ。

その権力は無視できない。

ヴァージルの腕から抜け出すと、これ見よがしに涙を拭《ぬぐ》い、父親と向き合う。

「お父様にも、心を入れ替えることを誓います。……少しでも認めていただけるように」

「う、うむ」

言い終えると、目尻に溜めていた涙を伝わせた。

今の体では加減が難しいものの、今回はタイミング良く上手くいく。

眉尻を下げる父親の表情に、まずまずの手応えを感じた。

きっと父親は母親を嫌ってはいても、恨んではいなかったのだろう。

母親もしおらしい姿を見せていれば、二人の関係は違うものになっていたかもしれない。

（これは、はじまりに過ぎないわ。フェルミナが悪女なら、わたくしはそれを超える悪女、完璧な悪女を目指すのよ！）


屋敷に帰ったクラウディアは、侍女長のマーサにも誓いを立てた。

「わたくしは、お母様のような完璧な淑女《しゅくじょ》になるわ」

その言葉に、マーサは目を潤《うる》ませて喜びを露《あら》わにする。

「クラウディア様なら、きっとなれます！」

「お母様の娘だもの。これからもよろしくね」

「はい……！」

誓い通り勉強に専念すれば、クラウディアを見る目は、日に日に良くなっていった。

癇癪持ちのわがまま娘が、すっかり大人しくなったのだ。

それだけじゃない。

礼儀作法も早々に身に付け、家庭教師からも太鼓判《たいこばん》を捺されるようになれば、クラウディアを悪く言う者は誰もいなくなった。

クラウディアにしてみれば、娼館で学んだことのおさらいをしただけだったが。

人の機微《きび》にも敏感《びんかん》になったおかげで、ヴァージルとの関係も変化していた。

「お兄様、そろそろ休憩にいたしませんか？」

侍女に茶器の載ったワゴンを押してもらいながら、ヴァージルの部屋を訪ねる。

ちょうど勉強の手を止める頃合いだと知った上でだ。

妹の気遣いに、ヴァージルの顔が綻《ほころ》ぶ。

笑っているヴァージルの記憶がないクラウディアにとって、これは大きな進歩だった。

しかも。

「ディーが来てくれたなら、断るわけにはいかないな」

愛称で呼ばれるようになれば、ヴァージルが妹を可愛がっていることは傍目《はため》にもわかる。

「今日はわたくしがお茶を淹《い》れますわ」

「ディーが？」

「ふふ、お兄様に飲んでいただきたくて、練習しましたの」

完璧な所作で紅茶を淹れるクラウディアの姿は、とても十四歳の少女とは思えない。

けれどまだ幼さの残る見た目ゆえ、ヴァージルには微笑ましくも可憐に映った。

「ディーも習い事が増えて忙しいだろうに、いつ練習したんだ？」

「休憩時間にですわ。最初に淹れたお茶なんて、渋くて飲めたものじゃありませんでしたのよ」

明るく、それでいて下品にならない程度にころころと笑うクラウディアを、侍女たちも優しく見守る。

大人だった頃の感覚に引きずられて失敗することもあったが、それを含めてクラウディアは周囲から愛されていた。

最近では、張り詰めていた屋敷の雰囲気も和やかになってきている。

「さぁ、召し上がれ」

わざと得意げにカップを差し出す。

そうして軽く笑いを誘いつつ、クラウディアも席に着いた。

紅茶を口に含むなり、目を見開くヴァージルに微笑む。

「いかがですか」

「おいしい……凄いな、今まで飲んだお茶の中で、一番おいしいかもしれない」

「本当ですか⁉　嬉しい！」

喜びの表現は、わざとらしくない程度に大袈裟《おおげさ》に。

紅茶も、少女としての反応も、クラウディアはヴァージルの好みを把握していた。

そうとは知らず、ヴァージルは妹の愛らしさに表情をとろけさせる。

「これならまた飲みたいな」

「ぜひ！　お兄様のためなら、いつでもお淹れしますわ」

ヴァージルから好感触を得て、クラウディアも喉《のど》を潤す。

「みんなが協力してくれたおかげね」

「みんなとは？」

「侍女たちですわ。特に古くから仕えてくれている方たちの働きは素晴らしくて。お手本に淹れていただいた紅茶は、どなたのもおいしくて感銘《かんめい》を受けました」

「てっきり侍女たちとは、距離を置いていると思っていたが」

クラウディアの返答に、ヴァージルは軽く眉根を寄せる。

母親の教えでは、使用人と親しくする必要はないとされるからだ。

主人として適切な距離を保てという考えはわかるけれど、同時に信頼関係を築くのも大事だとクラウディアは思う。

娼館では下働きの者たちからも、細かく客の情報を集めていた。

ときには彼らのアイディアに助けられたこともある。

クラウディアはやり直しの人生の中で、母親の教えを自分なりに昇華《しょうか》させることにした。

何より、公爵家で働く侍女たちは、下級貴族の令嬢であることが多い。

行儀見習いとして奉公《ほうこう》し、公爵家の推薦状を携《たずさ》えて就職や婚活をするためだ。

ヘレンの情報を集めるのに、彼女たちを活用しない手はなかった。

「マーサはあまりいい顔をしません。けれどわたくしと一番長く一緒にいるのは、彼女たちなのです」

言外《げんがい》にヴァージルがいないときは、侍女たちが寂しさを埋めてくれていると言えば、彼は強く出られない。

十六歳になったヴァージルは今年から学園に通い、帰宅するのは夕方だった。

傍にいると約束しておきながら、共に過ごす時間は大して増えていない。

罪悪感が刺激されたヴァージルは、クラウディアの予想通り、彼女の行動を否定できなかった。

けれど大切なのは、そこじゃない。

（考えればわかることだけど、マーサと公爵家古参《こさん》の侍女たちは関係が微妙なのよね）

マーサは母親の実家から連れてこられて、公爵家の侍女長になった。

古くから公爵家に仕えている者からすれば、新参者が上司になったのだ。面白いわけがない。

父親の一存でクビにされたとばかり思っていたけれど、背景には他の使用人からの突き上げがあったのかもしれなかった。

（マーサが上手く立ち回ってくれたらいいのだけど、そういうの得意じゃなさそうだし）

母親同様、厳格なだけのマーサには溜息をつきたくなる。

結果、そうと気付かれないように、クラウディアが助け船を出すしかなかった。

屋敷の雰囲気が変わってきているのも、クラウディアが使用人たちの不満を解消しようと動いているからだ。

（次期公爵であるお兄様に、自分たちの働きが認められていれば、彼女たちも溜飲《りゅういん》が下がるでしょう）

だからクラウディアは侍女本人にではなく、本人の前でヴァージルに感謝していることを伝えた。

加えて、ヴァージルの気分を持ち上げるのも忘れない。

「おかげでわたくしも色々と考える余裕ができましたの。新しく刺繍《ししゅう》を習いたくなったのも、彼女たちに刺激を受けたからなのです。そうだわ、ハンカチに刺繍をしたら、お兄様は貰ってくださいますか？」

実のところは刺繍も娼館で嗜《たしな》み、腕に覚えがあったから習うことにした。

「俺に？　もちろん喜んで貰うぞ」

「嬉しいっ、わたくし頑張りますね！　刺繍したハンカチが手元にあったら、学園でもわたくしを思いだしてくださるでしょう？」

「ハンカチがなくても、いつも思ってるさ。でも楽しみにしておく。お返しに俺もディーに何か贈ろう」

欲しいものを訊かれ、お兄様が選んでくれるなら何でもいいと答えつつも、普段使いできるものなら助かるとヒントを出しておく。

妹のほうから繋がりを求められ、すっかり機嫌の良くなったヴァージルとお茶を楽しんでいると、珍しく慌てた様子の執事が顔を出した。

その様子にヴァージルも軽く瞠目する。

「どうした？」

「旦那様がお帰りになられます」

屋敷において「旦那様」と呼ばれる人物は一人しかいない。

（いつも屋敷のことは執事からの報告書だけで済ます人が、何の用かしら？）

母親の葬儀が終わってからも、父親の足は遠のいたままだった。

突然の帰宅に、クラウディアとヴァージルは顔を見合わせる。

「とりあえず、お出迎えしましょう」

「そうだな。あとどれくらいで着く？」

ヴァージルと執事のやり取りを聞きつつ、クラウディアは首を傾げた。

（まだ喪《も》が明けていないから、フェルミナを連れてきたわけではないでしょうし……）

ヴァージルにも思い当たる理由はないようで、二人は答えを出せないまま席を立った。


「お父様、おかえりなさいませ」

使用人を従えたヴァージルと共に、微笑みを湛えて父親を出迎える。

子どもながらも貴婦人然としたクラウディアの佇《たたず》まいに、父親は目を見開いて動きを止めた。

そして何かを確認するように視線を彷徨《さまよ》わせる。

（ふふ、驚いてる、驚いてる）

前までは他人行儀だった子どもたちに温かく出迎えられれば、戸惑わずにはいられないだろう。

ヴァージルの表情は無に近いが、それでも隣にクラウディアがいることで雰囲気は柔らかくなっていた。

クラウディアも家庭を蔑《ないがし》ろにしている父親に思うところはある。

けれどこうして虚《きょ》をつけるなら楽しい。

「夕食の支度はできております。どうぞ」

「あ、あぁ」

父親は食事だけして愛人宅に行く予定だと、執事から聞いていた。

見れば荷物もないので、そのまま食堂へと促す。

淀《よど》みないクラウディアの案内に、父親はされるがままだった。

家族全員が席に着けば、前菜が運ばれてくる。

久方ぶりの当主の帰宅に、使用人たちは緊張していた。

自然と食卓の空気も張り詰める。

だからクラウディアは、それを壊すことにした。

あえて空気を読まず、明るく弾んだ声を出す。

「どうでしたっ？　わたくし、きちんとお出迎えできていましたか？」

「うむ、見違《みちが》えた」

水を向ければ、きちんと返答があった。

クラウディアに全く興味がないわけではない父親の反応に、うそ偽りのない満面の笑みを浮かべる。

（やっぱり、厳格だったお母様からお父様は逃げただけなのね）

関わらないようにしていただけで、クラウディアもヴァージルも嫌われてはいない。

父親としてそれもどうかと思うけれど、これならできてしまった溝《みぞ》も埋められそうだと光明《こうみょう》を見る。

今更父親に愛されたいわけじゃない。

けれどフェルミナに対抗するには、父親からの信頼は必要不可欠だった。

「良かった！　安心しました」

ほっと胸に手を置き、子どもらしい仕草を意識する。

出迎え時のそつのなさは、目いっぱい背伸びした結果だと印象付けるためだ。

（お母様は、公私を分けることを知らなかったのね）

礼節が求められるのは「公」のときで、私生活はその限りじゃない。

「昼は淑女、夜は娼婦」という言葉には、男性の本音がよく現れている。

母親はそれを見抜くことができなかったため、口に出された言葉を鵜呑《うの》みにし、邁進《まいしん》した。

（もしかしてわたくしの単純思考は、お母様の遺伝なのかしら）

だとしても愚かになるかどうかは、クラウディア自身の問題だ。

今度はそうならないと、決意を新たにする。

よし、と頷くクラウディアを見る男性陣の目は温かい。

都合良く勘違いしてくれるのは有り難いが、公爵令嬢としては少しばかり心配が残った。

（裏を読めるようになってわかったけど、お兄様もお父様もチョロいわ。妹や娘相手に警戒していないのも大きいのでしょうけど）

以前の幼稚《ようち》さを知っていれば尚更《なおさら》だろう。

しかしそれを差し引いても、女性に騙されやすいのではと勘ぐってしまう。

実際フェルミナには騙されていた。

忠告したいけれど、それでクラウディアまで疑われてしまえば本末転倒だ。

さじ加減の難しさに頭が痛くなる。

「ディーは本当によく頑張っています。家庭教師からの評価は、父上にも届いているでしょう？」

「ああ、報告を受けている。だからこの目で確認したいと思ったのだ」

それが帰宅の理由なのかと、父親を窺《うかが》う。

フェルミナへの対策は追々していくことにした。

（現状、お兄様はわたくしを大切に思ってくださっているから、まずはこれを維持しましょう）

父親が愛人と異母妹を連れてきた当初は、ヴァージルも警戒していた。

次第に絆《ほだ》されていったが、警戒を保つよう誘導できれば、一方的にヴァージルがフェルミナの味方になることはないはずだ。

クラウディアの視線に気付いた父親が、表情を引き締める。

「クラウディア、王太子殿下とのお茶会に参加しなさい」

（えっ、何それ）

「今のお前なら婚約者候補として、しっかり認められるだろう。詳細はおって知らせる」

「わ、わかりました」

（前のときにはなかったわよ!?）

これが本題かと、食卓の下で手を握った。

不安を覗かせるクラウディアに、ヴァージルが微笑みかける。

「今のディーなら大丈夫だ。殿下を前にすれば緊張するかもしれないが、それは相手も承知の上だからな」

「地理や歴史の成績を見れば、話が合わないこともないだろう。殿下はこの歳で孤児院の視察に赴《おもむ》かれるほど聡明《そうめい》な方だ、粗相《そそう》さえしなければ問題ない」

珍しく父親からも勇気付けられれば、頑張りますと答えるしかない。

むしろこれはチャンスだと、意識を切り替える。

経験豊富な今のクラウディアが、同年代の令嬢に後れを取ることはないのだから。

「以前のクラウディアは、じっとしているのも苦手だっただろう？」

「はい、これもマーサ……侍女長の指導のおかげです」

（お父様から話しかけられるなんて、はじめてじゃないかしら？）

顔には出さず、心の中だけで驚く。

忘れているだけかもしれないけれど、父親とは事務的な会話をした記憶しかない。

「厳しくはないか？」

「厳しいです！　何度心が折れかけたことか……けど、だからこそ、やりがいがあります」

マーサが母親同様に厳格なのは父親も知っているので、否定はしない。

それでも自分には必要なのだと訴える。クビにされるわけにはいかなかった。

「お父様も、わたくしが自分を甘やかしてしまうのをご存じでしょう？　侍女長がいてくれるから、怠惰《たいだ》な自分を律《りっ》せられるのです。それに挫《くじ》けそうになったときは、お兄様が支えてくださりますから」

にこりと笑顔をヴァージルに向ければ、優しい目差しが返ってくる。

兄妹が仲睦《なかむつ》まじい様子を見せる頃には、食卓の雰囲気も穏やかになっていた。

その後、父親は予定通り愛人宅へ帰ったが、ヴァージルとも会話が弾み、少しは家族間の距離が縮まったように思う。

悪役令嬢は王太子殿下とのお茶会に向かう

（さて、ついに殿下とご対面ね）

鏡の前で侍女たちに身を任せながら、今日のお茶会に思いを馳《は》せる。

園遊会《えんゆう》などで挨拶《あいさつ》をしたことはあるものの、一対一のお茶会はこれがはじめてだった。

そう、一対一なのだ。

（知らせが届いたときにはビックリしたわ。他の婚約者候補も一緒だと思っていたから）

この時期、婚約者候補の話は既に出ていた。

クラウディア以外では、三人の令嬢が選ばれているはずだ。

他の候補者とも一対一でおこなわれるのだろうけれど、クラウディアが一人目であることは耳に入っている。

（爵位を考えれば当然よね。でも前はなかったことだから、このときにはもう雲行きが怪しかったのかしら……？）

前のクラウディアは断罪されるまで、自分が殿下の婚約者だと信じて疑わなかった。

周りが見えていなかっただけで、内々では候補でなくなっていた可能性はある。

ちなみに婚約者が決定するのは貴族の慣例で、殿下が学園を卒業してからとされている。

（みすみすフェルミナに譲るのは嫌だし、候補には残りたいところだわ）

クラウディアが候補である内は、彼女に出番はない。

ただ殿下がフェルミナに惚《ほ》れた場合は話が変わってくる。

一緒に住んでいるヴァージルなら、好みを把握するのも容易い。

けれど相手が殿下となると、頭をひねるしかなかった。

前のクラウディアが嫌われていた自覚はある。

だからといってフェルミナに、恋愛感情を抱いていたかまではわからないのだ。

（政治情勢を考えれば、公爵家が無難《ぶなん》よね……）

政治の場では、議会での議決を王が承認することで、政策が執行される。

貴族によって運営される議会には、現在二つの派閥があった。

一つは、古参《こさん》貴族による王族派。

もう一つは、新興《しんこう》貴族による貴族派。

最近は商人上がりの新興貴族が台頭《たいとう》してきていることもあり、王家ではなく貴族に利権を求める声が大きい。

ただ新興貴族が求める利権は、領地を持つ貴族の不利益に繋がるので、広大な領地を抱える古参貴族は王族派として反対に回っていた。

クラウディアの生家であるリンジー公爵家は、王族派に所属しているものの、当主の父親は新興貴族にも理解がある——中立の立場だ。

貴族派からも文句が出にくい相手なので、公爵家との婚姻は王家も望むところだった。

そのためフェルミナが王太子妃になったのは、単なる政略結婚ともとれる。

(これぱっかりは、会ってみないとわからないわ)

支度が終わり、侍女が控える中、最終チェックをする。

いつもよりドレスアップはしているけれど、菫色のドレスは楚々《そそ》としたものだ。

可愛らしさよりも貞淑《ていしゅく》さを重視し、ふんわりとしたスカートでも、フリルは少なめにしてある。

いかにも少女が好きそうなデザインも侍女にすすめられたけれど、クラウディアは自分に何が似合うか熟知していた。

(前は好みのままに着ていたけど、それが似合うかは別問題なのよね)

母親譲りのキツい目元に、ボリュームのあるリボンやフリルは似合わない。

フェルミナに大胆なドレスが似合わないように、人には向き不向きがあるのだ。

仕上がりに満足したクラウディアは、侍女に感謝を告げてお茶会への準備を整える。

「最後に指の包帯だけ、巻き直してくれるかしら」


殿下とのお茶会は、庭園ではなく室内でおこなわれた。

それでも大きな窓からは日差しが降り注ぎ、目を向ければ鮮やかな緑が映る。

「本日は交流の場を設けていただき、ありがとうございます」

クラウディアは完璧なカーテシーを見せ、許可を得てからソファーに腰かける。

机を挟んだ対面には、殿下の他にもう一人赤毛の少年がいた。

（後ろに控えて立っているのは、騎士団長令息のトリスタンね）

断罪時にも見かけた顔だ。

真っ当な言葉で責められたのを思いだす。

あの状況では、紛れもなくクラウディアが悪だったので、彼に対する恨みはない。

騙されていたとはいえ、悪行を働いていたのは事実なのだから。

殿下もトリスタンも、クラウディアと同い年だけあって、記憶より少年らしさが残っていた。

（お兄様もそうだけど、精神年齢のせいでみんな可愛く見えてしまうわね）

立ち位置からして、トリスタンは護衛騎士としての参加だろう。

ただ、まだ騎士としては未熟な彼が同席している真意はわからない。

このお茶会自体が、クラウディアにとってイレギュラーなのだ。

殿下が二人っきりになるのを嫌がって、同席を求めたのではないことを願うしかなかった。

「お近付きの印に、こちらを受け取っていただけますか？」

用意した小ぶりの包みを持ち上げると、トリスタンが進み出てくる。

既に騎士としての訓練を受けているはずだが、粗暴さは見受けられず、包みを受け取る所作も如《じょ》才《さい》ない。

そして赤毛の少年が指先の包帯に目をとめたのを、クラウディアは見逃さなかった。

トリスタンから包みを受け取った殿下は、小さく首を傾げる。

その拍子に、襟足丈の銀髪がさらりと流れた。

(くっ、可憐だわ。黙って座っているとビスクドールと見間違えそう……)

朝露を含んだような艶《つや》っぽい睫《まつ》毛《げ》は長く、王族を象徴する黄金の瞳をきらびやかに縁取る。

細く通った鼻に、薄い唇。

白磁《はくじ》のような肌は、クラウディアから見ても憎いくらい美しかった。

「開けてもいいかな?」

「どうぞ、大したものではありませんが」

殿下の美貌に見惚れてしまいそうになる自分を叱咤《しった》しながら、笑みを浮かべる。

用意したのは、刺繍を施したハンカチだ。図柄は王家の紋章にしてある。

「へぇ、噂通り、クラウディア嬢は刺繍が得意なのか」

及第《きゅうだい》点だったらしく、殿下は後ろに立つトリスタンにも刺繍を見せた。

「噂ですか?」

「公爵にもハンカチを贈っただろう? 見事な腕前だと、私の耳にも届いているよ」

確かに父親とヴァージルにも贈っていた。

父親には渡す機会がないので、執事に頼んで職場へ届けてもらったのだが、まさか噂になっていたとは。

(フェルミナも刺繍が得意だから、わたくしの刺繍なんて気に留めないと思ったのだけど)

ちゃんと包みを開けてくれたらしい。

噂になっているということは、他の人にも見せたということだ。

（……そうよね、いくらお父様でも愛人の娘の刺繍は見せびらかさないわよね）

実子であるクラウディアの作品だからこそ、気兼ねなく自慢できたのだろう。

娼館で刺繍を嗜んでいて良かったと思う。

「お、お恥ずかしいですわ。父に贈ったのは、荒いところもあるので」

「素敵な贈り物だ。その手の傷も刺繍によるものかな？」

殿下の視線を受けて、慌てて見えないよう手を隠す。

出かける前に、侍女に包帯を巻き直してもらったのはこのためだった。

（これで健気《けなげ》さをアピールできたらいいのだけど）

今の体では大人のときと感覚が違い、実際、何度も指を針で刺していた。

それでも包帯が大袈裟なのは否めない。

「はい、まだ慣れなくて。お見苦しくてすみません」

「努力の証だろう？　これだけできるのだから大したものだ」

同意するように、真面目な表情でトリスタンも頷く。

正道を好むトリスタンは、クラウディアの頑張りを認めてくれたようだ。

「殿下にそう言っていただけると心強いです」

「いい機会だから、私のことはシルヴェスターと。私もクラウディアと呼ばせていただこう」

「光栄です」

お茶会はつつがなく進んでいる。

名前を呼ぶことを許されたのだから、良い傾向のはずだ。

けれどクラウディアは、シルヴェスターの反応に薄ら寒さを覚えていた。

隠した手に汗が滲《にじ》む。

(全く感情が読めないわ……)

お茶会がはじまってから、シルヴェスターの表情は穏やかなままだ。

まるで、本当にビスクドールと会話しているかのようだった。

それでいて黄金の瞳に見つめられると、心を見透かされた気分になる。

(お兄様がチョロ過ぎた？　いいえ、トリスタン様はまだ表情が読めるわ)

トリスタンも平静を装っているけれど、刺繍を見たときは素直に感心していた。

どう考えてもシルヴェスターが異常なのだ。

(王族ってみんなこうなの？　何それ怖い)

かくいうクラウディアも、意図した感情しか見せていないのだが、自分のことは棚に上げている。

しかし未だかつてない敵を前にしたような感覚に、今後も婚約者候補として付き合っていく自信がなくなりそうだった。

ここまで心情が読めない相手なら、フェルミナに譲ってもいいかとすら思えてきたとき。

「もっと気楽に接してくれていいのに」

目を細めたイタズラな視線に、はじめてシルヴェスターの感情を見る。

（わたくしを試してる……？）
探られていると感じた。
陽光を受けた黄金の瞳が煌めいて見えたのは、錯覚《さっかく》かもしれないが。
娼館で培った直感は嘘をつかない。
なら、答えは――。
「畏《おそ》れ多いですわ」
可もなく不可もなく、恥じらいながら微笑みを返す。
今ここで冒険する必要はない。
粗相さえしなければいいと父親も言っていた。
「クラウディアは奥ゆかしいな」
（なぜかしら、声音は優しいのに、心臓がバクバクするわ）
乙女が憧れる類のものではない。
蛇《へび》に睨まれた蛙《かえる》のような心境である。
表面上は穏やかに見えて、水面下では緊張が走っていた。
（そうだわ、これは……）
嫌みの応酬がないだけの、化かし合いだ。

自室に帰ると、ドレスという武装を解除するなり、ベッドへ倒れ込んだ。

ぼふん、と体を受けとめてくれるベッドに愛を感じながら、もう無理……と呟く。

それだけ心労を感じていた。

（シルヴェスター様があんなに手強いなんて、聞いてないわよ）

フェルミナに対抗するどころではない。

あれからというもの、会話の節々でシルヴェスターはクラウディアから何かを引き出そうとし、お茶会の後半は胃に穴が空きそうだった。

幸い、十分な知識があったおかげでミスを犯すことはなかったけれど、もう一対一でのお茶会は勘弁願いたい。

（共通の家庭教師がいるおかげで、バカなふりもできないし）

刺繍の腕前だけじゃなく、学業の成績もシルヴェスターには筒抜けだった。

会話は弾んだが、それも表面的なものでしかない。

一時間に満たない交流だったけれど、永遠にも思える時間、クラウディアは気を張り続けていた。

（ボロを出せば、そこから責めてくる雰囲気だったわよね。わたくし、やっぱり嫌われているのかしら……いっそ責められれば良かった？　あぁ、もうっ、正解がわからないわ！）

正直なところ、フェルミナのことで手いっぱいなのだ。

シルヴェスターとの交流は重荷でしかない。

今後もあのような化かし合いが続くなら、フェルミナに押し付けたくなる。

（けど、あの悪女に権力を握らせたくはないのよね）

そうなれば、断罪の二の舞だ。

権力を持ったフェルミナは、すぐにクラウディアを排除しようとするだろう。

自分の身を守るためにも、現状を維持するしかなかった。

気持ちは晴れないものの、ベッドの柔らかさが疲れを癒やしてくれたのか、自然と瞼《まぶた》が下がっていく。

知らず寝入ってしまったクラウディアを起こしたのは、侍女長のマーサだった。

「クラウディア様っ、なんてはしたない格好で寝ているのですか！　ベッドに入られるなら掛け布団を被ってください、風邪をひきますよ！」

（ベッドで寝ているのに、はしたないもないでしょうに……）

言い返したくなる気持ちをぐっと堪える。

ベッドへダイブしたままの寝姿以上に、風邪をひくのを心配してくれているのがわかったからだ。

「ベッドに横になられる場合は、枕に頭をのせて」

「ごめんなさい、次から気を付けます」

しかしお小言が終わりそうになかったので、しおらしく謝る。

次いで母親の姿勢を真似て背筋を伸ばせば、マーサは満足げに頷いて引き下がった。

どうやらマーサは、母親の力強い姿に憧れていたらしい。

（シルヴェスター様も、これぐらい扱いやすかったらいいのだけど）

「ではクラウディア様、身なりを整えてくださいませ。旦那様がご帰宅されます」

「お父様が？　あまり間が空いていないわね」

「殿下とのお茶会を気にしておられるのでしょう。それと旦那様がお屋敷に帰られるのは、普通のことです」

なるほど、とマーサに頷きながらも、普通じゃないのが今までの父親だった。

シルヴェスターとのお茶会を起点に、流れが変わってきているのだろうか。

（きまぐれな神様も楽しんでくれているかしら）

ヘレンについて祈ったとき、そういう約束をした。

だから未来は変えられると信じている。

（じゃなきゃ、人生をやり直す意味なんてないものね）

今まで放置していたクセに、自分にとって都合が良いと干渉してくる父親には辟易《へきえき》するが。

これもヘレンのため、とクラウディアは拳を握る。

彼女の娼館行きを止めるのに、父親の協力があって困ることはない。

侍女たちに頼んで情報は集めてもらっている。

残念ながら状況的に伯爵家の没落は止められないが、ヘレンはまだ救える可能性があった。

（お父様の機嫌が良さそうだったら、そろそろヘレンのことも相談してみましょう）

伯爵家没落後、ヘレンはお金に困って娼館に身を売ったと聞いていた。その頃には伝《つて》もなくなっていたと。

娼館へ行く前のヘレンは貴族令嬢でしかなく、働くという意識がなかった。彼女もクラウディアと同じく、娼館で人生を学んだのだ。

生活できるお金があればいいのなら、公爵家で侍女として雇えばいい。

今ならクラウディアという「本人も知らない」伝がある。

自分の心情にさえ目を瞑れば、シルヴェスターとのお茶会は成功したといっても差し支えない。

これをカードに、クラウディアは父親と交渉することにした。

王太子殿下は悪役令嬢に興味を持つ

最近、頓に聞く名前がある。

クラウディア・リンジー公爵令嬢。

母親の死をきっかけに、幼い少女が改心したという。

「あのわがままなご令嬢が改心したなんて、僕には信じられませんけど」

トリスタンの言葉に、シルヴェスターも園遊会で見かけたクラウディアの姿を思い浮かべる。

最低限の礼儀だけを修めた、我の強い令嬢。

それが、うそ偽りないクラウディアの印象だった。トリスタンと差異はない。

「どうせリンジー公爵が、シルの婚約者という立場を狙って、噂を広めてるんじゃないですか？」

「公爵は、野心がある人ではない」

野心があるなら、わざわざ平民の愛人を作ったりしない。

未亡人の後見人になるならまだしも、利用価値のない相手なら尚更だ。

そんな人だから議会では中立に位置し、貴族派とも上手くやれている。

シルヴェスターがリンジー公爵と話した感触では、令嬢とは真逆の穏やかな人だった。

彼が義父なら、議会運営はやりやすいように思う。

「けど愛人に耽って、家をないがしろにしている人でしょう?」

「政略結婚ではよくある話じゃないか」

トリスタンの言いたいこともわかる。

愛人はこの際いいとして、実子までないがしろにしていると聞けば良くは思えない。嫡男のヴァージルとは、遊び相手としてクラウディア以上に交流があった。

案外、クラウディア嬢の気性も父親のせいではないか、というのがシルヴェスターの所感だ。

だから母親の死をきっかけに悪化することはあっても、好転することはないだろうと考えている。

依然としてリンジー公爵が、愛人宅へ帰っているのは聞いていた。

トリスタンは眉尻を下げる。

「クラウディア嬢に良い印象はないけど、さすがに可哀想ですよ」

兄のヴァージルは今年社交界デビューし、学園に入学した。

外で気晴らしができる兄とは違い、屋敷から出る機会のないクラウディアの心情はいかなるものか。

他人事ながら気の毒ではある。

そんなときだった。

クラウディアとのお茶会が決まったのは。

「何も一対一じゃなくても……」

「噂を確かめるには良い機会だ。なんだったらトリスタンも参加するか？」

「いいんですか⁉」

「護衛騎士として、私の後ろに控えるなら問題ないだろう」

思いの外、トリスタンも噂が気になっていたのか、お茶会には彼も連れていくことになった。


「本日は交流の場を設けていただき、ありがとうございます」

菫色のドレスで現れたクラウディアは、それだけで噂を信じさせるだけの魅力があった。

ドレスは同年代の令嬢が着るものに比べて簡素な作りだが、デザインや生地を見れば、手を抜かれているのではなく洗練されているのがわかる。

立ち姿は美しく、カーテシー後は、自然と緩やかに広がる黒髪に目を奪われた。

気の強そうな目元は、雰囲気が違うからか、記憶にあるものより優しい。

背後でトリスタンが見惚れている気配を察し、自分は相手に流されないようにと気を引き締める。

（まるで別人のようだ）

会話し、クラウディアの反応を観察すればするほど、幻を見ているような気になってくる。

頬を染めて恥じらう姿は可憐で、口を開けば話題が尽きない。

女性のほうが男性より精神の成熟が早いと聞くが、これまでシルヴェスターの目には、どの令嬢も幼稚に映っていた。

けれどクラウディアは違う。

作為《さくい》めいたものを感じるときはあるけれど、媚《こ》びを売るわけでもない。

あくまでこちらを楽しませようとしてくれていて、探るような視線も不快には感じなかった。

(面白い)

どうすればクラウディアの隠された本音に近付けるのか。

彼女が本心を露わにしていないことは察している。

シルヴェスターに好意があるように見せながらも、不用意に距離を縮めようとはしてこないからだ。

王家として、リンジー公爵家との婚姻は悪い話ではない。

それは彼女もわかっているはずなのに、そのアドバンテージを活用しようとしない姿勢には疑問が残る。

クラウディアの聡明さは、会話の中で十分窺えた。

(何を考えながら、私との会話に臨んでいるのか)

もっと彼女を知りたい。

しかしスケジュールを詰めて設けた時間は、あっという間に過ぎ――。

「本日はありがとうございました」

シルヴェスターへの未練など一切感じさせず、クラウディアはあっさり帰っていった。

その潔さに眉根が寄る。

「クラウディア嬢は噂以上でしたね！　あれ、どうしたんです？　あんなに盛り上がってたのに楽しくなかったんですか？」

「いや、楽しかったよ」

トリスタンの反応に、顔が険しくなっているのに気付いて慌てて笑みを浮かべる。

クラウディアとのお茶会は楽しかった。

だからこそ。

（私だけが焦がれているようで、気に入らない）

悪役令嬢はお姉様をゲットする

「ヘレンと申します。よろしくお願いいたします」

ヘレンを自分付きの侍女として雇い入れるための交渉——父親へのおねだり——は呆気なく成功した。

伯爵家が没落したのは当主の負債《ふさい》によるもので、ヘレン自身の評判は悪くなかったのが大きい。

父親としては、恩を売る形で雇い入れれば、不正を働かれたり裏切られたりする可能性が低くなると考えたらしかった。

認められなかった場合は次の手を考えるだけだとしても、順調に話が整ったのは素直に嬉しかった。

緊張しているものの、元気そうなヘレンの姿に顔が綻ぶ。

「このたびは、クラウディア様の推挙があったと聞いています。誠心誠意、仕えさせていただきます」

「慣れるまでは大変だと思うけど、よろしくね」

できれば娼婦時代のように気さくに話してもらいたいけれど、今の主従関係では無理な相談だ。

それでも、これから仲良くなれればと思う。

「ヘレンは今、十八歳なのよね？　先輩として、学園や社交界の話を聞かせてほしいわ！」

「学園は家の事情で中退してしまいましたが、わかることは何でもお話しします」

クラウディアが明るくお願いすれば、優しい笑みが返ってくる。

年下を見守る懐かしい表情に、目頭が熱くなった。

生きているのだ。

ヘレンも、自分も。

改めてそれを実感すると涙がこぼれそうになり、咄嗟にヘレンに抱き付いて隠す。

「クラウディア様⁉」

「嬉しい！　お兄様も素敵だけど、ずっとお姉様にも憧れていたの」

クラウディアと歳の近い侍女は、公爵家の推薦状目当ての奉公人なので、入れ替わりが激しい。

その点、ヘレンは雇い入れの経緯からも、他の侍女より長く居着いてくれるはずだ。

（良縁があるまでは、わたくしがヘレンを守ってみせるわ）

母親とマーサのように長く一緒にいられたら嬉しいけれど、ヘレンが魅力的な女性であることは、クラウディアが一番よく知っている。

公爵家で働いていれば、すぐ男性の目にとまるだろう。

令嬢時代もモテたはずだが、いかんせん家の状況が悪過ぎた。

貴族の婚姻は、本人たちより家の繋がりが重視される。特別な理由でもない限り、わざわざ負債がある家を求める貴族はいない。

クラウディアが偽りない心を述べれば、ヘレンは破顔して彼女を受けとめた。

「こんなに可愛い妹が出来るなんて……わたしも嬉しいです！」

「ふふ、わたくしたち両思いね。あ、マーサは厳しく言うと思うけど、適当に聞き流してくれたらいいわ」

きっと距離を空けるよう言ってくるだろうけど、クラウディアもこれだけは譲れない。

あけすけな発言をするクラウディアに、ヘレンは親近感を抱いたらしく、二人はすぐに仲良くなった。

娼婦時代も気が合った二人なのだから、当然といえば当然だ。

「新しい侍女とは上手くやっているようだな」

「これも希望を聞いてくださったお父様のおかげですわ」

ヘレンが屋敷に来てから、クラウディアはすこぶる機嫌が良い。

頭が痛い事案はまだ残っているものの、傍にヘレンがいるだけで乗り越えられる気がする。

シルヴェスターとのお茶会を機に、帰宅の頻度が増した——相変わらず泊まりはしないが——父親とも良好な関係が続いている。

その間、クラウディアは機会があればマーサを持ち上げ、他の使用人へのフォローも忘れなかった。

傍で働きを見ていたヘレンが、クラウディア様がこの屋敷の女主人ですね、と言うくらいだ。

最近では執事と相談することも増えているので、あながち間違いではない。

にこにこと笑みを絶やさないクラウディアに、父親とヴァージルの頬が緩む。

「殿下との文通は続いているか？」

「はい、シルヴェスター様は毎回花を添えてくださりますの。次は何の花が届くのか、手紙と一緒に楽しみにしています」

きゃっとクラウディアが恥じらえば、父親は満足そうに頷く。

人の気も知らないで……と思うけれど、それを気取られないようにしているのは、クラウディア本人である。

感情が読めないシルヴェスターだが、クラウディアとのお茶会は楽しんでくれたようで、次の機会も設けたいと言われていた。

けれど都合がつかず、先延ばしになっている。

父親の話では、他にも婚約者候補がいる手前、クラウディアばかりに時間を割けないらしい。

クラウディアとしては喜ばしい限りだが、その代わりに求められたのが文通だった。

「ディーも、花のお返しに何か贈ってはどうだ？」

シルヴェスターとの関係はヴァージルにも優しく見守られ、そんな提案をされる。

「そうですわね……お兄様なら何が嬉しいですか？」

「俺はディーから貰えるものなら、何だって嬉しいよ。思いつかないなら、週末に商店でも回ってみるか？」

「もちろんお兄様も一緒ですよね？」

「ああ、最近はヘレンにお株を奪われているからな」

「ふふっ、ヘレンは歳の近い同性だから相談しやすいの。それこそシルヴェスター様のことだったら、お兄様にしか相談できないわ」

視界の端で、父親が寂しそうにしていたのはスルーした。

良好な関係は維持したいけれど、今まで放置した罪悪感は持ち続けてもらいたい。

（というか、未だに愛人宅へ帰っておきながら、父親面しないでほしいわ）

父親がクラウディアを政治利用するつもりがないことは、接してきた中で感じていた。

シルヴェスターとの婚姻は、あくまで娘にとってためになるから推《お》しているようだ。

もしかしたら自分の政略結婚が上手くいかなかったことを、意識しているのかもしれない。

（性根は悪くないのでしょうけど、自分に甘い人なのよね）

そう考えると、前のクラウディアは両親の悪いところばかりを受け継いだように思える。

実際は厳格な母親とマーサの躾けによって、心に余裕がなかっただけだが。

侍女は心の妹をゲットする

「とうが立ち過ぎている」

男はヘレンを一瞥するなり、そう言い放った。

貴族街の終端にあるカフェの一室。

紹介があれば身分がなくとも入店できるこの店の売りは、個室があることだった。

外観はありふれた街のカフェだが、訪れる客といえば訳ありばかり。中には個室で「仕事」に耽る客もいる。

ヘレンは店に入るなり訪れたのを後悔したけれど、紹介を受けた以上、家のためにも帰ることはできなかった。

鬱々《うつうつ》としながら指定された個室に入り、言われたのが先ほどの言葉だ。

さらに男が続ける。

「若くてあどけない娘だというから来てみれば、とんだ年増じゃないか。あと十年早ければ、躾がいがあったものを」

何を言われているのか。

辛うじて、身売り同然の縁談が、破談になったのだけはわかった。

頭が真っ白になる中、これ見よがしに男の指で輝く、特大の宝石だけが色を失わない。

(あれだけでも貰えないかな)

売れば生活の足しになるだろう。

しかしすぐに心が拒絶した。

(無理。たとえお金になっても、子どもにしか興味ない男が身に付けてるものなんて、触りたくもない！)

男の言葉を理解するにつれ、身の毛がよだつ。

十年前の自分を思い浮かべると、男の嗜好に吐き気がした。

最悪だ。

どうしてこんな男が罪に問われず、のうのうと生きているのか。

思わず睨みそうになって床を見る。

視線を落としたヘレンに何を思ったのか、男は嘲笑《あざわら》った。

「娼館にでも行けば、まだ需要があるだろうさ。僕はこれで失礼するよ」

お前なんてこちらから願い下げだ、とは言えない。

家が没落してはいても、伯爵令嬢として受けた教育は、まだ身に残っていた。

男の背中を見送り、急いでヘレンも店を出る。

両親は反対していた。

ヘレンがそこまでする必要はないと。

こんなことなら素直に従っておけば良かった。

途中、すえた臭いを感じ、吐き気がぶり返す。

「うっ……」

持っていたハンカチを口に当てる。

洗い立ての石鹸の香りが、唯一の救いだった。

（最悪。本当に、もう……最悪）

生理的にも、感情的にも涙がこぼれそうになるのを必死に耐える。

貴族街へ入るときには、身分と用向きを確認する門扉の兵も、出ていく者には興味がないのか見向きもしない。

けれど今はそれが有り難く感じた。

（こんな姿、誰にも見られたくない）

見ず知らずの人間であっても。

惨めだった。

変態にすらいらないと言われ、我慢していた全ての感情が堰《せき》を切ったように溢れそうだった。

貴族街を振り返ることすら叶わない。

ただただ、この場からヘレンは逃げ出したかった。

伯爵という爵位があっても、その内情はピンキリだ。

領地に恵まれていれば贅沢《ぜいたく》もできるが、ヘレンが生まれたホスキンス伯爵家は違った。

歴史こそあるものの実入りは少なく、商人上がりの男爵家のほうが裕福に暮らしていたぐらいだ。

それでもヘレンは、伯爵令嬢として恥ずかしくない教育を受けていた。

後に、父親の娘に対する見栄だったと判明するが。

（まさかここまで逼迫《ひっぱく》していたなんて）

爵位を返上する身になるまで、父親は家族に負債を隠し通した。

父親の見栄は、家族を騙すためでもあったのだ。

父親から学園を卒業できないと告げられるまで、ヘレンは自分が明日も伯爵令嬢であることを疑いもしなかった。

（どうりで縁談が一つも来ないはずよね）

貴族社会では、学園へ入学する十六歳から本格的に縁談がまとまりはじめる。

ヘレンの友人にも、学園を中退して嫁入りする子がいた。

ヘレンもモテなかったわけじゃない。

けれど誘ってくる相手は、ことごとく遊び目的だった。

今ならその理由がわかる。

（没落しそうな家の娘と、誰が好き好んで本気になるっていうの）

何も知らず、のうのうと暮らしていた頃の自分が恨めしい。

――いや、本当はこんな日が来ることを、わかっていたのかもしれない。

ヘレンは学ぶことが好きだった。

家庭教師から教えられたことは、全て完璧に近い形で習得した。

友人たちから、物好きと評されるほどに。

(いつか教育さえ受けられなくなると、無意識の内に予期していたのかも)

だからといって、何ができるわけでもない。

伯爵令嬢としての知識は社交界でこそ役立つが、市井では意味をなさなかった。

幸い、男爵家出身の母親の趣味が家事だったため、身の回りには困っていない。

一緒に泡まみれになって洗濯する楽しさは、屋敷を手放してから知った。

しかし売れるものを全て売って作った生活資金は心許なく、じり貧なのは目に見えている。

(何か、収入を得ないと……)

既に父親が借金を踏み倒しているため、親戚からの援助は期待できない。

爵位を失ってしまっては、友人たちとも連絡する手段がなかった。

(貴族って、つくづく狭い世界の生きものよね)

伯爵家の紋章があってこそ、手紙は受け取ってもらえる。

いくら名前を書き綴ったところで無駄なのだ。

貴族は、貴族としか関わらない。

貴族としてしか生きられない。

偏った知識で、全てを知った気でいる。

ヘレンも例に洩れず、金策で真っ先に思い浮かんだのが、裕福な家へ嫁ぐことだった。

訳ありである以上、条件はもちろん悪くなる。

それでも憔悴《しょうすい》する父親を見ていられなかった。手入れができずボロボロになっていく母親を見ていられなかった。

そんなとき、父親の知人から紹介されたのが、カフェで会った男だった。

（この世に、神様なんていない）

いたら真っ先に、あの男を業火《ごうか》で焼くはずだ。

もう忘れてしまいたい。

けれど初見で最も嫌いになった男の言葉が脳裏を過る。


〈娼館にでも行けば、まだ需要があるだろうさ〉


身売り同然の縁談だった。

それが破談になった今、他に選択肢はないように感じられた。

（もう娼館に行くしかないのかな……）

どういう場所かは知っている。

進んで行きたいとは絶対に思わない。

でも自分に何ができるのか、精神的に追い詰められたヘレンには答えがわからなかった。

ほうほうの体で借家に帰ると、居間に身なりの良い男がいた。

父親の知人より胡散臭《うさんくさ》くはないが、先ほどのことがあったばかりなので警戒する。

両親が揃って緊張しているとなれば、尚更。

「あなたがヘレン様ですか？」

「はい、あの、どちら様ですか？」

「申し遅れました、自分はリンジー公爵家の使いの者です。今日はあなたにお話があって訪ねさせていただきました」

そこからは、夢を見ているようだった。

トントン拍子に話が進み、気付けば宮殿と見間違うほどの屋敷の前にいた。

（わたし、本当に侍女になるんだ……）

考えてみれば、なぜ思い付かなかったのか。

下級貴族の令嬢たちが、上級貴族の屋敷へ奉公に出るのは知っていたのに。

自分自身がその身になって働く、という発想に至らなかった。

（結局わたしも、狭い世界でしか生きてなかったのね）

収入を得たいなら、仕事をすればいい。

女性の働き口は、娼館以外にもあるのだから。

追い詰められていたとはいえ、そんな単純なことさえ考えられなかった。

（まさかクラウディア様が推薦してくださるなんて）

侍女として話がきたとき、てっきり家庭教師だった先生の誰かが推薦してくれたのだと思った。

優秀な生徒だった自負はあったから。

蓋《ふた》を開けてみれば、予想外もいいところだ。

ヘレンとクラウディアに面識はない。

けれどクラウディアの噂は耳にしていた。

母親の死をきっかけに、心を入れ替えた少女の話。

物語のように耳触《みみざわ》りの良い話は、瞬く間に社交界で広まった記憶がある。

同時に、父親が愛人に耽っているという嫌な話も聞いたが。

（下世話よね。わたしのことはどこで知ったのかな？）

採用された経緯については、わからないことだらけだった。

でも案内された先、靴が沈む絨毯《じゅうたん》の感触は本物で。

（雲の上を歩いてるみたい）

事前に侍女としての研修は受けていた。

侍女は住み込みになるとのことで、住まいも従業員用の宿舎へ移してある。

だから夢ではなく、現実だとわかってはいるものの、まだ信じ切れない。

はじめてクラウディアを前にしたとき、その思いは頂点へ達した。

「クラウディア様ほど可憐なご令嬢を、わたしは見たことがありません」

「改まってどうしたの？　大袈裟だわ」

「事実です。天使がいるなら、きっとクラウディア様と同じ姿をしていますよ」

むしろそうじゃないと認めない。

顔を合わせたときの輝かんばかりの笑顔は、いつか見た特大の宝石よりも眩しく。

発せられる声は鈴の音のようで、ずっと聞いていたくなる魅惑的な響きを含んでいた。

クラウディアが笑えば、つられて蕾《つぼみ》も花開きそうに思える。

「クラウディア様と出会って、わたしはきまぐれな神様はいるのだと信じるようになりました」

「そ、そう？」

これほど心優しく、美しい人が存在するのか。

複雑な家庭環境に負けず、屋敷を切り盛りする強さを兼ね備えた少女が存在するのか。

神の創造物だと言われない限り、納得できない。

ヘレンの父親は商才こそなかったものの、家族への愛は本物だった。自分より年下の少女は、その愛を知らないという。

だからか、自分より大人びて見えるときがあると、より思いが強くなる。

「わたしはクラウディア様にお仕えできて幸せです」

勉強してきた甲斐があった。

侍女としてはまだまだ半人前だけれど、身に付けた教養のおかげで、礼節を以ってクラウディアに接せられる。

貴族社会の話についていける。

「今まで学んできたことが無駄にならずに済んだのも、クラウディア様のおかげです」

「何を言ってるの、最初から無駄になっていないわ。ヘレンの評価が高かったから、お父様も認めてくださったのよ？」

クラウディアは公爵家へ奉公にきていた令嬢から、ヘレンの話を聞いたようだった。

いくらクラウディアが推薦しても、雇うかどうかは公爵家当主の判断に委ねられる。

身辺調査はもちろんおこなわれた。

「ヘレンのご友人や家庭教師だった先生からも、ぜひともと薦められたそうよ。当時の成績表もお父様の下には届いているはずだわ」

クラウディアは何気ない様子で、ヘレンが淹れた紅茶へ手を伸ばす。

おいしい、と零された感想に、心から安堵した。

クラウディアの実情を知ったヘレンは、お茶を極めようと決意した。

少しでもおいしいと感じてもらえるように。

それがクラウディアの癒やしになるように。

持ち前の、学びへの貪欲さを発揮した。

そう、家庭の事情に関係なく、ヘレンは学ぶことが好きだったのだ。

「ヘレン!?　どうしたの？　具合でも悪いの？」

クラウディアが慌てているのを見て、頬に涙が伝っているのを自覚する。

(主人を心配させるなんて、本当に半人前もいいところね)

涙を拭い、大丈夫だと笑む。

「これは嬉しくて……嬉し泣きです」

学んだことが無駄じゃなかったと知れて。

学ぶことが好きだったのを思いだして。

父親が爵位を返上してから失っていた本来の自分を、取り戻せた気がした。

「何か辛いわけじゃないのね？　嘘だったら許さないわよ」

クラウディアは腰に手を当て、肩を怒らせながらヘレンを覗き込む。

まだ心配が消えない青い瞳は、ヘレンにとって何よりも尊かった。

公爵令息は妹に頼られたい

母親の墓石にすがりついて泣くクラウディアを見るまで、ヴァージルは妹が自分と同じ人間であることを忘れていた。

口を開けば嫌だと不満を言い、癇癪を起こしては物に当たる。

そして母親からヒステリックに叱られるのが、クラウディアのお決まりだった。

（大人しく言うことを聞けばいいのに）

毎度妹が繰り広げる光景に、ヴァージルは呆れていた。

叱られるとわかっていて、どうして物に当たるのか理解できなかった。

厳しい母親だが、結果を出せば褒めてくれる。

ちゃんと自分の存在を認めてくれる。

屋敷に帰ってこない父親とは違って。

（まるで物語に出てくる怪物だな）

ことを起こしては、周りを不幸にする。

クラウディアが癇癪を起こせば、決まって屋敷の雰囲気は悪くなった。

暴れ回るところも一緒だ。

だからずっと距離を置いていた。

それは王太子殿下の話相手にと王城へ呼ばれ、口さがない大人から、父親に愛人がいると聞いてからも変わらなかった。

父親の裏切りを知ったときは怒り、失望しつつも、心の片隅ではほっとした。

父親が帰ってこないのは、自分のせいではないとわかったからだ。

自分の出来が悪いせいじゃなかった。

子どもながらに、少しだけ肩の荷が下りた気がした。

そんなヴァージルの心情も知らず、クラウディアは暴れた。

周りに迷惑しかかけない妹に、他人を思いやる気持ちなんてないんだとヴァージルは思っていた。

けど違った。

母親の死を寂しいと泣き叫ぶクラウディアは、自分と同じだった。

傷つく心を持っていた。

（どうして今まで気付かなかったんだ）

たった一人の妹なのに。

墓前で抱き締め返した体は、怪物と呼ぶには小さ過ぎて。

関わるのが面倒だからと、見て見ぬ振りをしていた自分が腹立たしい。

「これからは母上に代わって、俺がクラウディアを守る」

互いに誓いを立てた。

そして誓いの通り、クラウディアは変わった。

品位を身に付け、癇癪を起こさなくなった。

さらには屋敷全体へ気を配るようにもなった。

最初こそ侍女との関わり方を危惧したものの、すぐに余計な心配だと知れた。

クラウディアの笑顔と、侍女たちの優しい目差しを見ればわかる。

母親がいた頃とは違う、屋敷の雰囲気を肌で感じれば誰でも察するだろう。

父親ですら、さすがに気付いたようだ。

居心地の良くなった屋敷にいる時間が増えた。

（散々放っておいて）

けれどそれは自分にも言えて、胸が痛む。

傍にいると誓ったのに、何もしてあげられていなかった。

精々お茶を一緒にするぐらいだ。

贈り物を喜んではくれるが、それにどれだけの意味があるだろう。

（俺は全く変わってない）

クラウディアは目に見えて変わったのに。

屋敷と学園を往復するだけの自分に嫌気が差す。

もっとクラウディアのために何かしてあげたかった。

でもどうすればいいのかわからず、無為に時間だけが過ぎていく。

そんなとき、新しい侍女がクラウディアの専属になった。

聞けば没落した伯爵家の令嬢だという。

クラウディアの推薦だと聞いたときは耳を疑った。

（一体どこで取り入ったんだ？）

ホスキンス伯爵家とリンジー公爵家に接点はない。

噂を耳にして、クラウディアが同情したのだろうか。

（俺が守ってやらないと）

どうせ父親は、屋敷のことについて執事からの報告書を読むだけだ。

娘の専属になるのに、直接面接すらしていないに違いない。

それだけ執事を信頼しているといえば聞こえはいいが、放任にもほどがある。

まるであてにならない。

(少しでも怪しい素振りを見せたら解任してやる)

加えて、ヴァージルは独自に調査することを決めた。

ヘレンの年齢から、学園の先輩たちが彼女を知っていてもおかしくはない。

ようやく自分にもできることが見つけられ、充足を覚える。

意気込みは十分だった。

けれど。

(欠点がないなんて、ありえるのか?)

調査の結果、ヘレンの欠点を強いてあげるなら、父親の商才のなさだった。

屋敷で観察する限り、元伯爵令嬢だけあって所作は完璧だ。

それでいて偶然通った中庭では、他の侍女たちと笑いながら洗濯をこなす。

勤務時間内はクラウディアの傍にいるはずだから、休みの日に人手が足りず駆り出されたのだろう。

頭に泡がついても、嫌な顔一つしていなかった。むしろ楽しそうだった。

学園の先輩たちからも悪い評判は聞こえてこない。

男の先輩からは面白みのない女だと聞いたが、単に誘いを断られたのが理由だった。

教師も優秀な生徒だっただけにヘレンの境遇を残念がった。

公爵家で雇うことを知ると、感謝されたぐらいだ。

(父親が負債さえ抱えなければ……)

彼女は貴族令嬢として、恥ずかしくない人生を送っていただろう。

人からヘレンの話を聞けば聞くほど、クラウディアの推薦に納得した。

(ディーは、人を見る目もあるんだな)

妹の隠れていた才能に脱帽《だつぼう》する。

お茶や刺繍、勉学に至るまで、クラウディアは完璧にこなした。

男女では学ぶ内容も変わるだろうに、ヴァージルがどんな話題を振っても返答があるため、クラウディアとはつい時間を忘れて話してしまう。

そして疲れを感じる前には休ませてくれるのだ。

(俺は兄として面目を保てているのか?)

いない気がする。

ヘレンのことも、結局はクラウディアが正しかった。

(何かないか、何か俺にできることは――)

「思いつかないなら、週末に商店でも回ってみるか?」

「もちろんお兄様も一緒ですよね?」

「ああ、最近はヘレンにお株を奪われているからな」

シルヴェスターへの贈り物の提案は、苦肉の策だった。

クラウディアが婚約者候補に決まるまでは、話——遊び——相手として王城へ招かれていた。

今は他の婚約者候補と公平を期すために距離を置いているが、シルヴェスターとは気心が知れている。

贈り物の相談なら、自分が適任であると確信があった。


「……どちらにしろ、君はついて来るんだな」

「何かございますでしょうか？」

「いや、気にしないでくれ」

つい漏らした呟きに反応され、首を振る。

普段の買い物は屋敷に商人を呼んで済ませるので、クラウディアと出かける機会は数えるくらいしかない。

そこへ護衛騎士と一緒に、クラウディア専属の侍女であるヘレンが同行するのは当然だった。

(別にヘレンが邪魔なわけじゃない)

ただヘレンを姉のように慕うクラウディアを見ると、思うところがあるだけだ。

俺は実の兄だぞ、と。

若干の鬱屈が残るものの、それも顔をほころばせるクラウディアの前に霧散する。

「お兄様、こちらなんてどうでしょう？」

「そうだな」

ショーケースを覗き込み、母親と同じクセのある黒髪を揺らす姿が愛らしい。
体を寄せるとバラの香りが鼻をくすぐり、甘美な気分にとらわれる。
（シルへの贈り物とかどうでもよくなってきたな）
このまま妹との買い物を楽しみたい。
本末転倒になってしまうので踏みとどまるが。
（いっそ好みとは真逆のものを選んでやろうか）
というシルヴェスターへのイタズラ心が生まれてしまう。
人間性を知っているだけに、見返りもなく喜ばせるのが癪だった。
しかしバレたらクラウディアからの好感度はだだ下がりだろう。
（仕方ない、真面目に選んでやるか）
クラウディアのために。
間違ってもシルヴェスターのためではない。

用事を済ますと、ついでにという体でクラウディアの買い物に付き合う。
クラウディアは遠慮したけれど、折角買い物にきたのだからと押し切った。
もう少し、兄妹水入らずの時間を過ごしたい。
とはいえ婦人向けの店では出番がないので、ヘレンにクラウディアの隣を譲る。
後ろから眺める二人の様子は、姉妹といっても差し支えなかった。

主人と侍女にしては気さくだ。
思うところはあるけれど。
（クラウディアが楽しそうならいいか）
花が咲いたような笑顔を見せられれば、深慮《しんりょ》もバカらしくなる。
兄としての自尊心など、ちっぽけなものだ。
（この笑顔を守られるなら、それでいい）
「ヴァージル様なら、こちらのお色を好みそうですね」
「でしょう？」
ふいに聞こえた自分の名に意識が向く。
気のせいかと思ったが、向けた視線の先でヘレンと目が合った。
無意識だったのだろう、慌てて顔を逸らされる。
（俺の好みも知ってたのか）
普段の様子から、クラウディアにしか興味がないとばかり思っていた。
学園に通うようになり、令嬢の興味を惹《ひ》く顔であることは自覚している。
でもヘレンから他の令嬢と同じ目差しを向けられたことは一度もなかった。
それだけクラウディアへ向ける視線と温度差があるのだ。
だからか。
（懐かない猫に擦り寄られたみたいだ）

嬉しかった。

じわりと目元が熱くなる。

幸せな気分は、屋敷へ帰るまで続いた。

帰るまでは。

「お兄様、今日はお付き合いくださり、ありがとうございました。ヘレンもお休みだったのにありがとう」

クラウディアは、ヴァージルの次に、ヘレンへもお礼の品を渡した。

ヘレンは目を皿のように丸めたあと、感激して目を潤ませる。

(待て、俺は侍女と同列なのか?)

渡すタイミングが重なっただけだ。

だとしても、やはり思うところがあった。

悪役令嬢は異母妹とエンカウントする

母親の喪が明けると、父親は愛人と異母妹を屋敷へ連れてきた。

「今日からリリスもフェルミナも、リンジー公爵家の一員だ。すぐには無理だろうが、ヴァージルとクラウディアにも、いつかは家族として受け入れてもらいたい」

クラウディアは、エントランスに立つ三人の姿にデジャビュを感じる。

けれど屋敷の人間関係については、前と変わっているところも多かった。

クビ候補のマーサは、一人ぐらい厳しい人がいるほうが教育に良いと、今では父親にも認められている。

悪感情を抱いていても、公爵家当主に姿勢を認められたことで肩の力が抜けたのか、マーサにも変化が見られ、古参の侍女たちとのわだかまりは消えていた。

最も大きい点は、父親という悪に対して、使用人が一致団結したことだろう。

ヴァージルを筆頭に、屋敷の中は全員クラウディアの味方になっている。

後ろに控えるヘレンに至っては、愛人家族に嫌悪感を隠しもしない。

（わたくしを思ってくれるのは嬉しいけど、あとで注意しておかないと）

変に目をつけられたらことだ。

理由もなくヘレンがクビにされることはないだろうが、逆行前の父親は、とにかくフェルミナに甘かった。

それがどう転ぶかわからない以上、リスクは冒せない。

「ヴァージルだ。父上の決定には従うが、俺は受け入れるつもりはない」

「クラウディアです。わたくしも複雑な心境ではありますが、屋敷が賑やかになるのは良いことだと思いますわ」

厳しい表情のヴァージルの隣で、クラウディアは柔和な笑みを浮かべた。

兄妹で表に出している感情は真逆だが、二人とも貴族として完璧な所作で挨拶を終える。

対してフェルミナは、ピンクブラウンの髪を大きく揺らしながら元気いっぱいに答えた。

「フェルミナですっ、よろしくお願いします！」

緊張しつつも物怖じせず声を出す姿は、可愛らしい見た目も相まって健気に映る。

けれど今日に向けて練習したのであろう動きは荒く、不馴れさが際立っていた。

それでも前は王太子妃にまで上り詰めたのだから大したものだ。

当たり障りのない挨拶を交わせば、一先ず解散となる。

これから父親は、自ら二人に屋敷を案内するらしい。

(仲がよろしいこと)

あとでお茶をする約束をヴァージルと交わし、クラウディアは部屋へ戻る。

道中は静かだったが、部屋のドアを閉めるなりヘレンが不満を爆発させた。

「旦那様には雇っていただいたご恩がありますが、これはあんまりです！　クラウディア様やヴァージル様のお気持ちを蔑ろにし過ぎです！」

「本当よね」

「クラウディア様はもっと怒ってください、その権利がお有りです！」

「ふふ、だってみんなが、わたくしの代わりに怒ってくれるものだから」

父親がリリスとフェルミナを連れてくる話は、事前に知らされていた。

そのときもクラウディアが何か言う前に、執事やマーサが怒ってくれたのだ。

周囲が感情的になればなるほど、当人であるクラウディアは落ち着くことができた。

不安がないと言えば嘘になる。

けれどヘレンたちの反応こそ今日に備えてきた証であり、少なからず勇気付けられた。

(あとは対症療法ね)

もしかしたらフェルミナも、前のときより敵視してこないかもしれない。

これぱかりは相手の出方を窺うしかなかった。

「クラウディア様は優し過ぎます」

「あら、表面上だけよ。騙されないで」

フェルミナの性根が悪いままなら、やり返す気でいる。

そのためにできることは何だってやるつもりだ。

(わたくしは悪女を超える悪女になるのよ)

決意を胸に、背筋を伸ばすクラウディアは気付いていない。

彼女の行動で救われた人がいることを。

人が何をもって悪女と言うのかを。

そんなクラウディアへ向けられたヘレンの目差しは、慈愛に満ちていた。

クラウディアがヴァージルの部屋を訪ねたとき、彼はちょうど机に向かう手を止め、立ち上がったところだった。

背に窓からの陽光を受けて佇む青年の姿は、上背もあって迫力を生む。

逆光で浮かんだシルエットが、スタイルの良さを際立たせた。

(お兄様もこの一年で背が伸びたから……それにしても美しいわ)

後光が差しているように見え、その神秘的な姿に胸を打たれる。

いつもは冷たい印象を与える青い瞳も、日の温かさを含み、澄んだ空を思わせた。

ドアから動かない妹に、ヴァージルが問う。

「ディー？　ぼうっとして、どうした？」

「すみません、お兄様の立ち姿に見惚れていましたの」

「なっ……か、からかうんじゃない」

本心を告げれば、口元に手を当ててヴァージルは照れる。

反応は可愛らしく映るものの、すっかり彼は大人へと成長していた。

嘘じゃありませんわ、と重ねて言いながらお茶の席に着く。

「ヘレンもそう思うわよね？」

「はい。さすが、氷の貴公子であらせられます」

「お前たち、どこでそれを……！」

ヘレンに水を向ければ、望み通りの答えが返ってきて頬が緩む。

「氷の貴公子」は、ヴァージルの社交界での二つ名だった。

頭に「氷」とつくのは、キツい目元が表情を冷たく見せるからだろう。

「ご令嬢のみなさまは、お兄様に夢中だと聞いていますわ」

「やはりからかっているだろう？　ご令嬢方は、公爵家の名が欲しいだけだ」

「そうじゃない方もおられると思いますけど」

「どうだか」

羽虫のようにまとわりつかれてうんざりする、とヴァージルは続ける。

爵位があるから仕方ないと割り切ってはいても、令嬢たちに囲まれると疲れてしまうそうだ。

「なら、わたくしが社交界デビューをすれば、少しは役立てるかもしれませんわね」

シルヴェスターの婚約者候補ではあるが、複数いる中の候補だ。

基本的にクラウディアのエスコートは、兄であるヴァージルが担当する。

妹とはいえ、隣に女性が立っていれば、令嬢たちも無理には迫ってこない。

「ディーに負担をかけるつもりはない。でもお前も来年にはデビュタントか……」

貴族は十六歳になると社交界デビューし、そのほとんどが王都にある学園へ通う。

十六歳から十八歳まで三年間在籍する学園は、学業を主としつつも、実質は歳の近い令息令嬢の社交場だった。

男性にとっては議会に出席する前の練習場であり、女性にとっては婚活の場だ。

国内での交流を密にすることにより、他国から介入を受けにくい下地を作る意味合いもある。

「ディーが俺以外の男の視線に晒されるかと思うと心配だ」

「ふふ、お兄様、そういうことは好いた相手に言うものですわ」

「本当に心配しているんだ。俺から見てもディーは眩しいくらい魅力的になったからな」

ヴァージルが青年になったように、この一年でクラウディアの体付きも大人顔負けになった。

出るところが出たおかげで着られる服がなくなり、新しく仕立て直したくらいだ。

(でもまだお尻が小さいのよね。大きければいいってわけじゃないけど)

クラウディアにしてみれば、全盛期を知っているだけに物足りない。

「ではわたくしはご令嬢からお兄様をお守りしますから、お兄様はご令息からわたくしを守ってくださいな」

「もちろんだ。ディーに近付く輩は、殿下の前に俺が斬《き》り伏せる」

仮想敵を睨むヴァージルの顔付きは、氷の貴公子そのものだった。

鋭い視線に、わざとらしく肩を揺らす。

「お兄様、怖いですわ」

「す、すまない、ディーを怖がらせるつもりはなかった」

ヴァージルが眉尻を落とせば、すぐに和やかな雰囲気が戻ってくる。

しかしクラウディアがフェルミナの名前を出すと、再度ヴァージルの顔は険しくなった。

「フェルミナさんのお相手はどうするのかしら」

「どうせ父上がやるさ」

「最近の流行りから外れてしまいますけど」

父親がエスコートするのは悪いことではないが、最近の感覚では「ダサい」とされる。

歳近い相手を見繕うだけの伝がなかったと思われるからだ。

「お父様にそれとなく伝えたほうがいいでしょうか」

「どうかな……実際相手を見つけるのも骨が折れるだろう。俺としては、あれをデビューさせる気がしれないが」

挨拶時の所作の荒さを、ヴァージルも気にしているらしい。

「慣れていないだけですわ。基礎は学んでいると聞きますし、一年もあれば大丈夫でしょう」

前のクラウディアはフェルミナを平民扱いしていたが、実のところ母親のリリスは男爵令嬢である。

フェルミナの祖父が功績を挙げ、一代限りの爵位を授けられていたのだ。

極めて平民に近い立場ではあるものの、リリスも基本的な貴族の流儀は知っていた。

父親と出会ってからは金銭的な援助もあり、フェルミナも貴族として最低限の教育は受けている。

あくまで最低限なのは、クラウディアの母親の目があったからだ。

母親が存命であれば、リリスとフェルミナが公爵家に籍を置くことはなかった。

男爵は祖父の代だけのもの。いつかは平民になるのだから、下級貴族としての知識さえあれば十分だと判断されても仕方がない。

（お母様が亡くなり、お父様がお二人を迎え入れたことで、今までの知識だけでは通用しなくなったのよね）

それは継母《ままはは》となるリリスも一緒で、今後父親と公の場に出席するなら、公爵夫人としての立ち振る舞いを求められる。

さすがに好奇の目に晒されるとわかっていて、父親も引っ張り出しはしないだろうが。

デビュタントが済めば、クラウディアが継母の代わりに父親の随行者《ずいこう》にもなれた。遠慮したいところだけれど。

「ディーは大丈夫か？」

ヴァージルから窺うような視線を向けられて、クラウディアは目を瞬く。

一瞬、何を心配されているのかわからなかったけれど、ヴァージルもヘレンのように精神的な負担を慮ってくれていた。

「あれと同い年で、同じ場所に立つことも多くなるだろう。辛いと感じたら、すぐ俺に言うんだぞ」

「はい。白状すると、お兄様が味方でいてくださるから、あまり深く考えておりませんの」

ちろっと舌を出せば、ヴァージルは声を出して笑った。

断罪されたときとは真逆の兄の表情に、人知れずクラウディアは安心した。

フェルミナと家族になって二週間。

表立った衝突はなかった。

前もって使用人たちには、クラウディアから公爵家の一員として扱うよう念押ししていたため、そちらとのトラブルもない。冷ややかな視線は拭えないが、これは当主である父親にも向けられていた。

クラウディアがいつも通り穏やかに過ごしているのもあって、屋敷の雰囲気は悪くない。

（殺伐《さつばつ》とした空気にならなくて良かったわ）

顔を合わせれば多少緊張は走るものの、食卓を一緒に囲んでも胃は痛くならなかった。

シルヴェスターと比べれば、気が楽なくらいだ。

継母になったリリスが真っ当な人だったのも大きい。

手管で父親を誘惑したわけではなく、単に父親が彼女に惚れたことは二人を見ていればわかった。

そんなリリスは、クラウディアが歩み寄りを見せると泣いて喜んだ。

自分のせいで父親が家庭を省みなくなったことに、彼女は負い目を感じていた。公爵家に入るのも反対だったけれど、父親が勝手に手続きを済ませてしまったという。

父親が一人で手続きしたことは執事の証言もあり、リリスの言葉に嘘はない。

クラウディアから見たリリスは、至極真っ当な感性の持ち主だった。

（お父様としては、愛する人たちを守りたかったのでしょうけど）

外で囲うより、屋敷のほうが彼女たちの安全を守れる。

私兵もいる公爵家の守りは、王家に次いで強固だ。

しかし身の安全は保障されても、リリスの心労はいかほどだろうか。

（ある意味、リリスさんもお父様の被害者だわ。それにしても……フェルミナの性格の悪さはどこからきたのかしら？）

父親を擁護《ようご》するつもりはないが、気性は穏やかな人である。

そんな父親が惹かれたリリスも同じで、苛烈なところがない。

気の強い母親から逃げた先なのだから、リリスについては納得できた。

「何にせよ、今のところ問題がないのは良いことよね？」

「旦那様は問題の塊《かたまり》だと思いますが？」

気分転換に屋敷を散歩しつつ呟けば、ヘレンが怫然《ふつぜん》と返す。

父親の耳に入れられないものの、それは使用人たちの総意だった。

彼らにしてみれば、父親の行動は自分たちの仕事場を荒らしているようにしか見えないのだ。

「けれど、そんなお父様だからこそ、わたくしはシルヴェスター様の婚約者候補になれたのよ」

屋敷内では悪の代表だが、議会では王族派に属しつつ中立の姿勢を保っている。

貴族派にも理解があるのは、リリスを通して下級貴族の現状を知っているからだろう。

「クラウディア様なら、旦那様のご威光《いこう》がなくても選ばれておりました」

「持ち上げてくれるのは嬉しいけど、貴族の婚姻が政治情勢によるのは、ヘレンも知っているでしょう？」

上級貴族ほど、それが顕著《けんちょ》になる。

貴族は爵位が上がれば上がるほど、婚姻に政治が絡んだ。

「存じ上げておりますが、わたしが見てきたご令嬢の中でも、クラウディア様は別格です。政治背景がなくとも、王太子殿下はクラウディア様を選ばれたでしょう」

侍女の欲目が入っていても、ヘレンに褒められるのは嬉しい。

誰かと話すときは、相手に好まれるよう反応を使い分けているクラウディアだが、ヘレンと一緒にいるときは常に自然体でいられた。

和やかに散歩を続けていると、風にのってピアノの音が届く。

ダンスホールから聞こえているようで、中を覗けば、フェルミナが教師からダンスレッスンを受けていた。

壁際に置かれた二人掛けのソファーには継母リリスの姿もあり、目が合うと手招きされる。

クラウディアは挨拶だけしてすぐに辞そうと思ったが、彼女に気付いた教師にも呼び止められた。

「クラウディア様、よろしければお手本になっていただけませんか」

「わたくしが、ですか？」

実際に正しいステップで踊っているところを見れば、良い刺激になるからと乞《こ》われる。

「わたしからもお願いします。わたしでは、とてもお手本にはなりませんから」

重ねてリリスからも求められれば、拒否できる空気ではなかった。

いつになくじっと見てくるフェルミナの視線は気になるけれど、諦めて教師の手を取る。

ステップは全て習得済みだ。

教師のリードが巧みなのもあって、意識しなくとも体が動く。

クラウディアは何事もなく一曲分を踊り終えたが、周囲の反応は違った。

完成されたダンスは見るものを圧倒し、自然と拍手が起こる。

ピアノの演奏者からも拍手を送られ、クラウディアは面映《おもは》ゆくなった。

ダンスホールに人が少ない分、逃げ場がなく、頬を染めたままヘレンの下へ戻る。

「さすがクラウディア様、素晴らしかったです！」

「えぇ、ドレスで見られないのが残念なくらい素敵だったわ！」

リリスからも手放しで褒められ、居たたまれない。

この場の主役はフェルミナだ。他人が褒められていい気はしないだろう。

それでは、とクラウディアが辞そうとしたとき。

「ぐす、酷いっ、あたしが下手だからって見せ付けるなんて……っ」

フェルミナが大声で泣き出した。

一瞬で空気が凍《こお》る。

「フ、フェル？　クラウディアさんは、お手本に踊ってくださっただけよ？」

「うっ、うっ……あたしのことなんて、内心バカにしてるんです！」

事実無根だ。

そもそも教師に頼まれて踊ったというのに。

何がどうフェルミナの中で改変されたのかわからず、クラウディアは混乱する。

「何の騒ぎだ？」

突然、背後からかけられた低い声に、肩がビクついた。

振り返れば、ダンスホールの入口にヴァージルが立っている。

「お兄様！　お姉様が酷くて、あたし……っ」

フェルミナは大粒の涙をこぼしながら訴える。

か弱く泣き崩れる彼女の姿に、ヴァージルは厳しい表情をクラウディアへ向けた。

その表情に見覚えがあり、緊張で体が強張る。

（これって、途中から来たお兄様からすれば、わたくしがいじめたようにしか見えない状況だわ）

警戒していたはずなのに。

いとも簡単にフェルミナにとって都合の良い状況を作られて戦慄《せんりつ》する。

「ディー」

「は、はいっ」

底冷えするほど冷たいヴァージルの呼びかけに、口の中が乾いた。

（どうしよう、まだ弁解のチャンスはあるわよね？）

しかしクラウディアが何か言う前に、ヴァージルは踵《きびす》を返してしまう。

兄の広くなった背中に、拒絶が見えた。

視界が真っ暗になり、断罪されたときの光景が頭を過る。

こんなに呆気なく。

築いたものは覆されるのか。

前と同じように、軽蔑されるのかと指先が冷たくなる。

けれどヴァージルの動きには続きがあった。

「どうした？　行くぞ」

振り返り、一緒に来るよう促される。

向けられた青い瞳に、先ほどまでの冷たさはない。

それどころか。

「何があった？」

クラウディアが隣に並べば、気遣わしげな瞳とかち合う。

どう説明したものかと考えていると、後ろで控えていたヘレンが口を開いた。

「わたしから説明させていただいても、よろしいでしょうか？」

「頼む」

「お願いするわ」

当事者より第三者のほうが客観的に伝えられると思い、ヴァージルに続いて同意する。

このとき、クラウディアは忘れていた。

やり直しの人生でも、ヘレンは妹のようにクラウディアを可愛がっていることを。

「あの娘はっ、こともあろうに！」

「ヘレン⁉　落ち着いて！」

「クラウディア様を侮辱《ぶじょく》されて落ち着いていられますか⁉」

「そ、それほどのことではないと思うわっ」

侮辱というよりは、言いがかりに近かった。

けれどヘレンにとっては、その時点で憤懣《ふんまん》やるかたないようで。

結局、当人以上に感情的になるヘレンをなだめながら、クラウディアが説明することになった。

話を聞き終えたヴァージルは頭痛を覚えたようで、近くにいた侍女に薬草茶を用意させる。

「あれは、妄想癖でもあるのか？」

「被害妄想のきらいはありそうですわね……」

フェルミナについて語るヴァージルの声音は冷え冷えとしている。

ダンスホールで感じたヴァージルの冷たさや拒絶は、クラウディアではなく、フェルミナに向けられたものだった。

「先が思いやられるな。このことは父上にも報告するぞ」

「そうですわね……心労によるものかもしれませんし」

作為的ではあった。

ヴァージルの反応に肝が冷えたけれど、考えてみればダンスホールにいた誰から見ても、フェルミナのほうがおかしい。

リリスもクラウディアを庇っていたし、作られた状況もお粗末なものだった。

クラウディアを狙って攻撃してきたのか、単に環境が変わったせいで心労がたたったのかまでは判断がつかない。

「ディーは、あれと距離を置いたほうがいいな。手本になっても、ディーを基準にしたら何もできなくなるだろう」

「クラウディア様ほど、完璧な淑女はいらっしゃいませんから」

あの侍女長が認めるほどです、とヘレンが続ければ、重々しくヴァージルが頷く。

クラウディアがマーサ好みの淑女を演じているだけだが、それも基礎ができているからこそだ。

相応の努力はしているので褒められるのは嬉しい。

嬉しいけれど。

「お兄様もヘレンも褒め過ぎよ……！」

真剣な表情で評する二人に、顔が火照る。

意図した以外での賞賛に、慣れないクラウディアだった。


夕食時、クラウディアはダンスホールでの一件をリリスから謝罪された。

「ごめんなさい、フェルにも言い聞かせたんだけど……」

部屋に引きこもってしまったフェルミナに、リリスは眉尻を下げる。

事情をリリスとヴァージルから聞いた父親も悩ましげだ。

「しばらくフェルミナは休ませよう」

「ねぇ、やっぱりわたしたちがお屋敷に来るのは、無理があったんじゃないかしら」

「だがフェルミナも屋敷の暮らしに憧れていただろう？」

屋敷とは言っているが、公爵家の造りは宮殿に近い。

広大な敷地を有する庭園もさることながら、生活拠点である洋館の部屋数も優に百を超える。だから気分転換にクラウディアも散歩ができた。

フェルミナに限らず、世の令嬢たちにとって公爵家での生活は憧れの対象だ。

公爵家当主の血を引くフェルミナが、人一倍思い入れを抱いていても不思議じゃない。

（理想と現実の差が激しかったのかもしれないわね）

確かに室内の装飾や家具、食卓に並ぶ料理は豪華だ。

しかし成人前のクラウディアたちには学ぶべきことが多々あり、それらをのんびりと楽しんでいる暇はなかった。

公爵家であるがゆえに、周囲から求められるものも多い。

礼儀作法やダンスはもちろんのこと、貴族としての一般知識に加え、教養を高めようとすれば時間はいくらあっても足りなかった。

娼館で学んだ知識や経験があるクラウディアだからこそ、他人に気を配れるゆとりを持てるのだ。

とりあえず現時点で、フェルミナの行動はクラウディアの不利になっていない。

行動を警戒しつつも、判断は父親とリリスに任せることにした。

部屋に戻ったあとは、ヘレンと一緒に体を鍛える。

鍛えるといっても美しい体型を作るのが目的なので、室内で簡単にできるものだ。

娼婦時代は、先輩娼婦たちと何が効率的かを話し合い、切磋琢磨していた。

「これで胸が垂れなくなるなんて凄いですね」

「完全に防げるわけじゃないけど、維持できる歳月は延びるわ」

肘《ひじ》を上げ、胸の前で合掌したまま手の平を押し合う。

胸の土台を鍛えることで、乳房が垂れるのを防ぐのだ。

他にもお尻のラインを上げて魅力的な形にする鍛え方など、実践によってクラウディアは生み出していた。

「どれも改良の余地はあるでしょうけどね」

「思い付くだけでも凄いです。最近何をやってるのか、よく訊かれるんですよ」

ゆくゆくは他の侍女たちにも教えていいかもしれない。

けれどタダで教えるのは、気乗りがしなかった。

改良を加えているとはいえ、元々は先輩娼婦たちから教わったもので、彼女たちは仕事のために体を磨いているのである。

今は娼婦でもないクラウディアが、勝手に広めるのは気が引けた。

時には人に見せられない姿になりながら、二人は体を動かし、キープする。

雑談しながらなので飽きることはない。

一日分のノルマを終えたら、お茶休憩だ。

寝る前なので、リラックス効果のあるハーブ茶をヘレンが淹れる。

このときばかりはヘレンも椅子に座り、クラウディアとお茶を共にした。

「あとは化粧品も自分に合うものを揃えたいわね」

「エバンズ商会ですか？　調べてはもらっているんですが、大々的には売り出していないようで、入手は難しそうです」

化粧品には肌に合う、合わないがどうしても生じる。

その点も抜かりないクラウディアだが、娼婦時代に愛用していたものは、まだ売り出されていなかった。

他にも美容には何が良いかヘレンと話し合い、ほっと一息ついたところで、ドアがノックされる。

「クラウディア様、少しよろしいですかな」

控えめなノックで訪ねてきたのは、老齢の執事だった。

慌てて立ち上がろうとするヘレンをクラウディアが制す。使用済みのカップが二つある時点で、一緒にお茶を飲んでいたのは明白だ。

そのまま執事に入室を促す。

「このような時間に失礼いたします」

執事はヘレンに視線を向けたが、何も言わなかった。

他人の目がないところでなら、個人的な付き合いは構わないと判断されたらしい。

そもそもクラウディアとヘレンが懇意《こんい》であるのは周知の事実だ。

次いで執事からは視線で人払いを求められるものの、ヘレンなら問題ないと告げる。

「フェルミナ様のことで、お耳に入れておきたいことがございます」

それは部屋に引きこもるフェルミナを、父親が訪ねたときのことだった。

リリスに庇ってもらえなかったフェルミナは、なんとクラウディアがリリスを脅して味方につけたと父親に告げ口したらしい。

目を見張るクラウディアの前で、ヘレンが恐ろしい形相になる。

話す執事も、沈痛《ちんつう》な面持ちだった。

「旦那様からそのような気配はあるかと訊ねられ、否定いたしました」

「お父様はフェルミナの言葉を信じたの？」

「いいえ、念のための確認でございました。そのあと奥様にも訊ねられ、激怒されておられました」

「お父様が？」

「奥様が、でございます。質問する時点で、クラウディア様だけでなく奥様のことも信用していないに等しいと、旦那様を責めておいででした」

父親としては確認に過ぎなかったが、リリスにしてみれば疑われているととったのだろう。

（執事に訊くだけで止めておけば良いのに）

「旦那様からクラウディア様にお話はないと存じますが、ご報告しておこうと思った次第です」

「ありがとう、助かるわ」

（これは完全にクロかしら？）

退室する執事を見送り、ヘレンに新しいお茶を淹れてもらう。

「あの娘は妄想癖というより、虚言癖《きょげんへき》があるのではないでしょうか」

「そうね……どうしてもわたくしを悪者にしたいようだわ」

やはりフェルミナは前と変わっていないのか。

父親はどう出るだろうとクラウディアが観察していると、事態は呆気なく終息することになる。

――この告げ口で、最もショックを受けたのはリリスだった。

脅されたら人を裏切る人間だと、ほかでもない愛娘に思われていると知り、リリスはフェルミナを連れて屋敷を出る決意をした。

せめて領地で静養させてほしいとリリスが父親に訴えた途端《とたん》、フェルミナがコロッと態度を変え、クラウディアに謝ったため、この話は流れることとなる。

それからはフェルミナがクラウディアを悪く言うこともなくなり、公爵家には平穏が訪れた。

しかしクラウディアには、これが嵐の前の静けさに思えてならなかった。


（何をしでかすか、予想がつかないところが怖いわね）

可愛らしいピンク色のドレスを着たフェルミナを視界に収めながら、物思いに耽る。

クラウディア自身は、スカートの裾が大きいタイプのものではなく、風が吹くとほど良く広がるミモレ丈のドレスに身を包んでいた。

襟《えり》があるものの、デコルテ部分は総レース仕様になっており、重さを感じさせない。

それでいてレース越しに谷間が見えそうで見えないよう計算し尽くされていた。

色は落ち着いた濃いめの青で、上品さを際立たせている。

今日は王城の庭園で、王家主催の大規模なお茶会があった。

デビュタント前の令息令嬢が招待され、主催者側のシルヴェスターが姿を現す前から、会場は大賑わいを見せている。

結局シルヴェスターと一対一で二度目のお茶会をすることはなかったものの、たまに招待される園遊会などの席で顔を合わせることはあった。

短い時間での交流ならクラウディアも気負うことなく接することができ、今回のお茶会もシルヴェスターのことは気にしていない。

ただ屋敷から出たフェルミナがどんな行動を起こすのか読めないため、今日はずっと傍にいるつもりだ。

まずは馴染みの令嬢たちにフェルミナを紹介し、反応を窺う。

当然の様に好奇の視線は集中するが、クラウディアが丁寧にフェルミナを紹介すれば、時間を追うごとに興味は他へと移っていった。

陰では好き放題言われているだろうけれど、表立ってフェルミナを口撃する者はいない。

それもこれもクラウディアが常に優しい笑顔を湛えてフェルミナの傍にいたからだ。

デビュタント前にもかかわらず、クラウディアの評判はすこぶる良い。

母親の死で心を入れ替えた少女の話は、予期せぬ形で美談となり広まっていた。

見上げる空は高く。

周りを囲む緑は、陽光を受け翡翠《ひすい》色に煌めく。

風が吹き抜ける解放感にクラウディアが心地好さを感じていると、遂にシルヴェスターが姿を現した。

挨拶は爵位順におこなわれるため、フェルミナを連れて素早く移動する。

「シルヴェスター様、本日はお招きいただき、ありがとうございます」

久しぶりに見たシルヴェスターは眩しかった。

以前もその可憐な容姿に見惚れそうになったけれど、会わない間に男らしく成長したシルヴェスターには、白磁の美貌に色気が備わっていた。

(元から美しいのに、まだ進化するっていうの)

本当に同い年かと訊きたくなる。

それでもさりげなくシルヴェスターの視線が自分の胸元へ行ったのを見て、クラウディアは何だか安心した。

(相変わらず顔はいつものお人形さんだけど、本能には勝てないのね)

魅力的な体型が目の前にあれば、性欲の有無や性別にかかわらず、どうしても視線が行ってしまうものだ。

クラウディアだって男性の筋肉や、女性の豊満な部分に魅力を感じたら目で追う自信がある。

シルヴェスターの興味を惹ければ、婚約者候補としては及第点だろう。

さりげなく胸を強調するデザインにして良かったと思いながら、フェルミナに一歩前へ出るよう促す。

「ご紹介させていただきます。妹のフェルミナです」

「フェルミナ・リンジーと申します。どうかお見知りおきください」

虚言で実母を傷つけた一件から、フェルミナは真面目に課題と向き合っていた。

努力の末、所作も美しくなり、シルヴェスターへ向けたカーテシーは、クラウディアの目にも完成度が高く映る。

（フェルミナを見てもシルヴェスター様の表情は変わらない、か……）

前に二人が婚姻した経緯は、一目惚れではなさそうだ。

クラウディアたちのあとに続くべく、挨拶待ちの列ができはじめているのを見て、早々にシルヴェスターの前を辞する。

「ではまた後ほど。トリスタン様も」

今日もシルヴェスターの傍にいるトリスタンへ視線を向ければ、好意的な目差しが返ってきた。

少なくとも側近に悪い感情を抱かれていないとわかり、クラウディアの頬が緩む。

挨拶が終わったあとは、適当に時間を潰すだけだった。

フェルミナを視界に収めながら、令嬢たちと他愛もない会話を交わす。

みんなデビュタント前なので、話題のほとんどは社交界デビューと学園についてだった。

ただしクラウディアはヴァージルについて訊かれることも多く、当たり障りのない範囲で情報を提供する。

まだ婚約者が決まっていないことを告げれば、目に見えて令嬢たちは喜色を露わにした。

（あら……？）

ずっとフェルミナの視線が一つの方向で固定されているのに気付き、先にあるものを確認する。

そこには、穏やかな笑みを浮かべ続けるシルヴェスターの姿があった。

改めてフェルミナを窺えば、視線に熱がこもっているようにも見える。

（シルヴェスター様に反応はなかったけど、フェルミナは一目惚れしたようね）

あれだけの美貌と色気を見せ付けられたら、惚れない令嬢はいないだろうとも思う。

クラウディアが平静でいられるのは、娼館で多種多様な男性と過ごした経験があるからだ。

恋する少女の横顔は微笑ましい。

けれどシルヴェスターには婚約者候補がいて、クラウディアもその一人だ。

恋心からフェルミナがクラウディアを蹴落す可能性がある以上、のんきにはしていられない。

しかし現状、打つ手がなかった。

フェルミナが問題を起こせば、罪を問える。

前のクラウディアが断罪されたように。

逆を言えば、動きがないと対応のしようがない。

（今のところ誰かを懐柔《かいじゅう》する素振りもないし）

クラウディアを唆《そそのか》そうとしてくる人物もいなかった。

前はこれでまんまと嵌められた。さも味方ですという顔をして近付いてきながら、その実フェルミナの手先だったのである。

どうりで先回りや、企ての証拠を手にできたはずだ。

対立せずにいられるなら、それに越したことはないけれど。

（何か仕掛けてきそうな気配を感じるのは、わたくしのうがち過ぎかしら？）

断罪時に見たフェルミナの一面が、トラウマとなって残っているせいかもしれない。

(可愛い顔があれだけ歪むのだもの。一体どれだけの執念を――っ⁉)

ふいにフェルミナと目が合ったことで思考が遮られる。

クラウディアと同じくずっと微笑みを絶やさなかったフェルミナが、一瞬表情を消したのだ。

いつか見た愉悦に満ちた笑顔ではない。

けれど消え去ったフェルミナの表情を見た瞬間、クラウディアの背中に悪寒《おかん》が走る。

「きゃっ⁉」

そして、それは起こった。

バランスを崩したフェルミナが、その場で転《こ》けたのだ。

手に持っていた紅茶を被り、ピンク色のドレスが汚れる。

「フェルミナさん⁉　大丈夫⁉」

慌ててクラウディアは、フェルミナを助けようと手を伸ばした。

しかしその手は握られず。

「お姉様、酷いです！　いきなり突き飛ばすなんて！」

目に涙を浮かべ、フェルミナが声高に叫ぶ。

「それほどあたしに恥をかかせたいんですか⁉」

「突然何を言うの？」

伸ばした手のやり場がない。

フェルミナの訴えに、周囲がざわつきはじめる。

（やられた！　警戒してたはずなのに……！）

けれどひとりでに転けたフェルミナを止める手立てはなかった。

どうにか状況を打破したくて、フェルミナを助けようと身を屈める。

それを察したフェルミナは自分の足で立つと、クラウディアを置いて走り出した。

「フェルミナさん、待って！」

取り残されたクラウディアは途方に暮れた。

「どうして、あんな勘違いを……」

悲愴感に肩を震わせ、涙を流す。

ここに侍女長のマーサがいれば、はしたないと言っただろう。

（なりふりなんて構っていられないわ）

母親の墓石にすがりついて大声で泣いたように。

今回は泣き方こそ大人しいものの、傷心している様子を周囲に印象付かせる。

それでいて辺りを見回し、人の配置を確認した。

幸い、近場に敵対勢力に属する者はおらず、馴染みの令嬢たちが駆け寄って慰めてくれる。

（とりあえずこの場はこれでいいわ……問題はこれからね）

フェルミナはどこへ行ったのか。

彼女を一人で行動させたくなかった。

きっと今もあることないことを口にしているに違いない。

「みなさん、ありがとうございます。おかげで救われました。フェルミナさんが心配なので探したいのですけれど……」

誰か見かけていないかと協力を仰ぐ。

するとクラウディアに同情した令息が、フェルミナが走り去った方向を教えてくれた。

「あちらへ走って行ったよ。馬車乗り場へ行ったんじゃないかな」

「俺も見た。良かったら一緒に行こうか？」

王城には馬車を預けられる駐車場があり、招待を受けた貴族はみんなそこを利用していた。

どうやらフェルミナはクラウディアを置いて一人で帰るつもりらしい。

庭園から馬車乗り場までは、警備の騎士が立っていて人目もある。

下心を持った人間に襲われる心配はないが、気を使いたくなくて付き添いの申し出は辞退した。

顔を上げ、シルヴェスターを探す。

お茶会など主催者がいる催しから早めに帰るときは、一言伝えてから辞するのがしきたりだ。

フェルミナは無視したようだけれど、クラウディアまで礼を失することはできない。

目的の人物はすぐに見つかった。

というより、騒動を聞いてシルヴェスターのほうから現れた。

「話は聞いた。私が乗り場まで送ろう」

しかしシルヴェスターの申し出は過分で、首を横に振る。

「シルヴェスター様の手を煩わせるわけには」

「君の傍にいてあげられなかったのだ。せめて慰めさせてくれ」

シルヴェスターが眉尻を下げて請《こ》えば、どこからともなく黄色い声が上がった。

断れない状況に、心の中で溜息をつく。

(早くフェルミナを追いたいのに、シルヴェスター様の相手をしないといけないなんて)

仕方なくシルヴェスターの腕に手をかけて、エスコートされる。

案の定、乗り場へと続く列柱廊《れっちゅうろう》を進む歩みは、ゆっくりとしたものになった。

一定間隔を空けて警備の騎士が立っているものの、その他に人影はなく、廊下を歩く二人の靴音だけが響く。

(もしかしてフェルミナに協力してるんじゃないでしょうね)

シルヴェスターとフェルミナは今日が初対面だ。

ありえないことだとわかりつつも、行動を邪魔されてうがった見方をしてしまう。

「フェルミナ嬢とは仲が良いように見えたが?」

「わたくしはそのつもりですが……フェルミナさんは違うようですの」

こうなればとことん自分に非がないことを訴えようと、クラウディアは再度涙ぐむ。

どうしてこんなことになったのか。

自分の何がいけなかったのかと、弱々しく口にする。

「シルヴェスター様はどうすれば良かったと――」

上目遣いでシルヴェスターを窺ったクラウディアは、そこで動きを止めた。

慰めさせてくれと同行を申し出たシルヴェスターが、いつもの穏やかな笑みを浮かべていたからだ。

クラウディアを心配しているようには微塵も見えない。

「本心ではどう思っている？」

「え……」

「仲良くしたいなんて嘘だろう？　普通は愛人の子なんて憎悪の対象でしかない。それも相手が父親の愛情を一身に受けているとなれば尚更だ」

「わたくしは、そうは思いません。父の行動に問題はありますが、フェルミナさんには罪がないもの」

フェルミナにも思うところはあるが、愛人問題については父親が一番悪いと考えている。

生まれた子に罪はないのだ。

フェルミナも、クラウディアも、ヴァージルも。

だからこそ自分と兄を放置した父親をクラウディアは許さない。

これは本心からの言葉だったけれど、シルヴェスターの反応は薄かった。

「ふむ」

「シルヴェスター様は、わたくしがどう答えれば満足するのですか」

教えてくれれば、シルヴェスターが好むように振る舞う。

クラウディアはずっとそのヒントを探していたが、終ぞ見つからなかった。

「どう、と訊かれたら」

「っ⁉」

ちょうど大きな柱の陰に差し掛かったところだった。

柱が背になるよう追い込まれ、腕の中に閉じ込められる。

正面から向き合う形になった白磁の美貌に、クラウディアは息を呑んだ。

シルヴェスターはその反応を楽しみながらクラウディアの黒髪を一房手に取ると、毛先に口付けた。

「私はクラウディアの本音が知りたい。隙なく取り繕われた本性を暴きたい」

黄金の瞳が細められる。

そこには欲望があり、獲物を狙う獣がいた。

(やっと感情を見せたわね)

追い詰められながらも、シルヴェスターの仮面が剥がれたことで、かえってクラウディアには余裕が生まれた。

ずっとこれが知りたかった。

人形じゃない、シルヴェスターの人間の部分。

とっかかりさえ掴めれば、娼婦時代の経験が語りかけてくる。

「シルヴェスター様、女は秘密があってこそですわ」

艶やかな笑みで告げると、シルヴェスターは一瞬だけ動きを止め、次の瞬間には声を出して笑った。

「あはは、そうこなくては! やっぱり君は面白いな。泣いている君よりずっといい!」

シルヴェスターの反応に、遂に正解を知る。

今まで胃が痛かった会話も、ここに帰結しているのかと。

（シルヴェスター様は、駆け引きを楽しみたいのね）

恋の、というほど甘いものではないだろうけれど。

彼は自分の思い通りにならないクラウディアを楽しんでいるのだ。

同年代の令嬢と比べたら、クラウディアはさぞ特異に映るに違いない。

娼婦になり、果ては人生をやり直しているのだから当然だ。

（新しいおもちゃを見つけた気分かしら。加虐嗜好というよりは、支配欲？　手に入れる過程を楽しみたいのね）

それこそクラウディアの得意分野だった。

娼館のナンバーワンにまで上り詰めた手腕は伊達じゃない。

「お気に召して何よりです。そろそろ退いてくださらない？　フェルミナさんを追いかけたいの」

「私より彼女のほうが大事なのか？」

咎めるような声音だが、その実クラウディアの行動を楽しんでいるのがわかる。

黒髪を弄《もてあそ》ぶ指が、次は何をするのだと訊いていた。

「大事です」

何せクラウディアの人生がかかっている。

庭園では涙を見せたことで一定の同情を集められたものの、それも万全じゃない。

クラウディアを蹴落としたい人間は、フェルミナ以外にもいるのだ。

お茶会での騒動は、そんな者にとって良いネタになるだろう。

これを機に、フェルミナに近付いてくるかもしれない。

敵同士で手を組まれでもしたら、面倒なことこの上なかった。

「それは妬《や》けるな」

そう口にするなり、シルヴェスターはクラウディアの顔に影を落とす。

前置きのない口付けに、クラウディアは目を瞬かせるしかなかった。

「……シルヴェスター様、やり過ぎです」

唇を離して抗議するものの、頭が回らない。

心臓の鼓動が、耳の奥で大きく響いていた。

驚き過ぎたせいか、クラウディアからすんっと表情が消える。

「さすがにその反応は、男として矜持が傷つくぞ」

内心荒れ狂っているとは言えず、無理矢理考えをひねり出す。

クラウディアは婚約者「候補」でしかない。

手を出すのはルール違反だ。

(だから、えっと、ここは……)

黄金の瞳に見つめられて落ち着かない。

けれど娼婦としての経験が、クラウディアに余裕のある笑みを作らせた。

「すみません、このような手法は好まないもので」

言外に趣向を凝らせとダメ出しする。

駆け引きを楽しみたいのなら、わたくしのことも楽しませてくださいい、と。

ともすれば偉そうに見える態度だが、シルヴェスターが気分を害した様子はない。

「これは失礼した。私も飽きられないよう精進せねばな」

クラウディアを解放したシルヴェスターは、エスコートを再開する。

乗り場に着くと、やはりというべきかフェルミナの姿はなかった。

「先に帰ってしまったようですわね」

「どうする？　庭園に戻るか？」

「そうですね……フェルミナさんを放置したくないので、どなたかの馬車を借ります」

馴染みの令嬢に頼めば、快く貸してくれるだろう。

踵を返し、誰なら後腐《あとくさ》れなく済むか考える。

借りを作るにしても、憂《うれ》いが残らない相手がいい。

しかしシルヴェスターが、クラウディアの進路を遮る。

「私の存在を忘れていないか？　王家の馬車ならすぐに用意できるぞ」

(忘れるも何も、一番借りを作りたくない相手よ！)

「王家の馬車で帰ったら、家の者が驚きますわ」

「クラウディアは私の婚約者候補だ。何も問題ないはずだが？」

明らかにシルヴェスターは貸しを作る気でいる。

相手の思惑がわかっていて、それに乗りたくはない。

けれど回避する方法も思いつかなかった。

「……ではお願いします」

素直に頭を下げるクラウディアに、シルヴェスターはおや、と片眉を上げる。

「もっと抵抗するのかと思ったが」

「ご厚意はありがたくお受けします。ただし借りはなしです」

「それはないだろう」

筋が通らない、と言いたそうだ。

シルヴェスターからの圧が増すが、クラウディアも負けじと微笑む。

「代わりに楽しませてあげますわ」

「何？」

「シルヴェスター様は気になりませんか？　フェルミナさんの行動が」

「ふむ……クラウディアが突き飛ばしていないなら、彼女は君を陥れようとしているのだな？」

「その通りです。だからわたくしはフェルミナさんに対抗します。女同士の戦いの幕開けですわね」

シルヴェスターの対岸で火事を起こす。

自分に火の粉が降りかからない騒動は、娯楽になるでしょう？　と。

「リンジー公爵家が揺らぐのは望ましくないのだがな」

「わたくしだってお兄様に迷惑はかけたくありません。それはフェルミナさんも同じです」

あくまでフェルミナはクラウディアを排除したいだけで、公爵家を壊したいわけではない。

領地へ引っ込むのを避けたように、自分の不利になることはフェルミナも望まなかった。

「どちらにしろ対立は避けられません。だったら特等席で楽しまれるのはいかがですか？」

クラウディアには、きまぐれな神様との約束がある。

観客が一人増えたところで大差ない。

「なるほど、それが馬車の対価か」

そう言って頷いたシルヴェスターは、提案をのんだように思えた。

しかし次の瞬間、クラウディアは黄金の瞳に正面から見下ろされる。

「だが、足りない。観客になりたいのなら、演劇を観ればいいだけだ」

「参加されることをお望みですか？」

「女同士の争いに首を突っ込みたいとは思わないな」

「なら……」

改めて厄介な相手だと思う。

シルヴェスターは会話の主導権を中々握らせてくれない。

「私を愛する努力をしろ。もちろん演技ではなくな」

「愛する努力、ですか？」

「そうだ。私は席に座っているだけの観客になるつもりはない。そして君たちに介入する気もない。

だから君のほうから私に近付いてこい」

(舞台から、客席の前へ躍り出ろっていうこと？)

「難しいことではないだろう？　政略結婚では、どんな夫婦でも一度は互いに歩み寄ろうとするものだ」

シルヴェスターの真意は何だと、クラウディアは青い瞳で見つめ返す。

これも駆け引きの一部なら――。

「互いに、と言いましたよね？」

「何だ、気付いてないのか？　私はとっくにクラウディアに焦がれているぞ？」

「はい……？」

予想だにしていなかった返答に、間抜けな声が出る。

裏返った、貴族の令嬢らしくない声音に、シルヴェスターは笑った。

人形のようないつもの笑みではなく、年相応の無邪気さで。

「ふっ、少しはやり返せたようだな。馬車を手配するから待っていろ」

呆然とするクラウディアを置いて、シルヴェスターは人を呼ぶ。

瞬く間に、王家の紋章が入った馬車が用意された。

「健闘を祈る」

「あ、はい、ありがとうございます」

見送られ、馬車が動き出したところで、ようやくクラウディアは正気を取り戻した。

「……わたくし、からかわれたのかしら？」

それでもシルヴェスターの真意は、わからずじまいだった。

クラウディアが帰宅すると、屋敷は異様な雰囲気に包まれていた。

出迎えてくれたヘレンが理由を説明してくれる。

「あの娘の虚言癖が再発しました」

「今日はお父様もリリスさんもおられるのよね？」

「はい、帰ってくるなり旦那様に泣きつかれた次第です」

騒ぎを聞きつけたヴァージルも合わせて、みんな居間に集まっているという。

どうせフェルミナは、自分の都合の良いようにしか話をしていないだろう。

居間に入れば、全員の視線がクラウディアへ集中した。

「いやっ、来ないで！」

怯え、肩を震わせながら、フェルミナは父親へ体を寄せる。

お父様助けて……と言い募る異母妹の姿を、クラウディアは悲しげに見つめた。

「まだ誤解が解けていないようですわね」

「お姉様があたしを突き飛ばしたんじゃない！　目撃者だっているんだからっ」

「クラウディア、本当なのか？」

父親の問いかけに、首を横に振って答える。

みんなフェルミナの嘘を疑いながらも、目撃者がいるなら……と判断に迷いが生じているようだ。

まだ流れはこちらにある。

そう確信して、クラウディアは口を開いた。

「わたくしが突き飛ばした瞬間を見た者はおりません。だって突き飛ばしていないもの。フェルミナさんがおっしゃる目撃者は、フェルミナさんの叫びを聞いただけです」

フェルミナが走り去ったあと、クラウディアは周囲を確認していた。

近場にはクラウディアが親しくしている令嬢しかおらず、仮に敵対勢力がフェルミナに便乗して偽証しても、見えたはずがないとすぐに暴けるのだ。

「それこそわたくしが動いていないことは、一緒にいたご令嬢が証言してくださります」

お茶会の間、クラウディアはフェルミナの傍にずっといたが、大体誰かと会話していた。

そんな中で不自然な動きがあれば、誰かが目撃しているはずである。

「どうせその方たちともグルなんでしょ⁉　酷い、あたしが愛人の子だから、寄ってたかっていじめるのね……っ」

フェルミナの言葉に、リリスが傷ついた顔をする。

この子はどこまで実母を傷つければ気が済むのかと、クラウディアは頭痛を覚えた。

形勢が悪いと見るや、論点を変えるところも小賢《こざか》しい。

けれどこういう場では、感情的になったほうが負けだ。

冷静に話しているほうが傍目には正しい印象を与えられる。

だからあえて、フェルミナの話にのった。

「フェルミナさん、それは違います。あなたはもう歴《れっき》とした公爵夫人の娘なのですから」

「だからって過去は消えないじゃない！　お姉様は、お父様に愛されてるあたしが憎いのよ！」

「いいえ」

「嘘言わないで！　憎くないはずがないでしょう⁉」

(今日だけで、このやり取りは二回目ね)

帰宅前、シルヴェスターと話したことを思いだす。

そして同じように、きっぱりと告げた。

「悪いのはお父様であって、フェルミナさんではありません。逆にフェルミナさんは、わたくしが憎いのですか？」

実の父親に放置されていた子が憎いかと訊ねられて、憎いと答えられるわけがない。

(だってあなたは被害者で、聖人を気取りたいのですものね)

フェルミナの姿勢は、逆行前と変わらず一貫している。

あくまでフェルミナは悲劇のヒロインであり、クラウディアが悪役令嬢なのだ。

「あ、あたしのことはいいから、お父様を悪く言わないで！」

「いいえ、言います。どうしてフェルミナさんが庇わないといけないの？」

「お父様は、お母様と恋に落ちただけだもん！」

「わたくしとお兄様を放置してね。全てお父様の所業だわ。それなのに、わたくしがフェルミナさんを憎む理由があるかしら？」

「だから、あたしがお父様に愛されてるから……」

「それもお父様のお気持ち一つでしょう？　捨てる、捨てないの選択権をお持ちなのはお父様なの。だったらわたくしは、権利を持たないあなたを憎むより、お父様に認められるよう頑張るわ。そちらのほうが建設的ですもの」

逆の立場だったら、フェルミナはクラウディアを憎んだだろう。

前のクラウディアと同じように。

きっとそれが普通の感覚だ。

シルヴェスターだって、愛人の子なんて憎悪の対象でしかないと言っていたくらいだ。

けれどクラウディアは人生をやり直したことで、客観的に物事をとらえるようになっていた。

だから親の罪で、子どもに責任は生じないと断言できる。

けれど男女間の話でも、浮気した男性ではなく、浮気相手の女性を恨むのはよくあることだった。

（娼館に本妻が乗り込んできたこともあったけど、不貞を責めるなら旦那を責めなさいよね）

当時は、相手が娼婦なだけマシだろうと思ったものだ。

愛ではなくお金で繋がっている縁なのだから。

酸いも甘いも噛み分けたクラウディアの思考に、フェルミナは眉根を寄せる。ついていけないらしい。

結果、同じ言葉を繰り返した。

「お父様を悪く言わないで……」

それに答えたのは、クラウディアではなく父親だった。

フェルミナの主張を聞いていられなくなったらしく、厳しい表情で愛娘を見下ろす。

「もういい。フェルミナは部屋で休んでいなさい」

「待ってお父様、お姉様はお父様を恨んでいるのよっ」

まだ言い募ろうとするフェルミナを父親は手で制し、部屋に連れていってやれとリリスに託す。

二人が出ていくと、居間は重い沈黙に包まれた。

(わたくしも部屋に戻っていいかしら?)

すっかり論点が、お茶会から父親のことに替わっていた。

クラウディアとしては願ったり叶ったりだけれど、フェルミナは何がしたかったのだろうと思う。

(機転は利くようだけど、まだ主観でしか考えられないみたいね)

自分の物差しでしか物事を測れない。

前のクラウディアもそうだった。

けれど今は違う――と考えたとき、気付くことがあった。

(フェルミナをいじめたことなんてないのに、なぜ恨まれてるのかしら?)

むしろクラウディアから歩み寄ってすらいた。

屋敷に来る前は会ったことさえない。

妬まれるならわかる。

シルヴェスターの婚約者候補であること、貴族の中では最高位の公爵家であることは、他の令嬢からもよく妬まれるからだ。

しかしフェルミナからは強い恨みを感じた。

(妬みが高じて恨みになった？　だとしたら、どれだけ屈折しているの……)

今回も性根が悪いのはわかったけれど、厄介な相手だ。

屈折している以上、善意で接しても、その通りには受け取ってもらえないだろう。

(こういうの娼館で何と言ったかしら……そうだわ、「地雷《じらい》」よ)

戦場の兵器になぞらえて、関わるだけで痛手を負う相手をそう呼んでいた。

解決策は、距離を置くしかない。

それができたら苦労しないと、クラウディアは頭を抱えたくなった。

これ以上話がないなら、自室に帰ってベッドへ飛び込みたい。

そう思ったところで、ようやく父親が口を開く。

「お前たちは私を恨んでいるのか。いや、当然か」

けれど呟きにもとれる声量で、内容も自問自答に近かった。

今更な話に、クラウディアはヴァージルと目を合わす。

いつの間にか項垂れている父親へ、ヴァージルは呆れた視線を送った。

「愛されているとお思いでしたか？」

「いや……」

「その通りです。俺は公爵としての父上をある程度認めていますが、父親としては認めていません。

だからといって恨んでもいませんが」

ヴァージルがそこで言葉を切ると、父親は顔を上げる。

父親の視線を受けたヴァージルは、クラウディアを見た。

「もしこれ以上ディーを傷つけるなら、俺は父上を恨みます」

「そうか……クラウディアも同じか？」

自分と同じ青い瞳に、クラウディアは頷く。

「わたくしも、お父様がお兄様を傷つけるなら恨みますわ。ただこれだけは覚えていてください。わたくしもお兄様も『恨む』と口にしたのは、これがはじめてだということを」

クラウディアが念押ししたことで、父親は目を見開いた。

含むところがあるにもかかわらず、クラウディアもヴァージルも公爵家当主として父親を立てていたことに気付いたからだ。

面と向かって父親を責めたこともなければ、決定に反論したこともない。

父親は、二人の器の大きさを実感したようだった。

「私は、どれだけ小さな人間なのだ……」

打ちひしがれる父親に、ヴァージルは肩をすくめる。

クラウディアも苦笑を浮かべ、一つ息をついてから言葉を紡《つむ》いだ。

「わたくしの考えは、フェルミナさんに言った通りです。以前、少しでも認められるようにと誓ったのも嘘ではありません。わたくしは過去より、これからを大事にしたいのです。ただ振り返ることがあるなら……寂しかったですわ」

今更、父親に構ってもらいたいとは思わない。

もう親に甘える歳ではないのだ。

けれど甘えたいときにいた母親は厳しく、父親は家にいなかった。

――フェルミナの言葉の中にも、正しいことはあった。

過去は消えないということ。

誰が何を言ったところで、世間はフェルミナを愛人の子として見るだろう。

それはクラウディアにも否定できない。

「すまなかった……私は……ダメだ、何を言っても言い訳になるな」

「謝罪は結構です。申し訳なく思ってくださるなら、お父様もこれからを考えてくださいませ」

話はこれで終わりにしましょう、と明るい調子で言って立ち上がる。

ヴァージルも席を立ち、一緒にお茶を飲もうとクラウディアを誘った。


その後、お茶会でのことは、フェルミナの被害妄想ということで片がついた。

帰宅前クラウディアがシルヴェスターに慰められた――事実とは異なる――ことを聞き及んだ父親はこれを重く受けとめ、デビュタントまでの期限付きではあるものの、フェルミナを領地へ送った。

期限付きになったのは、クラウディアとのみ仲違いしていることを踏まえ、フェルミナにやり直すチャンスが与えられたからだ。

お茶会の一件でフェルミナに便乗する声もあるにはあったが、当人がいないのもあり広がることなく消えていった。

　結果的にフェルミナは、知り合いが全くいない状況でデビュタントを迎えることとなる。

異母妹は悪役令嬢を憎む

　公爵家のお屋敷を塀越しに眺めるたび、フェルミナは悔しかった。

（本当なら、あたしがあそこにいるはずなのに）

　父親に愛されているのは、母親と自分だ。

　にもかかわらず、母親の身分が低いせいで、外で囲われることになっている。

　お金には困っていないものの、公爵家の生活と比べれば雲泥の差であることは、幼いなりにもわかった。

「愛人」「一代貴族の男爵家」そういった言葉が聞こえてくるたびに、奥歯を噛みしめる。

（それもこれもお母様の意識が低いせいよ！）

　だから父親も積極的に正妻と別れないに違いない。

　父親を正妻から奪ったなら、次は自分がその座につくべきだ。

　離婚が貴族にとって醜聞《しゅうぶん》になるとしても、愛人を作っている時点で大した差はないだろう。公爵である父親が本気になれば、いつでも籍は抜けるはず。

フェルミナはそう考えて疑わなかった。

「いつまでも愛人の立場に甘んじて、お父様に捨てられちゃってもいいの⁉」

「フェル、これは簡単な話ではないのよ」

急き立てるフェルミナに、母親は苦笑を返すばかりで。

「どうして？　お母様が難しくしているんじゃないの？」

「……あちらにもお子さんがいるの。わかってちょうだい」

それを聞いたとき、雷に打たれたような衝撃を受けた。

息子と娘、しかも娘のほうはフェルミナと同い年だという。

息子のほうはまだ理解できた。何せ母親と出会う前のことだ。

貴族にとって跡取りは何よりも大事だろう。

（でも娘を作る必要ってある？　あ、もしかして政治利用するため？　そうね、きっとそうに違いない）

経緯でいえば、長男に何かあったときのためにと、クラウディアの母親が強請《ねだ》った結果であるから、フェルミナの予想も間違ってはいない。

しかし父親に、生まれた子どもを政治利用する考えはなかった。

公爵家としては現状を維持できれば十分だったからだ。

（お兄様は仕方ないとしても、娘は邪魔ね）

政治利用するためでも、あの大きな屋敷に同い年の娘がいると思うと許せない。

同じ父親の娘なのに、どうして自分は下に見られないといけないのか。

(お父様の娘はあたしだけでいいの)

愛されているのは、あたし。

公爵家の屋敷にいるべきなのも、あたし。

だから、クラウディアはいらない。

痼癪持ちだと父親が漏らしたのを聞いてからは、余計その思いが強くなった。

なのに。

(どうしてみんなクラウディアばかり褒めるの⁉)

やっと屋敷に迎え入れられたと思えば、使用人はフェルミナに冷たく。

どれだけフェルミナが可愛く甘えても、兄のヴァージルは全く靡《なび》かない。

果ては、味方であるはずの母親までクラウディアを誉め称えた。

(お父様、公爵家当主に愛されているのはあたしよ⁉　みんなからも愛されるべきなのは、あたし！)

使用人ごときが。

痼癪持ちの娘が、いい気にならないで。

(わからないなら、わからせてやる！)

お兄様に愛されるのも。

王太子殿下に愛されるのも、あたしだって。

クラウディアがシルヴェスターの婚約者候補だと知ったフェルミナは、その事実が信じられなかった。

屈折した思考では到底受け入れられず、これは間違いだと考えるようになる。

ならば正さなければならない。

他ならぬ、自分が。

（次よ、次こそは……！）

失敗しても、フェルミナの中で正しいのはいつも自分だった。

そうしたフェルミナの性根は、両親の願いも虚しく、領地送りになっても矯正《きょうせい》されることはなかった。

悪役令嬢は学園に入学する

デビュタントのエスコートでは、クラウディアの相手をヴァージルが、フェルミナの相手を父親が務めた。

途中クラウディアとシルヴェスターが踊ったことで会場が沸く一幕はあったものの、フェルミナが問題を起こすことはなく、デビュタントはつつがなく終わった。

そして学園へ通うため、フェルミナは領地から王都の屋敷に居を戻した。

「最高学年にヴァージル様がおられますが、あの娘のことです、お気を付けください。屋敷の人間は、みんなクラウディア様の味方ですからね！」

「ありがとう、ヘレン」

学園の入学式当日、髪を整えてもらいながらクラウディアは微笑む。

実のところ、フェルミナが屋敷に来た当初は、彼女に同情的な使用人も多かった。悪いのは父親だと、みな一貫していたからだ。

しかし虚言に次ぐ虚言で、今では同情の余地なしと判断されていた。

「本日はハーフアップにいたしました。サイドの後れ毛で、殿下のハートを鷲《わし》づかみです！」

鷲づかみにする必要はない、と反射的に思ってしまったけれど、でも……と考え直す。

(楽しませると言った手前、こういうのも大事かしら)

鏡でヘレンが言う後れ毛を確認する。

元々クセのある黒髪は、少し残されたことでほど良く頬にそい色気を醸し出していた。

十六歳になり、より大人びた容姿と相まって中々の破壊力がある。

「ヘレンはわたくしに似合うものを熟知しているわね、素晴らしいわ」

「クラウディア様の魅力あってこそです」

クラウディアが胸を張れば、形の良い乳房は上を向き、コルセットを巻かない制服であってもくびれが際立つ。

お尻は小ぶりだが、納得のいく形になりつつあり満足していた。

ヘレンはそんなクラウディアの姿を眺め、頬を染めながらほう、と息をつく。

「新入生代表の挨拶をされたら、全生徒が釘付けになってしまいますね」

入学に際しての試験結果から、クラウディアは新入生代表に選ばれていた。

そのこともあって、いえ、教師もですね、とヘレンの賛美は止まらない。

このままでは終わりそうになかったので、クラウディアのほうから話を切り上げた。


学園の登下校には、家の馬車を使った。

今日はフェルミナを置いて、一足先にヴァージルと二人で登校することになっている。

「お兄様、今日はよろしくお願いいたします」

「こちらこそよろしく頼む。妹が新入生代表とは俺も鼻が高い」

「わたくしこそ、お兄様が生徒会長で誇らしいですわ」

十八歳になり、学園の最高学年になったヴァージルは、昨年おこなわれた投票で生徒会長への就任が決まっていた。

入学式は新たな生徒会長の就任式も兼ねるため、二人は式の打ち合わせをするべく早く呼び出されたのだ。

(前のときは、フェルミナが新入生代表だったのよね。頑張って勉強した甲斐があったわ)

フェルミナも領地にいる間は勉学に励んでいたようだが、クラウディアのほうが僅差で上だった。

「明日からは、あれと三人での登校になるが大丈夫か?」

「デビュタントでは何も起こりませんでしたし、わたくしは大丈夫です」

それにヴァージルが警戒してくれているおかげで負担も少ない。

お茶会での一件が決定打になり、使用人同様、ヴァージルもフェルミナを忌み嫌うようになっていた。

さすがにこの状態では、フェルミナがヴァージルに擦り寄ったところで、余計に気味悪がられるだけだ。

「屋敷とは違い、学園ではあれも自由に動き回れる。些細なことでも異変に気付いたら俺に言うんだぞ」

「はい、頼りにしています」

学園は貴族社会の縮図でもある。

クラウディアやヴァージルに敵対する者も存在した。

それらとフェルミナが手を組むのを、ヴァージルも警戒している。

「あれはどこまで我が家門に負担を強いれば気が済むのか……」

「今のところ大事にはなっていませんわ。次に何かあったときは、お父様も手を打たれるのでしょう？」

「最悪はあれを公爵家の籍から外し、修道院へ送ることになるだろうな」

前のクラウディアが通った道だ。

けれどそれには決定的な悪事の証拠が必要になるだろう。

（機転が利くところが厄介なのよね）

危機察知能力が高いのか、しでかしながらも致命傷を免れているフェルミナを思う。

直情的で癇癪持ちだったクラウディアとは違い、スパイを送り込んだところで見抜かれる可能性があった。

上手く立ち回らないと、と決意を新たにする。

新入生代表になったことで、クラウディアの求心力は増すだろう。

そしてその分、妬まれる。

有名税ともいえるけれど、フェルミナがいる以上、気が抜けない。

クラウディアにとって学園は、学び舎《や》というより戦場に近かった。


入学式は、学園に設けられた式典場でおこなわれる。

普段は何もなく閑散とした場所だ。

けれど入学式には王族も列席するとあって、クラウディアたちが到着したときには、貴賓席が造られ、豪華な装飾が施されていた。

新入生たち用に並べられた椅子の数に圧倒される。

この数を前にして壇上《だんじょう》で挨拶するのかと思うと、今更ながらに胃が萎縮しはじめた。

「お兄様も新入生代表でしたわよね？　やはり緊張されました？」

「ああ、あのときは噛まないようにするのが精一杯だったな」

ヴァージルも緊張したと知り、自分だけじゃないと息を吐く。

しかし無事に挨拶を終えられるだろうかと不安が残った。

娼婦であったときも、大勢の前に立ったことはない。

仕事は密室で、一人に対しておこなわれる。

壇上に上がるのは、クラウディアにとって正真正銘はじめてだった。

「心配するな、傍には俺も殿下も控えている。途中で内容が飛んだら、焦らず適当な言葉で締めてしまえ。予定より早く終わっても大丈夫だ」

いつになく顔を曇らせる妹に、ヴァージルは温かい笑みを向ける。

シルヴェスターも新入生ではあるが、王族として祝辞を述べる立場にあった。だから新生徒会長として挨拶するヴァージルと一緒に控えているとのこと。

公爵家としては完璧を求められる場面だ。

けれどヴァージルは、クラウディアを優先させた。

これまでの働きを思えば、少しぐらい失敗しても取るに足らないと。

「俺にしてみれば、ディーが新入生代表を務めるだけで十分なんだ」

現に、それだけで公爵家の体面は保てる。

その上、シルヴェスターの婚約者候補としても上々だ。

気負う必要はないと、ヴァージルはクラウディアの背中を撫でた。

その優しさに勇気付けられていると、背後から声がかかる。

「どうした？　何かあったのか？」

振り返ると、視界に銀色の輝きが映った。

「シルヴェスター様、おはようございます」

「おはよう。リンジー公爵家は兄妹揃って見事だな」

二人揃って会場にいる事実を、シルヴェスターは如才なく褒める。

それを受けてヴァージルは慇懃《いんぎん》に頭を下げた。

しかしシルヴェスターは、その態度を手で払う。

「学園では君のほうが先輩だ。そこまで畏《かしこ》まる必要はない」

シルヴェスターから許しが出たので、ヴァージルは肩から力を抜いた。

トリスタンほどではないにしろ、ヴァージルもシルヴェスターと交流があった。

はとこで歳も近いとなれば、話相手として呼ばれるのには十分だ。

クラウディアが婚約者候補に選ばれたことで、他の候補者と公平性を期すため距離を置くことになったものの、気心は知れていた。

「ならシルも、ディーを励ましてやってくれないか」

そうとは知らなかったクラウディアは、突然砕けた兄の態度に目を見開く。

「お、お兄様!?」

「なんだ？　クラウディアは緊張しているのか？」

けれどシルヴェスターの面白いものを見るような視線にカチンときて気が逸れる。

（わたくしだって緊張ぐらいするわよ！）

思わず眉間にシワを寄せそうになるのをすんでの所で止め、殊勝《しゅしょう》な表情を作る。

次いで頬に手をあて、軽く俯いた。

憂いを帯びた息を吐けば、サイドの後れ毛が影を落とす。

「なにぶん、はじめてのことですから……」

儚《はかな》げなクラウディアの姿に、シルヴェスターは黄金の瞳を細めた。

そして冗談とは取れない声音で、突拍子《とっぴょうし》もないことを言い出す。

「ならば新入生代表の挨拶はやめよう。美しい君の姿を壇上で晒すのは惜しい」

「……シル？」

「……シルヴェスター様？」

揃って動きを止めた兄妹を見て、シルヴェスターは首を傾げる。

クセのない彼の銀髪がさらりと流れた。

「ダメか？」

「ダメだろう」

「ダメですわ」

またしても兄妹の反応が重なる。

入学式の一工程である挨拶を取り止めるなんて、横暴以外の何ものでもない。

果たしてシルヴェスターは本気なのか、冗談なのか。

わからせないところに質の悪さを感じつつも、束の間の沈黙のあとは誰ともなく笑いが漏れた。

クラウディアとヴァージルの絶妙なシンクロが笑いを誘い、三人で声を上げる。

目に涙が浮かんだ頃には、緊張は霧散していた。

「わたくし、気付きました」

シルヴェスターに視線で続きを促され、にっこりと微笑む。

「大勢の人を前にするより、シルヴェスター様と一対一で話すときのほうが心臓に悪いと」

クラウディアにとって、それが真理だった。

辿り着いた答えに、ヴァージルがさらに笑う。

ただ一人、シルヴェスターだけは憮然と腕を組んだ。

「良い意味に聞こえないのだが」

「良い意味ではありませんもの。ご自分の胸に手をあてて考えてくださいませ」

ツンと腰に手をやって、形の良い胸を張る。

フェルミナと並んで、シルヴェスターも厄介な人間であることに違いはない。

最近、こうして感情を見せるようになってくれたのは純粋に嬉しいけれど。

クラウディアの豊満な胸に、一瞬シルヴェスターの視線が動くのも内心微笑ましい。

ちゃんと異性としての魅力が自分にあるのだと自信が持てる。

だからお礼もすんなり口にできた。

「でもおかげで緊張が解れました。ありがとうございます」

偽りない感謝に、シルヴェスターにも笑みが戻る。

その後の入学式では、クラウディアが噛むことも、挨拶を早く切り上げることもなかった。

「お姉様！　新入生代表のご挨拶、とても素晴らしかったです！」

「嬉しいわ、ありがとう」

教室に入ると、すぐにフェルミナが駆け寄ってきた。

セミロング丈の髪を揺らしながら、花が咲いたような笑みを見せる。

頬を染め、胸の前で手を合わせる姿は可愛らしく、教室にいた令息たちの注目を集めた。

ただそれはクラウディアへも向けられ、傍にいるシルヴェスターへ視線が移ると緊張を孕《はら》む。

式典場を出てから教室まで、クラウディアはシルヴェスターのエスコートを受けていた。その後ろにトリスタンが続く。

さも今、存在に気付いたかのような素振りで、フェルミナはシルヴェスターを見上げた。

「殿下……！　すみません、うるさかったですか？」

（なるほど、シルヴェスター様目当てで近付いてきたのね）

上目遣いでさりげなく距離を詰めるフェルミナのあざとさに感心しながら、シルヴェスターの反応を窺う。

女性からすればあざとい仕草でも、男性には可愛いと受け取られることをクラウディアは知っていた。

それを証明するように、馴染みの令嬢たちからの視線は冷たく、事情を知らない令息たちの視線は温かい。

しかしシルヴェスターは、いつもの感情を見せない穏やかな笑みで、いや、と答えただけだった。

(そうだわ、人目があるものね)

限られた相手だけならいざ知らず、衆目の前でシルヴェスターが感情を見せることはない。

クラウディアが舌を巻くほどのそれは、生半可なことでは崩れないだろう。

これでは観察するだけ無駄だと、早々にシルヴェスターから視線を外す。

席は爵位順で決められており、クラウディアとシルヴェスターは揃って最後列だった。後ろの中央の席が一番位が高い。

(向かって左からトリスタン様、シルヴェスター様、わたくし、フェルミナ……ね。胃が痛くなりそう)

慣れてきたとはいえ、シルヴェスターを無下《むげ》にはできない。

フェルミナに至っては言わずもがなである。

机と椅子が個人ごとに独立していて、距離が保てるのが唯一の救いだろうか。

親切にもシルヴェスターは席までエスコートしてくれる。

机が並んだ教室では動きが制限されるので、フェルミナがシルヴェスターに追いすがることもない。

席順は爵位で決められるけれど、クラス分けは成績順でおこなわれる。

前のクラウディアは成績が悪かったため上位クラスに入れず、シルヴェスターとは遠く離れていた。

傍にいればフェルミナを牽制《けんせい》できるものの、教室には他の婚約者候補の姿もある。

（同い年に一人、お兄様と同じ最高学年に一人、もう一人は来年の入学だったわね）

婚約者の決定はシルヴェスターの学園卒業に合わせておこなわれるので、まだどうなるかはわからない。

ただこの三年が勝負所だった。

クラウディアとしては、婚約者の座にフェルミナさえつかなければいいのだけれど。

ちらりとシルヴェスターを盗み見る。


〈私はとっくにクラウディアに焦がれているぞ？〉


（あれは、からかわれていたのよね？）

シルヴェスターはクラウディアの虚をつくのが楽しいらしく、思わせぶりな態度を取ることがある。

だから真実、女性として求められているのか判断がつかなかった。

どうしてもオモチャにされているように感じてしまう。

多少打ち解けたとはいっても、まだまだシルヴェスターは強敵だった。

もしフェルミナがシルヴェスターを揺さぶることができるなら、ぜひその場に居合わせたい。

教師がやって来ると、自己紹介を促され、順番に挨拶していく。

フェルミナが領地で過ごした表向きの理由は療養とされているので、本当の事情を知る者はいない。

けれどクラウディアとの不仲説は囁《ささや》かれていた。

フェルミナが挨拶すると、どうしても教室内はざわつく。

悲しい表情を浮かべるフェルミナを、クラウディアは励ました。

「大丈夫よ、心を強く持って」

「はい、ありがとうございます」

どこかよそよそしさを感じるものの、フェルミナがクラウディアを無視することはない。

彼女の先の行動から、クラウディアは配役が変わっていないことを悟った。

領地送りになっても、フェルミナが悲劇のヒロインで、クラウディアが悪役令嬢なのだと。

フェルミナが聖人であろうとするならば、クラウディアは妹思いの姉を演じることで、彼女の言動を封殺《ふうさつ》できる。

(でも、これだとお茶会から何も変わってないわ)

進歩していないともいえる。

こんな相手に、前のクラウディアはいいように操られたのだろうか。

それほど無知で愚かだっただろうかと腑に落ちない。

(きっと何か奥の手があるのよね)

油断すれば足を掬《すく》われる。

クラウディアは気を引き締めることで、納得できない心に蓋をした。

自己紹介が済めば、これで初日は終わりだ。

しかし生徒会長に呼ばれ、クラウディアを含めた最後列の四人は、生徒会室へ赴くことになった。

教室を出ようとしたところで、シルヴェスターから手を差し伸べられる。

女性をリードする自然な動きだったものの、クラウディアは待ったをかけた。

「シルヴェスター様、学園では他の婚約者候補とも同席する機会があると思います。わたくしばかりエスコートを受けては角《かど》が立ちませんか？」

「ここは素直に受けて、他を牽制するところじゃないか？　心配しなくとも、同席する場面では誰の手も取らない」

やんわり断るクラウディアに対し、シルヴェスターは引かなかった。

移動のたびにエスコートするつもりかと、シルヴェスターを見上げながら小首を傾げる。その意味がわからない彼ではない。

「嬉しくないか？」

「嬉しいですけど……」

どうせ自分の反応を楽しみたいだけかと思うと、面白くはなかった。

俯きながらシルヴェスターの袖を引っ張る。

あざとい仕草は、クラウディアにだってできた。

「シルヴェスター様のことですから、わたくしがいないときは平等に他の方をエスコートなさるのでしょう？　でしたら、わたくしもされないほうがいいですわ」

声に甘く嫉妬《しっと》を滲ませれば、シルヴェスターは穏やかに笑った。

「私がクラウディアに触れたいのだが」

「そして他のご令嬢もお触りになるの？」

「その言い方は語弊《ごへい》があるな。わかった、これについては諦めよう」

（よし、勝ったわ！）

言い分が通って、クラウディアは喜ぶ。

しかしシルヴェスターの表情を見た途端、背筋が凍った。

（お、怒るほどのこと……？）

シルヴェスターは穏やかに笑うばかりだ。

けれど、そこに感情はない。

ない、はずなのに。

いつもは読めない表情に、怒りを感じた。

戦《おのの》くクラウディアへ、シルヴェスターが顔を近付け、囁く。

「妹君は、君からあざとさを学んだのかな？」

（ひぃいいいっ）

バレている。

フェルミナのあざとさも。

クラウディアの手管も。

そう、これで、たくさんの客を楽しませてきた。

にもかかわらず、不機嫌になったシルヴェスターに冷や汗が流れる。

(え、あれ？　ちょっと待って……)

何かが引っかかった。

あざとさがいけなかったのかと思ったけれど、違う気がする。

シルヴェスターは、クラウディアからフェルミナが学んだのか訊いてきた。

それだけ目にする機会があったのか、ということだ。

事実は違う。

クラウディアの手管は娼婦時代に学んだもので、フェルミナに技術を盗まれるほど屋敷では見せていない。

けれどもし、今のクラウディアが多くの男性と経験を積み、学んだと勘違いされたのなら？

シルヴェスターは純粋に、他の男性にもしていたら嫌だと嫉妬してくれたのだろうか。

(これは深読みし過ぎかしら)

単にあざとさが気に食わなかったと言われても、納得できる話だ。

シルヴェスターはそういった不満も口に出さないからわかりにくい。

ただ……本当に嫉妬なら、嬉しいと感じてしまう自分がいる。

それだけ親しみを持ってくれていることに他ならないから。

ふわりと空気が揺れ、銀髪が遠のく。

何事もなかったかのように歩き出すシルヴェスターを、クラウディアは見送った。

広くなった背中に、いつか見たビスクドールのような可憐さはない。
制服は男女それぞれ同じデザインなのに、彼の後ろ姿には風格があった。
機嫌を損ねただけではない近寄りがたさを感じ、少し遅れて歩く。
それから窓越しに下位クラスの教室を何気なく見て、一瞬、鼓動《こどう》が跳ねた。
娼婦時代に見知った顔があったからだ。
（彼も学園にいたのね……）
その人物の要領の良さを考えると、上位クラスでも不思議ではない。
下位クラスにとどまっている理由に思いを馳せる。
思考の海に沈みそうになったとき、のんきな声が廊下に響いた。
「お姉様だけじゃなく、あたしも生徒会役員に選ばれるなんて光栄ですっ」
満面の笑みを浮かべながらフェルミナが言い放つ。
四人が生徒会室へ呼ばれた理由がそれだった。
そんなフェルミナの様子に、クラウディアはほっと息をつく。
思考は途切れたものの、若干張り詰めていた空気が和んだからだ。
今だけは彼女に救われた気がした。
「フェルミナさんも頑張っているもの、当然よ」
「えへへ、ありがとうございます」
あくまでクラウディアを慕っているように見せたいらしく、フェルミナは照れる。

なら冷めた目も隠しなさいよ、とクラウディアは目だけ笑っていないフェルミナに気付いたけれど、指摘はしなかった。

（フェルミナも役員に選ばれたのは、お兄様の考えかしら）

入学時の試験では、フェルミナも好成績を修めている。

単に成績順で選ばれた可能性もあるけれど、何かしらの意図を感じずにはいられなかった。

生徒会室は、授業をおこなう教室と趣が違った。

開けた雰囲気のある教室に対し、生徒会室は屋敷の主人が使う書斎のような重厚感に溢れている。

並べられた机や椅子は教室のものより大きく、艶やかな木目が質の高さを物語っていた。

窓にかけられたカーテンから敷かれた絨毯に至るまで、全てが最高級品で設えられている。

「わぁ……」

室内を一望したフェルミナが、小さく感嘆の声を漏らす。

クラウディアたちを除く役員が既に揃っていたこともあり、圧倒される感覚は理解できた。

各学年から四人が選出され、生徒会長と副会長を含めた十一人分の視線がクラウディアたちに集まる。

役員たちは、部屋の中央を囲むように並べられた机の席に着いていた。

そして部屋の最奥、他からは独立して置かれた一際豪華な席に、ヴァージルはいた。

「ようこそ生徒会へ」

到着した四人をヴァージルが立ち上がって迎え、生徒会役員を示すバッジをシルヴェスター、クラウディア、フェルミナの順に渡していく。

「トリスタンは、シルの護衛として呼んだだけだから勘違いするなよ」

「そんなことだろうと思ってました」

気にした様子のないトリスタンに、告げたほうのヴァージルが眉根を寄せる。

「簡単に納得するな。お前はディーを見習って、もっと勉強しろ。学期末には、試験結果が貼り出されるんだぞ」

「いやいや、クラウディア嬢を目標にするのは無理がありますって！　ダンスの合間にシルと和やかに会話してるなと思ったら、疫病対策における下水道管理とか話してるんですよ⁉」

「お前もシルの側近になるなら、それぐらい理解できるようになれ」

ヴァージルの言葉は厳しいが、二人の間に流れる空気は気さくだ。

それはいいとして、クラウディアはヴァージルを見る。

「お兄様、わたくしたちも役員になってよろしいの？」

前のクラウディアは役員になれなかった。

新入生代表になったから選ばれたのだろうけれど、生徒会にリンジー公爵家の者が三人もいていいのか疑問に思う。

「ああ、気にするな。クラス分けと同じく、生徒会役員も成績で選ばれるが、任命は生徒会長に一任されている。慣例で新入生代表は外せないから、ディーは諦めてくれ」

兄妹で役員を務めるのは珍しい話ではないとのこと。

フェルミナも外さないと言外に告げられ、やはりヴァージルに考えがあるのだと頷く。

部屋を見渡せば、知っている顔がほとんどだった。

貴族の社交場としての側面もある学園では、生徒会も例外なく派閥色が濃くなるようだ。

（ということは、今ここにいる人たちは、みんな王族派なのね）

シルヴェスターも役員として参加する手前、王族派でも中核を成す家の者が選ばれたのだろう。

今日は顔合わせと役員バッジを渡すために呼ばれたらしく、知らない人を紹介してもらう程度で解散となった。

行きとは違い、帰りは兄妹三人で馬車に乗る。

馬車が動き出すのと同時に、口を開いたのはフェルミナだった。

伏せた目には涙が溜まっている。

「お姉様は、あたしが生徒会役員になるのは相応しくないとお思いですか？」

「まさか!?　思っていないわ！　あなたが役員になるなら、わたくしは辞退したほうがいいのかと思っただけよ」

フェルミナも含めて、兄妹全員が在籍できるのか疑問だっただけだ。

相変わらず卑屈な考えで、クラウディアを悪者にしようとするフェルミナに辟易するも、顔には出さない。

しかし顔に出ている人もいた。

顔を上げ、ヴァージルを見たフェルミナは開けた口を閉じる。

「その件については大丈夫だと、俺からも説明したはずだが？」

もしフェルミナの言葉を肯定していれば、これはクラウディアを責める言葉になっただろう。

けれど現実は異なり、ヴァージルは不機嫌な表情をフェルミナへ向ける。

これ以上言い募ったところで無駄だと感じたのか、それからフェルミナが何か言うことはなかった。


屋敷に帰ったクラウディアは、部屋着に着替えるとヴァージルの部屋へ向かった。

馬車を降りる際、あとで話そうと目配せされたからだ。

ヘレンが淹れてくれた紅茶を二人で飲む。

温かい紅茶の香りに心が解され、体から不要な力が抜けた。

「まさかあれは、ずっとああなのか？」

「今日はそうでもありませんでしたわ。馬車でだけです」

「領地送りになっても、性根は変わらなかったようだな」

フェルミナは同じことを繰り返しているだけだと、ヴァージルも感じたらしい。

「ただ状況を察するのは、早くなった気がしますね」

「あそこでまだ言い募るようなら、ただのバカだろう」

フェルミナを見るヴァージルの視線は、底冷えするほど冷たかった。

クラウディアといるときは、いつも雰囲気が柔らかいので忘れがちになるけれど、実妹と同じ黒髪に青い瞳、そしてつり目を持つヴァージルは、氷の貴公子と呼ばれているほどだ。

ヴァージルの鋭い視線に睨まれて、平静でいられる人間なんていない。

「目が届かないところより届くところにいたほうが監視しやすいだろうと、あれも役員にしたが……失敗だったか？」

「いいえ、正解だと思います。彼女の行動は、ある程度制限したほうがいいでしょう」

「だがまたディーに難癖をつけそうだ」

「もう慣れました」

それに直接言われる分には、すぐに言い返せる。

フェルミナの言動は、裏を読みやすかった。

「醜聞になるから、あれの虚言癖については公言していない。だが俺があれを認めていないことは、生徒会役員には伝えてある」

「そうだったのですね」

「加えて、卑屈になりやすいとも言っておいたほうがいいな。どうせまたディーにいじめられていると言い出すに決まっている」

その光景がありありと浮かんで、クラウディアは苦笑した。

しかし学園でならフェルミナを信じる者――便乗する者――も出てくるだろう。

「ずっと領地から出さなければいいものを。結局、父上はあれに甘い」

「親心でしょう。致命的な間違いは犯していませんから」

「俺たちにはない親心か」

言い捨てるヴァージルに、最近はそうでもないですよ、と一応父親のフォローをしておく。

あの日、クラウディアとヴァージルが心の内を話してから、父親は二人の意見を尊重するようにになった。

今更感が拭えないけれど、されないよりはマシだ。

「現状では領地に戻すほどではないのが、いかんともしがたいな。自滅してくれるのが一番なんだが……殿下には、あれのことを話しているのか？」

「シルヴェスター様なりに察しておられます」

フェルミナのあざとさも看破《かんぱ》していた。

お茶会で話したことも覚えているだろう。

クラウディアの答えに、ヴァージルは苦笑を浮かべる。

「あいつは人の醜い部分を楽しむところがあるからな」

「……それだと性格が悪いように聞こえますわよ」

「言ってやるな。あいつなりの処世術《しょせいじゅつ》だ。第一王子の立場は、何かと悪意に晒されやすい」

誰よりも守られる立場であり、危険でもある。

国内に限らず、他国の相手もしなければならない重圧は、どれほどのものだろう。

シルヴェスターは学園に入る前から、本番を強いられている。

廊下を歩く背中が頭に過った。

同じ制服でも、まるで違うように見えた後ろ姿。

既に為政者たらんとしているシルヴェスターに比べれば、自分の手管など幼稚に思えた。

考えに耽りそうになったところで、ヴァージルの声に呼び戻される。

「だがディーが隣にいれば、あいつも心強いだろう」

「そうでしょうか？　お兄様とのほうが親しく見えましたわ」

シルヴェスターとも、トリスタンとも。

いつの間に仲良くなられていたの？　と首を傾げる。

「すまない、ディーにはあえて黙っていた。……後ろめたいのもあってな」

「後ろめたい？」

「王城に呼ばれていたのは、母上が生きていた頃だ。こう言えば、わかるか？」

厳格な母親が生きていた頃、屋敷の空気は常に張り詰めていた。

ヴァージルにとって、シルヴェスターたちと遊ぶ時間が何よりの息抜きだったという。

「ディーは、俺が忙しくしていると思っていただろう？　けれど実は王城で遊び回っていたなど、とても言えなかった」

俺も父上と同じようにディーを置いて逃げていたんだ、と続けるヴァージルの言葉を、クラウディアは強く否定する。

「同じではありません！　むしろわたくしは、お兄様に息抜きできる場所があって良かったです」

子どもにとって、当時の屋敷の雰囲気が良かったとは到底思えない。

もし逃げ場所がなければ、ヴァージルの性格も、前のクラウディアのように歪んでいたかもしれなかった。

「許してくれるのか？　ディーを一人置いていったのに」

「シルヴェスター様の話相手として呼ばれたのはお兄様だけですもの。仕方なかったのです。それにお母様が亡くなってからは、傍にいてくださりましたわ」

一緒に過ごす時間が少し増えたぐらいだが、ヴァージルはずっとクラウディアを気遣ってくれていた。

そして、それは今も変わらない。

「責めたかったわけではないのです。ただ楽しそうなお二人の雰囲気が羨ましかったの」

「トリスタンには口うるさく思われてそうだがな」

確かに、彼に言っていたのはお小言だった。

生徒会室でのやり取りを思いだして笑う。

「そんなにトリスタン様は勉強が苦手なのですか？」

「稽古にかこつけて逃げるんだ。騎士は武術が優れているだけではいけないというのに」

上位クラスへは、ギリギリ滑り込めたらしい。

「曲がったことがお嫌いなわりには、勉強からは逃げられるのですね」

「そうなんだ！　ディーからも言ってやってくれ。正道を歩みたいなら、文武両道を目指せと」

しかしクラウディアまで口うるさくなったら、トリスタンは兄妹から逃げるようになるだろう。

「シルヴェスター様は何もおっしゃらないのですか？」

「殿下は俺たちのやり取りを面白がっているだけだな」

「やはり性格が悪いように聞こえるのですけど」

「……最終的には口を出されるから、そうでもない。多分」

ヴァージルの返答は、おおむね肯定しているようなものだった。

悪役令嬢は生徒会に参加する

授業が本格化するのに合わせて、生徒会の活動も正式にはじまった。

生徒会がある日は、四人揃って生徒会室へ向かう。

「僕だけ椅子に座らせてもらえないんですよね」

トリスタンはシルヴェスターの護衛にすぎないため、生徒会室にいる間はずっと立ちっぱなしだった。

項垂れるトリスタンに、フェルミナが気遣わしげに声をかける。

「お辛いですよね。お兄様に相談しましょうか？」

「大丈夫です。お小言が倍に増えるだけですから……」

トリスタンも自分の立場はわきまえている。

ただグチをこぼしたくなっただけだ。

「ヴァージルは屋敷でもあんな……いや、フェルミナ嬢も、クラウディア嬢も優秀でしたね」

口うるさいのか訊こうとしたところで、自分とは違うことに気付いたのだろう。

途中で自問自答が成立した。

「お姉様は凄いですが、あたしはまだまだで。厳しい視線を向けられることも多いです」

「フェルミナ嬢でもですか！　僕だけじゃないと知れて、救われました」

フェルミナが厳しい目で見られるのは当人の言動のせいである。

けれど、にこにこと笑うトリスタンがそれを知る由もない。

ちらりとシルヴェスターだけが、クラウディアへ視線を送る。

しかし二人の和やかな会話に、クラウディアは割って入るつもりはなかった。

不仲説はまだ残っているものの、表向きクラウディアとフェルミナの関係は良好だ。

あえてそれを壊す必要はないだろう。

と、クラウディアは思うのだけれど、フェルミナは違った。

「意外だったんですけど、お姉様はあまり殿下とお喋りしないんですね」

何かと絡んでは、クラウディアに責められる可哀想な妹を演出しようとする。

「わたくしばかりが独占するわけにはいきませんから」

「でも今だって……ちょっと冷たくありません？」

会話がないのはどうかと言いたいらしい。

クラウディアからすれば、シルヴェスターの好みの問題だ。

ずっと話しかけられたい人もいれば、そうじゃない人もいる。シルヴェスターは後者だろうと当たりをつけながら、当人を見上げた。

「そうかしら？　シルヴェスター様はどう思われます？」

「クラウディアとの会話は歓迎するが、常に機嫌を取ってほしいわけではないな」

クラウディアの予想は当たっていたようで、シルヴェスターに気にした様子はない。

「殿下はお優しいんですね」

フェルミナには、シルヴェスターがクラウディアの意思を尊重したように聞こえたのか、いたわるような笑みを見せる。

その茶色い瞳は、姉と付き合うのは大変でしょうと語っていた。

的外れなフェルミナの反応に、クラウディアはこめかみに手をあてる。

（自分の良いように解釈し過ぎでしょう）

下手をすると相手への失礼になりかねない。

しかしシルヴェスターは穏やかな笑みを浮かべるばかりで、相変わらず感情を見せなかった。

もしかして面白がっているのだろうかと、ヴァージルの言葉が脳裏に蘇る。

〈あいつは人の醜い部分を楽しむところがあるからな〉

フェルミナの醜い、というより歪んだ部分に触れ、楽しんでいるのだろうか。

何となくそんな気がして、フェルミナも報われないな、と思った。

生徒会室へ入れば、トリスタンがシルヴェスターの後ろに立ったのを合図に、会議がはじまる。

議長は生徒会長であるヴァージルが務めた。

「毎年、生徒会では大きな催しを企画する。それを成功させることで、今期の生徒会の力を証明するのが狙いだ」

学園は学び舎であると同時に、社交場でもある。

生徒に力関係をわからせるのはもちろん、親にも自分たちが優秀な後継だと証明する必要があった。

「みんなには今年の催しについて意見を出してもらいたい。手元に配ってあるのは、昨年までの資料だ」

一斉に資料を捲《めく》る音が響く。

クラウディアもそれに倣ったが、提案する内容は決めていた。

何せ、企画された催しを「知っている」。

(ズルをしているようで、後ろめたいけど……)

ズルというなら、やり直し自体がそうだろう。

これも、きまぐれな神様の采配《さいはい》だ。

とは思うものの、気後れしてしまうのには理由があった。

元の発案者がフェルミナなのだ。

だから前のクラウディアをはじめ、古参貴族は反発した。

けれど結局は生徒会が古参貴族を鎮《しず》め、フェルミナが新興貴族をまとめたことにより、催しは成功に終わる。

今回クラウディアが提案すれば、古参貴族の反発は防げるはずだ。

新興貴族寄りの企画だが、王族派であっても中立のリンジー公爵家——ヴァージル——なら主導しやすい。

諸々を考えた結果、代案を考えるより、元々の企画を提案することにした。

(既に案が頭の中にあるなら、フェルミナは面白くないでしょうね。でもわたくしだから、できることもあるはずよ)

それでもすぐに手を挙げられずに、先輩たちの提案を聞く。

ふと、彷徨わせた視線の先で、シルヴェスターと目が合った。

心を見透かされるような黄金の瞳と。

彼ならどうするだろうか。

為政者なら。

そこまで考えると、心は決まった。

挙手し、発言の許可を得る。

「お祭りを開催するのはどうでしょうか？」

手段など選んでいられない。

未来を切り開くために、今のクラウディアはいる。

守りたい人がいた、守りたい自分がいた。

そのためなら悪女を超えてみせると誓った。

フェルミナに遠慮なんかしている場合じゃない。

クラウディアの提案に、役員たちの視線が集まる。

「国が開催する降臨祭のようなものです。規模は小さくなりますが、学園内でお祭りを開催、運営することで、内外にわかりやすく生徒会の力をアピールできるのではないでしょうか」

「なるほど、降臨祭へは多くの貴族が出資する。出資した金がどのように動くのか、内訳を知る良い機会になりそうだ」

まずはヴァージルの賛同が得られてほっとする。

だけどまだ生徒会にとっての利点を述べたに過ぎない。

補足が必要だと、言葉を続ける。

「神の降臨を祝うわけではありませんから、便宜的に『学園祭』としましょう」

学園で開催する祭りだからという直球的な名付けだが、わかりやすさに重点を置く。提案するからにはイメージしやすいほうがいいし、名称はあとからでも変えられた。

「特にわたくしが推したいのは、クラスごとに何をするのか決めさせ、クラス単位でも催しを運営させることです」

これには疑問の声が上がった。

「能力的に厳しいクラスがあるだろう」

言外に、成績が芳しくないクラスについて指摘される。

想定内の質問に、クラウディアはあら、と小首を傾げた。

「ここで求められる能力は、経営など学園の成績では測れないものです。厳しいと決めつけるのは早計ではありませんか？」

実際、下位クラスには、商人上がりの新興貴族がいる。

彼らは一つの分野には強いが、学園では広い知識を求められるため採点基準に合わず、低評価を受けている一面があった。

結果的に学園の悪い傾向として、古参貴族ほど上位に、新興貴族ほど下位に集まる。

特に今年はシルヴェスターの周りを固めようと王族派が張り切ったため、その傾向が強い。

娼婦時代に化粧品を買っていた大商会の令息が、下位クラスにいるのを発見したときはクラウディアも驚いた。低評価を受けるには、あまりに惜しい人だったからだ。

学園祭はこういった成績では現れない部分に焦点を当て、優秀な人材を発掘する場にもなる。

「もちろん戸惑われる方が大半だと思います。ですから、まずは生徒会が雛形《ひながた》を作り、その中で運営を任せるのが最善かと考えます」

他にも、クラス単位で動くことで、学園の理念である国内貴族の結びつきの強化も図れると進言する。

細々上がる質問にも、クラウディアは丁寧に答えていった。

質問に一区切りがついたところで、生徒会の面々を見回し、心から微笑む。

「そして何より、みなさんお祭りが楽しいことはご存じでしょう？」

祭りは国民の息抜きの場であり、為政者にとってはガス抜きの手段でもある。

だからといって平民だけが楽しむものじゃない。

貴族だって昼から酒を飲み、音楽を聞いて踊るのだ。

楽しいことを嫌う人はいない。

だから笑顔で提案できる。

クラウディアのキラキラと輝かんばかりの姿に、誰ともなく感嘆の溜息が漏れた。

シルヴェスターの黄金の瞳も、いつになく優しく細められる。

「最後に楽しみが待っているのはいいいな」

「はい！　準備期間は大変でしょうが、当日は気楽に騒げればいいかと」

「ディーの口から騒ぎたい、なんて言葉が出るとは思わなかったぞ」

淑女の見本とまで言われるディーがと、ヴァージルは目を丸くする。

そんな兄の反応に、クラウディアは頬を膨らませた。

「あら、わたくしだって、ベッドに飛び込んだりしますのよ？」

公爵令嬢らしからぬ仕草と可愛らしい反論に、生徒会室は温かい空気に満たされた。

クラウディア自身も笑いながら、フェルミナからの鋭い視線に気付かないふりをする。

フェルミナが発案者だと知ってはいたけれど、提案内容まではわからなかった。

だから今、口にした内容は、全て自分で考えたものだ。

もしかしたらフェルミナのほうが良い案を出せるかもしれないと思ったが、口を挟んでこないところを見るに、自分以上の意見はないのだと判断する。

提案前は尻込みしていたクラウディアも、考えを披露《ひろう》できたことで自信がついていた。

質問されたことに全て答えられたのも大きい。

その後、満場一致で学園祭の開催は決まった。

他の生徒にもわかりやすいほうがいいだろうと、名称もそのまま引き継がれた。

帰り支度をするクラウディアに、シルヴェスターから声がかけられる。

「今日は送らせてもらえないか」

えっ、と反射的にクラウディアはヴァージルを見た。そんなことが許されるのだろうかと。

視線を受けたヴァージルは苦笑しながら頷いた。

「まぁ送られるぐらい構わないだろう。俺は別件があって、先にフェルミナと帰ることにするから」

ただ二人きりだからといって調子に乗るなよ、とシルヴェスターに釘を刺すのも忘れない。

トリスタンは一緒じゃないのかと、控えている彼へ顔を向ければ、慌てて否定される。

「そんなっ、馬に蹴られて死んでしまいます！」

いつも一緒なのに？　と疑問に思えば、シルヴェスターが乗る馬車には本職の近衛騎士がつくので、トリスタンの出る幕はないらしい。

ヴァージルのお膳立てもあり、この日クラウディアは、シルヴェスターと帰ることになった。

悪役令嬢は夕焼けに見蕩れる

校舎を出て、空を見上げる。

朱と金が混じった夕焼けは、艶やかに夜を誘っていた。

見蕩れてしまいそうになる色合いに後ろ髪を引かれながら、シルヴェスターに促されて王家の馬車へ乗り込む。

足取りが重いのを察せられて、迷惑だったか、と訊ねられた。

「いいえ、夕焼けがとても綺麗で目が離せなかっただけですわ」

言いながら茜《あかね》色に染まる窓へ顔を向ける。

早くも空は表情を変えており、この分だとすぐに暗くなりそうだ。

シルヴェスターは、そんなクラウディアの横顔を何も言わずに眺めていた。

ガタン、と馬車が音を立てて動き出しても、しばらく沈黙が続く。

「今日の君は美しいな」

「あら、わたくしはいつだって美しいですわ」

「ふっ、違いない。生徒会室での君も、空を眺める君も、もちろん普段の君にも、私は魅了されっぱなしだ」

「……身に余るお言葉です」

軽口を返したのにもかかわらず、なおも賛辞を重ねられて恥ずかしくなる。

いつになくしっとりとした声音に、どうしたのだろうと対面に座るシルヴェスターを窺った。

そして——息を呑む。

茜色の日差しに彩られたシルヴェスターこそ、何よりも美しかったから。

空と同じ色に染まる銀髪に、朱が入る黄金の瞳は、正《まさ》しく見蕩れそうになった夕焼けそのもので。

神々しさすら感じられる美貌に、ときを忘れる。

(お兄様で目が肥えているはずなのに)

ヴァージルも、トリスタンもそれぞれ整った顔立ちをしている。

兄にさえ圧倒されるときがあるけれど、シルヴェスターは群を抜いていた。

惚けそうになる自分を叱咤し、視線を引き剥がす。

「今日は、どうして誘ってくださったのですか?」

「君と話がしたくてな。折角一緒にいるのに、学園の中だとお互い本音を言えないだろう?」

確かに、と同意する。

クラウディアは公爵令嬢兼、婚約者候補として。

シルヴェスターは王太子殿下として、人前では姿勢を崩せない。

学園ではシルヴェスターの反応を見るのを早々に諦めたぐらいだ。

「お気持ちは嬉しいですが、他の方から嫉妬されてしまいますわ」

「今更だろう？　私や君が、嫉妬を受けないほうがおかしい」

地位が高くなればなるほど、妬《ねた》み嫉《そね》みも受けやすかった。

いくらクラウディアが淑女の見本と言われても、必ず敵に回る人間はいる。

「噂や悪意を一々気にしていたら、身がもたないぞ」

シルヴェスターが言えば、説得力があった。

誰よりも悪意に晒されている人がゆえに。

「だからシルヴェスター様は、楽しまれるのですか？」

「そうだ。神経をすり減らすより楽しんだほうが、精神的にずっといい」

ヴァージルが言っていた通り、これがシルヴェスターの処世術なのだろう。

反応を楽しまれている側としては、性格が悪いのも否めないけれど。

「面白がって、寝首をかかれないようご注意くださいませ」

「私を誰だと思っている？　危険とわかるものに近付くほど愚かではないさ」

一応シルヴェスターなりに関わる基準があるらしい。

考えてみれば、王城で暮らす身の上だ。

余計な心配だったかと、目を伏せる。

その目尻にシルヴェスターの指先が触れ、クラウディアは体を固まらせた。

触れた指先は目尻から顎《あご》へと伝い、顔を上げるよう促される。

「下を向くな。君には私を見ていてほしい」

「ずっと見ていたら首が痛くなってしまいますわ」

「ならば肩を貸そうか？」

「お戯《たわむ》れを」

しかし有言実行とばかりにシルヴェスターは腰を上げ、クラウディアの隣へ滑り込んだ。

揺れがある中での移動に、クラウディアは悲鳴に近い声を上げる。

「せめて馬車が停まったときにしてください！」

「このぐらい大丈夫だ。ほら、肩を貸してやれるぞ」

「お兄様から調子に乗らないよう言われてませんでしたか？」

「クラウディアが内緒にしてくれればいいだろう？　たまには間近で君を見たい」

どこまで本気なのか悩むところだけれど、この至近距離では別のことが気になって表情を見ていられなかった。

腕といい、足といい、隣り合った体が触れていて。

制服越しでも筋肉の硬い感触が伝わり、鼓動が速くなる。

自分でも動揺する理由がわからない。

男性の体とは、飽きるほど付き合ってきたというのに。

「……シルヴェスター様、これでは余計に顔が上げづらいですわ」

「今日は意識してくれるのか？」

もしかして、以前のキスを根に持たれているのだろうか。

記憶を掘り起こせば、シルヴェスターは男の矜持が傷つくとも言っていた。

「あのときはっ、驚き過ぎて、逆に反応できなかっただけです！」

「そのわりには、冷静に指摘されたが」

「心臓はずっと壊れそうでした！」

そこまで言うと、やっと納得してくれたのか頷く気配がする。

相変わらずクラウディアは顔を上げられない。

「今も？」

「今もですわ」

頬が熱くなっているのは、夕日のせいだと思いたかった。

どこか必死なクラウディアの様子に、シルヴェスターから笑いが漏れる。

「君と社会制度について話すのも面白いが、こういうのもいいな」

「からかっているほうは楽しいでしょうね！」

「私だって、今にも心臓が壊れそうだぞ？」

シルヴェスターはクラウディアの細い手を取り、自らの胸に置く。

手の平越しに伝わってくる鼓動は、紛れもなく速い。

――鼓動につられるよう見上げた先で、クラウディアは失敗を悟った。

かち合った黄金の瞳は、夕日のものとは思えない熱を孕んでいて。

その熱に囚われて、クラウディアも目を閉じる。

空よりも先に視界が暗くなり、ダメだと思いつつも、重なった唇には甘い痺《しび》れが残った。

帰宅後、制服姿のままベッドへ飛び込む。

バタバタとベッドを蹴るクラウディアの姿を、ヘレンが心配げに見守った。

(何なの!?　わたくし欲求不満なの!?)

体の火照りが治まらず、呻いた。

軽く唇を合わせただけなのに――前回よりは長かったけれど。

シルヴェスターとはそれだけだ。

口付けのあとは何となく気まずくなり、屋敷に到着するまで無言を貫いた。

多分あのときの心情は、シルヴェスターも同じだったと思う。

改めて顔を見るのは、お互い照れくさかった。

時間が経てば、落ち着くだろうと考えていたのに。

沸騰した血が全身を巡っているようで辛い。

いっそ裸になればマシになるかと体を起こしたところで、鏡の端に映る自分の姿が目に入った。

(若い……そうだわ！　これは若さのせいね！)

制服姿だから余計に若く見えた。

頬を上気させ、瞳を潤ませる姿には色香が漂っていたけれど、娼婦全盛期に比べれば、まだまだ未成熟だ。

そう、今の自分は、何の経験もない清い体なのだと気付く。

(だから娼婦時代からすれば些細なことでも、体が反応してしまうのね)

無意識の内に精力が有り余っていたのだろう。

二度目の口付けも、全て若さで説明がつく。

年若い男女が密室で良い雰囲気になれば、自然と互いを求めてしまうものだ。

それこそ理性なんてお構いなしに。

むしろよくキスだけでとどまったものだと、シルヴェスターを賞賛したい。

そうだ、そうなのだと、火照る体を慰めるよう息を吐く。

気怠《けだる》げなクラウディアの色気を目の当たりにしたヘレンは、誤爆《ごばく》にもかかわらず顔を赤らめた。

「あの、クラウディア様、何かありましたか?」

「いいえ、大丈夫よ。……若さって怖いわね」

「発言が不穏ですが⁉　もしかして殿下に」

先に帰ったヴァージルから、クラウディアがシルヴェスターに送られることは伝わっていた。

あらぬ誤解を招いてはいけないと——キスはしたが——慌てて弁解する。

「何もなかったわ。ただわたくしがドキドキしただけよ」

「そうでしたか。今のクラウディア様を前に、殿下はよく辛抱《しんぼう》されましたね」

神妙にヘレンが頷くものだから、思春期の性欲について改めて考えさせられる。

(今後、シルヴェスター様と二人っきりになるのは避けましょう)

未熟ではあるものの、自分の体は他の令嬢に比べると、出るところは出て大人びている。

侍女たちによる定期的なアロママッサージのおかげで、肌もとろけそうなほど柔らかかった。

それらが他人の性欲を刺激する自覚はある。

魅力を感じてくれるのは女冥利《みょうり》に尽きるが、だからといって襲われたいわけじゃない。

ふう、と一息ついて、ヘレンに顔を向ける。

「気持ちを落ち着かせたいから、お茶を淹れてくれる？」

「薬草茶にいたしましょうか」

「いつものでいいわ。ヘレンが淹れてくれたお茶はおいしくて、それだけで気が休まるから」

「かしこまりました、すぐにお淹れします！」

主人に褒められた喜びを全身から迸《ほとばし》らせながら、ヘレンはお茶の支度をする。

人生をやり直す前とは関係性が変わってしまったけれど、彼女の笑顔を見られるだけでクラウディアは十分だった。

痩《や》せこけたかつてのヘレンの顔が頭を過るたび、今の幸せを噛みしめる。

これ以上は、望み過ぎかもしれないと。


登校すると、エントランスでシルヴェスターに声をかけられた。

彼の後ろでは、トリスタンが柔和な笑みを浮かべている。

「おはよう、クラウディア」

「おはようございます」

それぞれと挨拶を交わす中、驚くことにフェルミナがシルヴェスターの前から辞する。

「友人を待たせていますので、お先に失礼します」

友人？　と首を傾げそうになったものの、またあとでね、とクラウディアは走り去る彼女を見送った。

シルヴェスターに近付く機会があれば、絶対逃そうとしないフェルミナのらしくない行動に、青い瞳を細める。

そもそも友人と呼べるような相手はいないはずだ。

デビュタント前に領地送りとなったフェルミナに、誰かと親交を結ぶ時間はなく、学園に入学してからはこれ幸いとシルヴェスターの傍を陣取っていた。

婚約者候補でもないフェルミナの図々しさに、他の令嬢たちは不満を募らせており、友好が築けるとは思えない。

（どこかのご令息でも手懐けたのかしら？）

トリスタンのようにフェルミナの外面しか知らない令息は、彼女の可愛らしい見た目に好感を持っていた。

元愛人の娘でも、今は公爵令嬢だ。

リンジー公爵家と誼《よしみ》を通じたい家の令息には、見逃せない物件でもある。

「私の前だというのに、妹君が気になって仕方ない様子だな」

「み、耳元でお話しにならないでください！」

いつの間に近付いたのか、シルヴェスターの吐息が耳に触れた。

答えながら咄嗟に身をかわせば、ちょうど薄く色付いた唇が目に映る。

（っ……！）

馬車でのことが思いだされ、意図せず頬に朱が走った。

勘付かれないよう熱くなった頬に片手をあて、もう一方は髪で隠す。

けれど絶対、面白がられている気がした。

（もう、これぐらいで情けない……！　今の体は初心《うぶ》過ぎるわっ）

それもこれも若さのせい、とクラウディアは自分に言い聞かせる。

「シルヴェスター様もご存じでしょう？　あの子、あまり友人と呼べる方がおりませんの」

「トリスタンなら誰かわからないか？」

「僕がですか？」

よく話しているだろうと言われ、トリスタンは頭をひねる。

シルヴェスターの傍にいるので、フェルミナがトリスタンに話しかける機会も多かった。

将《しょう》を射んと欲すれば先ず馬を射よ、の精神かもしれない。

「話はしますが、ご友人については聞いたことがありませんね」

フェルミナの行動に気を付けているクラウディアが知らないぐらいだ。

話題に上がらなければ、トリスタンもわからないだろう。

何をするつもりなのか。

シルヴェスターを置いて走り去ったところを見るに、急ぐ必要があったらしい。

これは教室に入ったら何かありそうね、と予想を立てる。

「トリスタン、私たちは少し遅れて行こうか」

「え、どうしてです？」

「そのほうが楽しめるかもしれないからな」

同じことを考えたのか、シルヴェスターが歩みを止める。

クラウディアも、そのほうが相手の出方を探れそうな気がして案にのった。

二人と別れ、一人で教室へ向かう。

予想に反し、教室でクラウディアを出迎えてくれたのは、フェルミナではなかった。

かといって馴染みの令嬢たちでもない。

同じクラスにいる、もう一人の婚約者候補。

絹《きぬ》のような金髪に翠色の瞳を持った、侯爵令嬢のルイーゼ・サヴィルその人だった。

普段は表面的な交流しかない相手が、扇で口元を隠しながら近付いてくる。

明らかに挨拶だけで終わる雰囲気ではない。

「おはようございます。クラウディア様、聞きましてよ。妹さんの案を横取りしたのですって？」

「おはようございます。ルイーゼ様、横取りとは穏やかではありませんわね？」

思い当たることがないと首を傾げながら、さりげなくフェルミナを探す。

視界の端にピンクブラウンの髪を見つけ、彼女の正面に座る相手へ意識を向けた。

(なるほど、大人しく自分の話を聞いてくれる相手を見つけたのね)

フェルミナの前にいたのは、一人の気弱な令嬢だった。

彼女なら一方的に話しかけられても文句を言えず、聞き役に徹《てっ》するだろう。

そうしてフェルミナは、わざと周囲に聞かせるよう生徒会室でのことを話したに違いない。

これにルイーゼは、まんまとつられた。

(他人にわたくしを責めさせるなんて)

直接手を下さないフェルミナの姿勢に、今までにない嫌悪感が募る。

それでも情報元がバレているあたり、杜撰《ずさん》な計画だ。

「お祭りでしたかしら？　人の案で点数を稼ぐなんて、程度が知れましてよ」

「あらっ、フェルミナさんも同じ案だったの？」

やはりフェルミナの頭にも、祭りの案はあったらしい。

どこまでクラウディアと同じかはわからないが、それなら、と言葉を続ける。

「お兄様に言って、共同案ということにいたしましょう！　同じ考えだったなんて嬉しいわ！」

フェルミナに駆け寄って優しく手を取れば、目に見えて彼女は狼狽《ろうばい》した。

しかしクラウディアは気にしない。

「どうして生徒会室で一緒に声を上げてくれなかったの？　遠慮させてしまったかしら」

ダメな姉ね、と手を握りながら肩を落とす。

「ごめんなさい……わたくし、気付かないところであなたに辛い思いをさせていたのね……」

声を震わせて謝罪を口にすれば、すぐに教室内の空気は同情的になった。

クラウディアが聡明なことは周知の事実だ。何せ新入生代表である。

それに領地送りとなっていたフェルミナと違い、デビュタント前からクラウディアは他の令嬢たちと交流していた。

人の機微に聡《さと》いクラウディアの人当たりの良さも知れ渡っている。

賢い彼女がわざわざ妹の案を盗むだろうか？　と、周囲で疑問が浮かぶのは自然の成り行きだった。

「いえ、あたし……」

俯くフェルミナは、そこで口を閉ざす。

忙しなく動く茶色い瞳は、必死に考えを巡らせていることを物語っていた。

遂にはぽろぽろと涙をこぼし、泣き崩れる。

「あたし、あたし、悲しくて……！」

「いいの、わたくしこそごめんなさい。配慮《はいりょ》が足りなかったわね」

肩を抱いてフェルミナを慰める。

こうして姉妹の仲違いは、無事解決した――かのように見えた。

「クラウディア様、まだ話は終わっていませんわ！」

途中から無視される形になったルイーゼが、これだけは言わせてもらいます！　と引かなかった。

「帰りは殿下に送っていただいたそうね？　ただでさえ生徒会でもご一緒なのに、婚約者候補として公平さに欠けるのではなくて⁉」

あぁ、それも聞いたのね、とハンカチでフェルミナの涙を拭ってあげながら思う。

ちなみに普段はルイーゼも、シルヴェスターに侍《はべ》っていた。

生徒会のことを言うなら、同学年、同じクラスである時点で、ルイーゼも他の候補者に比べて過ごす時間は長い。

婚約者候補の公平性といっても、その程度のものだ。

ただ一対一での交流となると話は違った。

「図々しいにもほどがあるのではなくて？　恥を知りなさい！」

ビッと折りたたんだ扇でクラウディアを指し、ルイーゼの追及が綺麗に決まる。

泣き止んだフェルミナから体を離したクラウディアは、悩ましげに頬へ手をあてながら問いかけた。

「ではルイーゼ様は、今後公平性を期すために、殿下がお誘いになられてもお断りされるの？　図々しくて、恥ですものね……？」

「それとこれとは……」

「どうして違うと思われるのかしら？　最初から候補者全員を、それぞれお誘いになるつもりだったとは考えられませんの？」

シルヴェスターがそう考えていたとは、クラウディアも思わない。

けれど婚約者候補としての意地があるなら、誰かに先を越されたら、次は自分だと主張したほうが得だ。

公平性を訴えるなら、シルヴェスターに訴えたほうが機会も掴めるだろう。

（きっとルイーゼ様は、素直な方なのね）

こうして面と向かって文句を言ってくることからもわかる。

すぐ誰かに言いつけるどこぞの誰かさんとは大違いだ。

クラウディアのほうが爵位が上なのにもかかわらず、直接本人に苦言を呈《てい》するのは、貴族の令嬢としても芯《しん》が通っていた。

だからこの辺で落とし所を探ろうと考える。

だというのに。

「お姉様、ルイーゼ様は悪くありませんっ」

隣から横やりが入り、思わず睨みそうになった。

（助け船を出したつもり？）

しかし今は、婚約者候補同士で対決しているのである。

候補でないフェルミナはお呼びではなく、庇われたほうのルイーゼも眉根を寄せた。

「フェルミナさん、ごめんなさい。わたくしはルイーゼ様とお話ししているところなの」

「でもお姉様は、ルイーゼ様をお責めになっていたじゃありませんかっ」

（この子は、扇でわたくしを指すルイーゼの綺麗な姿を見ていなかったのかしら）

どちらが責められていたのかは明白だ。

それもフェルミナが提供した情報が元だというのに。

なおかつ話の流れを理解できない人は、このクラスにはいない。

シルヴェスターと同じクラスになるために好成績を取った令息、令嬢たちである。

貴族のマナーも、パワーバランスも家から徹底的に教え込まれていた。

結果として、彼らからも訝しげにフェルミナは見られることになる。

(わたくし、こんな子に陥れられたの……？)

信じたくない思いでいっぱいだ。

こめかみを押さえたくなったところで、視界に銀髪が映る。

クラウディア、ルイーゼ、フェルミナを結ぶ三角形を見たシルヴェスターの表情は穏やかだった。

しかし、黄金の瞳が煌めくのを、クラウディアは見逃さない。

(せいぜい楽しんでくださいな)

以前、女同士の戦いを見せると言ったのは自分だ。

フェルミナが領地送りになったため、しばらく棚上げになっていたけれど。

シルヴェスターが登場したことで、クラスの面々が一斉に挨拶する。

おかげで教室内に漂っていた微妙な空気が一掃《いっそう》されたものの、フェルミナが介入したせいでクラウディアとルイーゼの話は終わらなかった。

(とりあえず空気は一新されたから、ルイーゼ様と話をつければ大丈夫よね？)

クラウディアがフェルミナから距離を取ると、それに合わせてルイーゼはクラウディアのほうへ近寄ってくる。

互いに、もう横やりを入れられたくない心の表れだった。

シルヴェスターが動けば、フェルミナはそちらを視線で追う。

その隙に、二人は言葉を交わした。

「クラウディア様は、わたしにも殿下と帰れる機会があるとお思い？」

「婚約者候補の公平性については、シルヴェスター様が一番よくご存じです。機会があれば、お誘いがあるのではなくて？」

ただ同じ生徒会役員であるクラウディアとは違い、ルイーゼが機会を作るのは難しい。

けれどルイーゼは、翠色の瞳に希望を宿した。

ならば自分で機会を作ってみせると頷く。

「生徒会は、毎日あるわけじゃありませんもの」

「そうですわね。……あの、シルヴェスター様の美貌にあてられないようにだけ、ご注意くださいませ」

余計なことだと思いつつも老婆心《ろうばしん》が働いた。

年若い男女が二人っきりになるなら、気を付けるに越したことはない。

クラウディア相手にキスだけでとどまったシルヴェスターが、ルイーゼを襲うとは考えられないけれど。

「あてられないように……そ、そんなに凄いのですか？」

「何せ密室ですから」

「密室……」

扇を広げて口元を隠しながら、ルイーゼは頬を染める。

その可愛らしい反応に、むしろ今、クラウディアが襲いたくなった。

（いけない、わたくしったら、また欲求不満になっているわ）

恐るべし、十代の精力。まだ余っているのかと自身に文句をつけたい。

それともキスだけで終わったから、飢えが刺激されたのかしら？　と考えながらも、ここでルイーゼとの話は決着する。

こそこそと話す二人に、フェルミナも介入のしようがなかった。

「私の行動で迷惑をかけたみたいだな」

席に着くなり、シルヴェスターに話しかけられる。

顔には出さないものの、女同士の戦いを楽しんでもらえているようだ。

シルヴェスターの感情を読むのは難しいけれど、これまでの交流であたりはつけられるようになっていた。

付き合いがヴァージルやトリスタングらいになれば、機嫌の善し悪しぐらいは察せられるらしい。

「そう思われるなら、ぜひルイーゼ様もお誘いくださいい」

「機会があればな」

（よし、言質《げんち》は取りましたわ。ルイーゼ様、頑張ってくださいませ！）

積極的にルイーゼを後押しすることはできないが、心の中で声援ぐらいは送れる。

ルイーゼの乙女らしい姿を見て、親戚の子を見守る心境になっていた。

精神年齢が高い分、どうしても年上目線になってしまう。

このあと、フェルミナに言った手前、ヴァージルに共同案の申し入れをしたものの、すげなく却下された。

意見はその場でするべきで、後出しは認められないと言われたのだ。

これは社交界でも同じで、先に口にした者が功績を得ることを理解するよう、クラウディアも一緒に注意される。

社交界で生きていく上でも大切なことだと、正当な理由で反対されれば頷くしかない。

フェルミナは不満そうだったが、人目があるところで駄々《だだ》をこねることはなかった。

しかし噂は広がり、クラウディアにとって悪意ある方向へ加速していく。

「クラウディアは淑女の仮面を被りながら、陰で妹をいじめている」

「これまでも妹の功績を自分のものにしている悪女だ」

奇《く》しくも、「悪女」という単語を耳にしたときは笑いそうになった。

（そうね、わたくしはフェルミナを超える悪女になるのよ）

注意しないといけないのは噂の広がり方だ。

どうやらフェルミナが広めているわけではなさそうだった。

今までのこともあり、屋敷での彼女の行動は制限されている。

学園でも常にクラウディアの目が届く範囲――シルヴェスターの傍《そば》――にいた。

ルイーゼに至っては、姑息《こそく》な手段を取るとは考えにくい。

フェルミナの発言を基に、第三者が根拠もなく広めているのだろうと推測する。

クラウディアの悪評を広めたい人間は、婚約者候補の他にも、父や兄の政敵など枚挙《まいきょ》に遑《いとま》がない。

根拠のない噂など取るに足らないし、一々気にしてはいられないけれど。

(フェルミナの追い風になりそうなのが厄介よね)

何せフェルミナが周囲に訴えたい通りの内容だ。

姉にいじめられて可哀想なフェルミナ。

クラウディアと面識のある人は信じない噂だが、公爵令嬢という地位は、下級貴族からすれば雲の上の人に近い。

会ったことのない人のほうが断然多い以上、噂が消える見込みはなかった。


「ディー、大丈夫か?」

「これぐらい、何てことありませんわ」

噂はヴァージルの耳にも届き、屋敷へ帰ってからお茶に呼ばれる。

実際気にしていなかったので笑顔で答えた。

「あれがまた余計なことをしているんじゃないか」

「今回の噂については、関わっていないと思いますわ」

「教室でのことが発端だろう？　噂を広めてなくとも、あれにも責任はあるはずだ」

「お父様に報告されます？」

「もう伝えた」

既に報告済みだった。

噂が広がる以前に、教室での態度をヴァージルは問題視していた。

「父上から注意されているだろうが、返事だけは良さそうだからな」

「外面が良いですからね」

フェルミナの本性を知っている人間は限られる。

出自を理由に古参貴族からは忌避《きひ》されているものの、基本的に成績は良いし、人当たりも悪くない。

彼女をよく知らない人間なら、好感を持っても不思議ではなかった。

クラウディアだからこそ悪いところばかりが目立って見えるのだ。

そのため対処が難しい面があった。

「あれの罪を追及するには、まだ足りないか」

「学園でのことですしね」

学園内で悪評が立っても、それがすぐ社交界へ伝播《でんぱ》することはない。

所詮はまだ家を継いでいない子どもの所業だからだ。

決定的な何かがない限り、大人たちは静観する。

父親も、確証がなければ動かないだろう。

「失敗しても、挽回《ばんかい》の機会があるのはいいがな」

良くも悪くも、学園は学び舎だった。

フェルミナの「失敗」も、彼女が心を入れ替えれば払拭《ふっしょく》できる。

「だが俺は、ディーの気持ちを優先する。辛いと思ったら、いつでも頼ってくれ」

「はい。お兄様も、わたくしにできることがあったら頼ってくださいね？」

真摯《しんし》な目差しを受けて頷く。

見守ってくれている人がいる。

それだけでクラウディアは心強かった。

悪役令嬢は仕事する

学園祭の準備は滞りなく進んでいた。

日に日に、準備品が入った木箱があちらこちらで見受けられるようになる。

雛形を作製したり、下準備には苦労したものの、大変なのは生徒会にとって毎年のことだった。

内容は違えども大きな規模の企画を催すのだ。楽なわけがない。

生徒会では楽団へ演奏を依頼し、当日の学園祭を盛り上げることにした。

演奏は降臨祭でもお馴染みで、楽団も快く承諾してくれた。

それでも細々とした問題は発生する。

学園祭に対する大きな反発こそないけれど、王族派と貴族派の対立構造は学園にもあり、ことあるごとにそれが顔を出すのだ。

問題が起きれば新入生であるクラウディアたちも、生徒会役員として駆り出された。

ただシルヴェスターだけは、生徒会室から出ることはない。

生徒への対応で不要なしこりを残さないように、ヴァージルが配慮したためだ。

「事務作業を手伝わせたいだけだろう」

「シルは書類仕事もやり慣れてるからな」

「せめて否定しろ」

役員のほとんどは現場での対処にあたるため、どうしても書類の処理速度が落ちてしまう。

高く積まれた書類のためだけに残されたとは、シルヴェスターも思いたくないらしい。

「何が悲しくて、執務以外で書類仕事をしなければならない」

「あ、あの、僕は護衛としているんであって、役員じゃないんですけど」

役員バッジをつけていないトリスタンでさえ手伝わされている。

情報を漏洩《ろうえい》させる心配がないので、生徒会室内に限り、容赦なくこき使われていた。

本来の忙しさに加え、今年はシルヴェスター宛ての贈答品が多く、仕事が増えているためだ。

贈答品をその辺に放置するわけにもいかず、現状生徒会室を圧迫している。

この忙しさでは、開封できるのは学園祭が終わったあとになるだろう。

入口に積まれた贈答品の目録を確認しては、木箱をトリスタンが壁際へ移動させていく。

休憩していると手を貸したくなるものの、クラウディアにもゆっくりしている時間はない。

「すみません、クラスのほうで諍《いさか》いが起こって……！」

「わたくしが行きます」

早々にお呼びがかかり、生徒会室をあとにする。

特にクラウディアは、誰よりも現場へ出るようにしていた。

学園という名の社交場は、何せ隔たりがない。

お茶会やパーティーでは、どうしても招待客が仲の良い相手に限られ、派閥色が出てしまう。

学園ではいつもなら顔を合わせない人物とも会えるので、クラウディアは現場に出るのが楽しかった。

社交が苦にならない性格なのもあって、相手が遠慮しない限りは会話も弾む。

相手に合わせて柔軟に対応するクラウディアは、王族派、貴族派双方から評価され、日増しに株を上げていた。

現場に近付くと、聞こえてくる喧騒が大きくなる。

「何も難しいことは言ってないだろ!?　自分でできることは、自分でやるってだけで！」

男子生徒のよく通る声が響いていた。

彼が諍いの主らしい。

続いて女子生徒の声も聞こえてくる。

「これだから新興貴族は困るのよ。人を使うことも知らないの？」

人を見下した、トゲのある言い方だった。

女子生徒の高圧的な態度に、クラウディアは目を覆いたくなる。

（権力を笠に着て、ケンカを売っているようなものだわ）

案の定、男子生徒は女子生徒に食ってかかった。

「そうやって何でも他人任せにすれば良いと思ってるから、古参貴族は頭打ちなんだ！　少しは自分から動こうとしろよっ」

「わたしたちには歴史と誇りがあるの！　あなたも貴族になったのなら、誇りを重んじるべきだわ！」

「誇りで飯が食えるのか⁉」

例に洩れず、騒ぎは王族派と貴族派の対立を呈していた。

クラウディアが姿を見せたことで人垣が割れ、当事者たちが露わになる。傍らには開けかけの木箱も放置されていた。

人垣の中心で対立している男女二人には、見覚えがある。

内、貴族派の男爵令息は、クラウディアが一方的に知っているだけだが。

王族派の伯爵令嬢は、お茶会やパーティーで挨拶した覚えがあった。

彼女が口を開く前に、クラウディアが先の言葉に答える。

「誇りだけで生きられるのが、貴族というものよ」

堂々としたクラウディアの主張に、伯爵令嬢の目が輝く。

片や旗色が悪いことを悟った男爵令息は唇を歪ませた。

内巻きのクセがある黄みがかった茶髪を、目元で揃えている姿が記憶通りで懐かしい。溌剌とした彼を知っているだけに、苦々しい表情がより際立つ。

とりあえず伯爵令嬢の肩を持ったものの、クラウディアには双方の言い分が理解できた。

ことの発端は、些細な行き違いだろう。

それが言い合いに発展し、よくある古参貴族と新興貴族の主張のぶつかり合いになったのだ。

(新興貴族も、どうしてわざわざ相手の土俵《どひょう》で戦おうとするのかしら)

長年、徳——ときには悪徳——を積み「誇り」を築いてきた古参貴族に、歴史の浅いものが誇り云々を語ったところで、受け入れられるはずがない。

そもそも誇りのない貴族など、貴族ではないのだから。

ノブレスオブリージュを果たし、得られるのが、誇りである。

長きにわたり義務を果たしているからこそ、貴族は人にかしずかれる権利を持つ。

(だからって、そこに胡坐《あぐら》をかいて怠《なま》けるなって言いたいのでしょうけど)

貴族派が訴える利権問題など、正にその代表格だ。

でも慣例を壊すには革命が必要で、それには多大な労力と時間を要する。

しかし今は学園祭の準備中。

そんな一朝一夕では答えが出ない議題で、論争するなと言いたい。

さらに圧力を加えるような素振りで、クラウディアは男爵令息に近付くと、耳元で囁いた。

「あなたのお家では、お客を煽《おだ》てることもしないの？　これも商談だと思いなさい」

クラウディアの、戦うなら自分の土俵で戦えという助言に、男爵令息はハッと表情を変える。

何を隠そう、この彼こそ、娼婦時代のクラウディアが化粧品を購入していた相手だった。

考える素振りを見せたあと、男爵令息は伯爵令嬢へと向き直るなり眉尻を下げる。

「すみません、男としてのプライドが先走ってしまったようです」

「何ですって？」

急にしおらしくなった男爵令息に、伯爵令嬢は戸惑う。

その様子が、クラウディアの圧力に屈したようには見えなかったからだ。

「名高きスコット伯爵令嬢に認められたいがため、強気に出てしまいました。可憐なご令嬢を前に……その、浮き足だって、やり方を間違ってしまいました」

「そ、そうなの」

下手《したて》に出られた伯爵令嬢は、早くも満更でもなさそうだ。

男爵令息の変わり身の早さに、クラウディアは頬が引きつりそうになるのを我慢する。

（そうそう、買い手の気分を良くしながら、隙を見て商品を売り込んでくるのよね。つい予定外の買い物もしてしまったわ）

娼婦時代に会った彼が思いだされた。

もちろん購入は質が良いからこそではあったものの。

この調子でいけば、話はすぐにまとまるだろう。

去り際、伯爵令嬢から男爵令息に何を言ったのか訊ねられたクラウディアは、本音を伝えるよう助言したと答えた。

男爵令息は女神と出会う

「誇りだけで生きられるのが、貴族というものよ」

威厳ある声がその場に響いたとき、男爵令息であるブライアンは負けを悟った。

颯爽《さっそう》と現れたクラウディアが、対立していた伯爵令嬢を庇うように立てば、尚更だ。

(フェルミナ嬢なら味方になってくれたかもしれないけど、クラウディア嬢では分が悪過ぎる)

一代貴族の男爵令嬢の娘であるフェルミナは、今でこそ公爵令嬢だが価値観は新興貴族に近かった。その分、古参貴族から反感を買っているようだけれど。

片やクラウディアは淑女の見本とも言われる一方で、噂では妹に辛く当たっているという。

噂を鵜呑みにするわけではないが、クラウディアの隙の無い佇まいを目の当たりにすれば、ブライアンは白旗を掲げるしかなかった。

ツンと顎を上げて近付かれ、背中に冷や汗が流れる。

(父さん、ごめん……おれミスったかも……)

男爵家からすれば、公爵家など王家と変わらない。

そんな相手から不興を買えばどうなるか、想像するまでもなかった。

しかし、身を小さくするブライアンに届けられた言葉は。

「あなたのお家では、お客を煽てることもしないの？　これも商談だと思いなさい」

天啓《てんけい》を受けるに十分なものだった。

クラウディアが家の事業を知っていることにも驚いた。

それから対立していた伯爵令嬢と、自分が望む形で話がまとまるのは、あっという間だった。

気付いたときにはクラウディアは場を辞していて、慌ててあとを追いかける。

「リンジー公爵令嬢、ご無礼をお許しください！」

社交界では、身分が下の者から声をかけるのは無礼とされる。

けれど学園では交流が優先されるため、そこまで礼儀に厳格である必要はない。

それでもブライアンが礼儀を重んじたのは、クラウディアへ対する敬意の表れだった。

「あら、何かしら？」

突然呼び止められたにもかかわらず、振り返ったクラウディアの顔に険《けん》はなかった。

つり目がちな目尻は気が強そうに見えるけれど、纏う雰囲気は柔らかく、微笑みを湛える表情にブライアンは噂は噂でしかないと知る。

しがない男爵家の自分にも、これほど穏やかに対応してくれるのだ。

緊張で口が乾く中、必死で舌を動かす。

「名乗ることを、お許しください」

「では、わたくしから。クラウディア・リンジーと申します。そちらは？」

「ブライアン・エバンズと申します。このたびは、ご助言ありがとうございました。まさかリンジー公爵令嬢が、我が家の商いをご存じとは思わず……感動いたしました」

頭を下げ、気持ちを伝える。

公爵家と男爵家となれば、それこそ社交界で会うことはまずない。

ブライアンとしては、この機会を逃すわけにはいかなかった。

でもそれ以上に、双方に不快な思いをさせないまま解決に導いたクラウディアの手腕に敬服し、直接お礼を伝えたかった。

最後に声が震えたのは、胸が熱くなったからだ。

「わたくしにできることをしたまでよ。頭をお上げになって」

言われた通り頭を上げると、イタズラにくすりと笑うクラウディアと目が合って顔が熱を持つ。

「たまたま興味のあるお話を耳にしましたの」

「どういったものですか？」

「わたくし、化粧品の中でも、化粧水に興味がありまして」

それは、まだエバンズ商会が大々的に売り出せていない商品だった。

品質に自信はある。けれど品質にこだわるあまり、製造量と販路の開拓が上手くいかず、伸び悩んでいた。

「どこでそれを⁉　あれはまだ製造量と販路に課題が多くて……」

既に王家御用達の化粧水は存在する。

公爵家の令嬢ならそれを利用するにとどまりそうだけれど、新興貴族のエバンズ商会にも情報の網を広げていることに、ブライアンは舌を巻いた。

しかも、だ。

「繊細なものですからね。ですが、きっとエバンズ商会なら成し遂げられるだろうと、期待しておりますのよ」

化粧水の取り扱いを理解した上で、貴族の中の貴族であるクラウディアから期待を寄せられれば、全身の血が沸騰しそうだった。

「あのっ、最高品質のものができたら、お贈りしてもいいですか!?」

噛みそうになりながら申し出る。

それに対する答えは。

「まぁ、嬉しいわ」

バラの蕾が、花開くような笑顔だった。

ブライアンは見てはいけないものを見てしまったような、わずかな後ろめたさを感じながらも、貴重な瞬間に立ち会えた高揚《こうよう》感に包まれる。

匂い立つクラウディアの美しさにしばし瞬きを忘れ、正気に戻ったあとも、余韻で中々その場から立ち去れなかった。

こうしてクラウディアは、意図せず娼婦時代に愛用していた化粧水を手にする確約を得た。

悪役令嬢は王太子殿下に求められる

現場に出たあとは、帰る前に報告書を作成する。

気になった部分をまとめながら、クラウディアはフェルミナについて考えていた。

細々と発生する問題に対応する中、フェルミナが着実に下級貴族から支持を得ているのを知ったからだ。

クラウディアの目が届かないところで、噂にのっかって悲劇のヒロインを演じているらしい。

（この流れは前と同じね）

しかし全く同じというわけでもない。

積極的にクラウディアが現場に赴いたおかげで、下級貴族の間でもクラウディア派とフェルミナ派に分かれて派閥ができていた。

加えて、新興貴族寄りの仲裁をおこなうフェルミナは、古参貴族に反感を抱かれている。元々愛人の娘として悪かった評価が、さらに悪くなった形だ。

総合的に見れば、クラウディアを擁護する声のほうが大きい。

それでもめげないフェルミナの精神には感心するけれど。

（稚拙《ちせつ》に感じるのは、わたくしの精神年齢が高いからかしら？）

どうしても、よくこれで人を陥れられたなと思ってしまう。

ただなんとなくではあるものの、フェルミナが辿った軌跡は予想できた。

きっとフェルミナには、新興貴族からなる貴族派の後押しがあったのだろうと。

彼らにとって、フェルミナは旗印としてちょうど良い。

上手くいけばリンジー公爵家ですら、貴族派へ鞍替《くら》えさせられる。

その上、フェルミナがシルヴェスターの婚約者になれば、貴族派の人間を王家に食い込ませられるかもしれない。

これに賭けない手はないだろう。

あと考えられるのは、王族派の中にいるクラウディアを蹴落としたい人間の存在だ。

彼らがクラウディアの座を奪うために、フェルミナをけしかけた可能性も否定できない。

フェルミナが婚約者候補になっても、その出自から弾かれると甘く考えた結果、前のときは足を掬われたとしたら。

このどちらか、あるいは両方があったおかげで、フェルミナは王太子妃にまでなれたのではないだろうか。

リンジー公爵家が貴族派に鞍替えした場合、王家としては婚姻する利点がなくなる。

けれど表向きは、王族派を通すことも可能だったはずだ。

何せ現在でも中立であり、貴族派と接点があっても疑われないのだから。

（一応これなら納得できるけれど、急にフェルミナが小者に見えてきたわね……）

報告書を書き上げたクラウディアは、気分を変えるためにも、うーんと伸びをした。

そこで生徒会室に自分とシルヴェスター、トリスタンしかいないことに気付く。

「あら、他のみなさんは？」

「帰れる者は帰った。ヴァージルはフェルミナ嬢を連れて、教員室へ行っている」

どうやら思考に集中するあまり、周りが見えなくなっていたらしい。

クラウディアにつられたのか、ずっと書類に向かっていたシルヴェスターも肩を回す。

「クラウディアも大変そうだが、楽しそうでもあるな」

「わかります？」

「疲れを見せながらも、機嫌が良いからな」

「笑顔のクラウディア嬢を見ていると、僕も頑張ろうっていう気になりますよ。役員じゃないのに……」

トリスタンの憔悴ぶりには、お疲れ様ですと労いの言葉しか出てこない。

肩でも揉んであげたくなるけれど、公爵令嬢として家族以外の男性に触れるのは御法度だ。

「そろそろ私にも、誠意を見せてくれていいのではないか」

「誠意ですか？」

急にシルヴェスターから、そんなことを言われて首を傾げる。

「私を愛する努力をするよう言っただろう？」

「あぁ……！」

合点がいったものの、なぜ今？　という疑問は消えない。

「覚えていますけど、急にどうされたのです？」

「癒やしが欲しいのだ……」

「な、なるほど」

クラウディアが想像していた以上に、シルヴェスターもヴァージルにこき使われているようだった。

トリスタンの前で言い出すぐらいだ。

だいぶ精神が摩耗《まもう》しているらしい。

しかし見せろと言われて、見せられるものでもない。

どうすればいいの？　と悩むクラウディアに、シルヴェスターは一つ提案する。

「婚約者候補の公平性に抵触《ていしょく》しないで会える方法を考えてくれ」

「二人っきりで、ですわね」

「そうだ」

「あー、あー、僕は何も聞いてませーん」

両手で耳を塞ぐトリスタンに苦笑しながら、方法が思いついたら手紙で連絡することをクラウディアは約束した。

シルヴェスターと二人で会う方法は、案外すぐに浮かんだ。

もちろん護衛は数に入れないし、密室もクラウディアのほうで却下する。

その名も、「城下視察中に偶然会っちゃいました作戦」。

ネーミングは適当だ。

生徒会室で、王城でもシルヴェスターが執務にあたっているのを聞いて思いついた。

王族はよく慰安目的で孤児院などを視察したり、地方へ赴いたりする。

王太子であるシルヴェスターが王都の孤児院を視察していることは、クラウディアの耳にも届いていた。

王家は国民の声に耳を傾けるため、安全が確保された上での視察を奨励している。

それに便乗する形だ。

お忍びで視察するシルヴェスターに、街へ出かけていたクラウディアが偶然出会うという筋書きだった。

手紙で連絡するなり、すぐスケジュールに城下視察を組み込んだシルヴェスターは、相当心労が溜まっていたのだろう。

あまり間を置くことなく、当日を迎えた。


（わたくし《オモチャ》をからかって癒やされたいなんて……お兄様にも加減するよう言ったほうがいいかしら？）

王城でも学園でも仕事をするとなれば、疲れないほうがおかしい。

支度の中、思案するクラウディアの横で、ヘレンが拳を握る。

「いつにも増して気合いが入りますね！」

「いつも通りでいいのよ？　じゃないと視察を知った上で、特別な支度をしたってバレてしまうわ」

街へは護衛の他にヘレンも同行するので、シルヴェスターと会うことも伝えてあった。

人目がある分、余った精力が暴走することもないだろう。

澄んだ空をイメージした水色のワンピースに、つばの広い白色の帽子を合わせる。

クラウディアにしては珍しい淡い色合いだ。

しかしそれが黒髪を際立たせ、長い髪が体のラインを強調した。

最近ではクラウディアの意図を侍女たちが汲んでくれるので、全て任せている。

（シルヴェスター様は、どんな格好をされるのかしら）

お忍びなので、いつも通りではないはずだ。

けれどクラウディアすら見惚れてしまう美貌を、簡単に隠せるとは思えない。

（町中で仮面は、かえって目立つわよね？）

街といっても、正確には貴族しか入れない貴族街だ。

各通りには警備兵が常駐し、不審な者がいれば職質を受ける。

そのおかげで公爵令嬢であっても、侍女と護衛が一人ずついれば事足りた。

支度が終われば出発だ。

大通りを馬車で進み、指定された婦人服店を目指す。

到着すると、すぐに奥の部屋へ通された。

貴族街の小売店には上級貴族用の部屋が設けられていることが多く、人目を避けたり、時間をかけて商品を選びたいときに重宝する。

「やぁ、待っていたぞ」

「シルヴェスター様……」

挨拶も忘れ、クラウディアは目の前の光景に愕然とした。

待ち合わせ場所に指定された店は、クラウディアも利用したことがあり、奥の内装も知っている。

（ここって婦人服や小物を取り扱うお店よね？）

部屋に用意された、記憶にはない大理石の長机を見て混乱する。

長机の上はお菓子や軽食で溢れ、三段重ねのケーキスタンドまであった。

視線を横へ移せば、色とりどりのケーキが並ぶショーケースも鎮座しており、室内はカフェさながらである。

中でも一番気になるのは、普段と変わらない姿で、二人掛けのソファーに悠然《ゆうぜん》と座っているその人だった。

ただ護身のためか剣を携えている。

剣の柄には、王家の紋章が輝いていた。

「お忍びの概念が覆されますわね……」

見知った美貌を晒し、微笑むシルヴェスターは変装など一切していなかった。

「濃い色の装いも印象的だが、淡い色も似合うな」

「ありがとうございます。シルヴェスター様も、いつもと変わらず素敵ですわ」

「ならばよかった。とりあえず座ったらどうだ？」

と言われても、腰を下ろせそうな場所はシルヴェスターの隣しかない。

本来なら一人掛け用の椅子もあったはずだが、なぜか撤去されていた。

戸惑うクラウディアに、シルヴェスターが隣をぽんぽんと叩く。

他に選択肢はないらしい。

帽子を外し、できるだけ距離を置いて座れば、もっと近くに、と重ねて言われる。

互いの足が触れるようになって、ようやくシルヴェスターは満足した。

（おかしいわ。こうならないように視察を提案したのに）

ヘレンや護衛は室内に残っているものの、空気を読んで壁際へと移動し、存在感を消している。

しかも密着具合でいえば、馬車の再来だった。

シルヴェスターの息遣いが聞こえてきそうな距離に体が動かなくなる一方で、心臓だけが忙しない。

ふいに腰へ腕が回されれば、ひゃっと声が漏れて、慌てて両手で口を塞ぐ。

（どこの生娘《きむすめ》の反応よ⁉　……そういえば、わたくしまだ正真正銘の生娘だったわ）

異性に不馴れな今の体が憎い。

シルヴェスターとはダンスもしたというのに。

胸が密着したこともあれば、腰に腕を回されたこともある。

はじめてではないのだからと気を静めようとするけれど、体は熱を持ち続けて焦りが募った。

「これは予想外だったな」

溜息混じりの声に、シルヴェスターを仰ぐ。

どうやら腕を回したほうの彼も動揺しているようで、片手で顔を覆っていた。

「生殺しにもほどがある」

漏れ聞こえた声に、自滅を察する。

きっとからかうつもりが、若さのせいで性欲が顔を出してしまったのだろう。

これを解決する方法は一つしかない。

「シルヴェスター様、お放しください」

離れて座っていれば、こんな事態に陥らなかった。

けれどシルヴェスターは、ちらりとクラウディアを見下ろしただけで、腰に回した腕を動かそうとしない。

「どうして君はコルセットをしていない？」

「普段からつけていたら、窮屈で仕方ありませんわ」

体型を気にして薄手のコルセットをつける令嬢もいるけれど、クラウディアには無用の長物だった。

素《す》でそれなのかと、シルヴェスターは熱のこもった息を吐く。

「シルヴェスター様、とりあえず腕を放していただけませんこと？」

「嫌だ……」

消え入りそうな声だった。

思いがけない声音に驚きながらも、言い募る。

「お互い、落ち着かないだけではありませんか？」

「……」

ようやく訴えを認められて、そっと腕が外される。

しかし外した腕はそのままソファーに置かれ、クラウディアが身を離そうとするのを阻止した。

そこまでして触れていたいのだろうか。

（そういえば癒やしを求めておいでだったわね）

からかいたいだけじゃなかったのかと考え直す。

女性の柔らかい体に癒やされる男性は多い。

胸など最たる例で、顔を埋めたり揉みたがる客がほとんどだった。

だからといってシルヴェスターに提供できるものではなく、これぐらいの距離感なら大丈夫かと妥協する。

男として切実な様子を見せられて、幾分クラウディアにも余裕ができていた。

「今日はお忍びの視察ではなかったのですか？」

「ここへは隠れて裏口から入った。今は小売店の様子を視察しているところだ」

「商品が、婦人服からケーキに様変わりしていますけれど」

しかも用意されたケーキは明らかに売り物ではない。

クラウディアがどれだけ注文したところで、お金が請求されることはないだろう。

「カフェの個室も考えたのだが、こちらのほうが意表を突けると思ってな」

「確かに驚きましたわ」

今日のために、いったいどれだけの人が動いたのか。

店側もいい迷惑だろうに。

それでも、クラウディアのためだけに準備されたとなれば、悪い気はしない。

こういう驚かし方なら大歓迎だ。

密室で体が触れ合うのは、勘弁願いたいけれど。

「元は君の案だが、気に入ってもらえたか？」

「はい、ここまでしていただけるなんて嬉しいですわ」

加えて、見下ろしてくるシルヴェスターの視線が甘いのも、予想外だった。

ケーキが並べられているせいか、室内に漂う空気も甘ったるく感じる。

意識してしまうと、また落ち着かなくなりそうなので、クラウディアはそれに気付かないふりをした。

「学園祭の案もそうだが、君の見識には感心する。何がきっかけで……いや、きっかけは周知の事実か」

「改心したのはお母様がきっかけですけれど、見方が変わったのは別ですわ」

人生をやり直しているとは言えないので、考えながら言葉を紡ぐ。

クラウディアに大きな影響を与えた人。

壁際に立つヘレンをそっと窺う。

「血筋や地位は揺らがないものと信じておりました。しかしそれは妄信に過ぎないと悟ったのです」

愚かなおこないで簡単に崩れ去るものだと知った。

娼館で客を取り、平民も貴族も同じ人間なのだと知った。

誰もが人生に悩み、癒やしを求めていたから。

「ならば、わたくしにできることは何かと考えるようになりましたの」

限りある中、どれだけのことができるか。

効率を求めるためには何が必要か。

娼婦時代も、やり直してからも、必死で方法を探った。

「大切な人を守るため、自分を守るために。今も試行錯誤を繰り返している最中ですわ」

「辛くならないか？　人や自分のためとはいえ、頑張り続けるのは」

「ふふっ、面倒になったり、怠けたくなるときもありますわよ。でも辛いことだけじゃありませんもの」

むしろ得られるもののほうが多い。

そうでもなければ、続けられないだろう。

「それにわたくしは単純ですから、侍女に褒められるだけでやる気が出ますの」

「私には、単純には思えないが？」

「シルヴェスター様と侍女に向ける顔が、同じであるわけがないでしょう？」

「ふむ、難しいな」

「単純なほうがお好みですか？」

「いや……だが、単純な反応が欲しいときもある」

「男心は複雑ですわね」

「女心よりマシだと思うが」

難解の最たる人が、何を言うか。

「そうおっしゃるなら、シルヴェスター様ももっと感情をお見せください」

「見せているだろう？」

「わかりにくいのです。照れて耳が赤くなったりしないのですか」

「無茶を言うな。物心ついたときから、感情が表に出ないよう教育されているのだぞ」

「……言われてみれば、わかりやすかったらハニートラップを仕掛けられますものね」

「納得するところがそこなのか」

王太子殿下ともなれば、他国からそのような刺客が送られてもおかしくない。

貴族間ですら使われる手だ。

娼婦の中には、それを専門にする人もいる。

「権力者って大変ですわね」

「公爵令嬢が何を言っている。君だって身辺には気をつけているだろう？」

「そうでしたわ」

絶賛、身内に爆弾を抱え込み中だ。

フェルミナのことを考えると、どうしたものかと頭が痛くなる。

これといって打って出られる手段がなかった。

「フェルミナさんの背後に、貴族派がいそうなのですけど」

「傀儡《かいらい》にはもってこいだろうな」

容赦ないシルヴェスターの言葉に苦笑が浮かぶ。

「だが気にするほどのことか？　君にだって近付く者はいるだろう？」

「それが、王族派の方々が頑張ってくださっていまして……」

リンジー公爵家は王族派ながらも中立の立場だが、クラウディアまで貴族派寄りになるのを危惧してか、王族派にがっちり周りを固められていた。

大規模なパーティーに出席しても、王族派の令嬢しか視界に映らないような徹底っぷりである。

それもあって、色んな人と出会える学園祭の現場が楽しかった。

おかげで貴族派と、全く接点がないわけでもない。

「支持勢力が分かれそうなのか。ふむ……私からすれば、君がなぜ、それほどフェルミナ嬢を警戒するのかわからないな」

「シルヴェスター様は……いえ、何でもありません」

口を開いてから、おかしな質問であることに気付いた。

訊いてどうするのだと、自問する。

「気になるから途中で止めるな。訊きたいことがあるなら言ってみろ」

「意味のないことでもですか？」

「むしろ私が聞きたくなったな。何が知りたい？」

クラウディアにしては珍しいと思われたのか、シルヴェスターが黄金の瞳を細める。

これは逃げ切れないと諦めて質問を口にするけれど、どうしても弱々しい声音になってしまった。

「もし婚約者候補が、わたくしからフェルミナさんに替わったら、どうされますか？」

「……そのような話が出ているのか？」

シルヴェスターの声が低くなり、緊張が走る。

下がった体感温度に、急いで首を振った。

呆れられるだろうとは思ったものの、機嫌が悪くなるとは。

「いいえ！　意味のない質問だと、先に言いましたでしょう？」

「あぁ、そうか。公爵の頭を疑ってしまうところだった」

ふむ、と頷いたシルヴェスターは、まるで存在を確かめるかのようにクラウディアの頬を撫でる。

「考えたくない仮定ではあるが、私なら政情に合った相手を選ぶだろうな」

「フェルミナさんが婚約者に選ばれる可能性もあるのですね？」

「ないとは言い切れない。仮に彼女が貴族派に取り込まれていたとしよう。その上で利用価値があるなら、選ばれる可能性はある」

「利用価値……」

「貴族派が傀儡にできて、王族派が傀儡にできない道理はあるまい？」

「フェルミナさんに貴族派を探らせるのですか？」

「そういうこともできるという話だ。上手くいくかは別問題だがな」

淡々と語るシルヴェスターを見ていると、彼ならやれそうな気がする。

人を扱うことについては、自分より何枚も上手だろう。

将来、国を背負うことが決まっている人だ。

当たり前といえば、当たり前のことだった。

シルヴェスターの婚約に、私情が入る隙などないことも。

上級貴族ほど、婚姻には政略が絡む。

（きっと前もそうだったのね……）

第一子をもうけたシルヴェスターとフェルミナの間に愛があったかなど、当人たちにしかわからない。

どうして訊くまでもないことを質問してしまったのか。

シルヴェスターの答えに、何を期待していたのか。

このままクラウディアが婚約者に選ばれたとしても同じだ。

婚姻は、政治的判断によるものに過ぎないというのに。

（相変わらず、わたくしは愚かだわ）

どれだけ知識を蓄えても。

人生をやり直したとしても。

根底にあるものは、変わらないのかもしれない。

「それで君が、過剰なまでにフェルミナ嬢を恐れる理由は何だ？」

「わたくしは、やっぱり恐れているのでしょうか」

「私にはそう見える。彼女がどう足掻いたところで、君を守る者のほうが多いだろう？」

悪意ある噂が増えようが。

貴族派がフェルミナを後押ししようが。

クラウディアが築いてきた土台をひっくり返せるほどの力はないとシルヴェスターは言う。

「そうでしょうか？　わたくしが、何か愚かなことをしてしまったら……？」

不安に、瞳が揺れた。

血統は意味をなさない。

信用など、一つの過ちで呆気なく崩れ去るものだ。

「クラウディア、人間は誰しも愚かだ。間違いを犯す。けれど君には正せる力があるだろう？」

「でも土台なんて、脆《もろ》く崩れて……っ」

フェルミナを恐れていると、言い当てられたからだろうか。

ひた隠しにしてきた感情が、堰を切ったように溢れ出る。

寒くもないのに、体が震えていた。

――本当は、ずっと、ずっと怖かった。

フェルミナを超える悪女になると誓っても。

今の彼女が稚拙に感じられても。

いつ、またあの愉悦に満ちた顔が現れるのかと、脳裏で影がちらつく。

そのとき、果たして自分は正気を保っていられるだろうか。

やり直しているはずなのに。

植えつけられたトラウマが消えてくれない。

視界が歪む。

それが涙のせいだと気付いたときには、目の前にシルヴェスターの胸があった。

「すまない、追い詰める気はなかった」

背中に回された腕に力がこもり、抱き締められているのだと知る。

「君のことを理解したかっただけで……すまない」

「いいえ、わたくしのほうこそ、取り乱してしまいました」

だから謝らないでくださいと、シルヴェスターの胸を押す。

しかし彼の体はビクともしない。

それどころか腕の締め付けが増し、一段と密着してしまう。

シルヴェスターの前髪が、さらりと耳に触れた。

次いで吐息が耳朶《じだ》を撫でる。

「これほど君を不安にさせるなら、彼女は消してしまおうか」

ぞくりと腰に響く声だった。

反射的に肩が弾み、クラウディアは目を見開く。

驚き過ぎて涙も引っ込んだ。

「シルヴェスター様？」

「そうすれば、クラウディアはもっと私のために、時間を作ってくれるだろう？」

「穏やかじゃないにもほどがあります。急にどうされたのですか？」

何がシルヴェスターを駆り立ててしまったのか。

取り乱したのが悪かったのかと、状況についていけない。

「想像以上に、フェルミナ嬢が君の心を占領しているようだからな」

「だから消そうと？」

「邪魔だろう？　君も彼女がいなくなれば安心できる」

それで本当にフェルミナが消されたら、全く安心できない。

次がクラウディアにならない保証がどこにあるのか。

「シルヴェスター様のために時間を作るかは、わたくし次第ですわよ？」

「だとしても、彼女がいて誰が得する？」

「いなくなったら、お父様とリリスさんが悲しまれます。とりあえず落ち着いてください」

「私は落ち着いているが？」

「それはそれで怖いです……！　冷静に人を消そうとしないでください！」

「むっ、怖いのか……」

ままならないな、とようやくシルヴェスターは考えを取り下げてくれた。

彼なら婦人服店をカフェに変えたように、サクッと済ませてしまいそうだ。

（オモチャを独占できないのが、そんなに気に入らないのかしら）

まさかシルヴェスターが、ここまでフェルミナに敵意を抱くとは。

けれど、おかげで考えさせられた。

フェルミナさえいなくなれば、問題は全て解決されるのか。

現に今、優位であるにもかかわらず、安心できないでいる。

フェルミナと決着がついたとして、第二、第三のフェルミナが現れないとは限らない。

そのたびに、見えない影に怯えるのだろうか。

（わたくしは、何か大事なものを見落としているのかもしれないわ）

――クラウディアの答えは、まだ出ない。

悪役令嬢は問題に直面する

学園祭の準備も残すところ、あと三日と迫ったとき。

「お姉様、これはどういうことですか⁉」

現場に出ていたクラウディアは、書類を一枚持ったフェルミナに大声で詰め寄られた。

フェルミナは自分の背後に控える生徒たちと一緒に、クラウディアを睨む。

（いつの間に取り巻きを作ったのかしら）

派閥を問わず、在学する上級貴族の顔は全て覚えていた。

記憶にないフェルミナの取り巻きは、下級貴族なのだろう。

突き付けられた書類を確認して、首を傾げる。

「受け取り証明書？」

「生徒会が演奏をお願いしている楽団の、楽器の受け取り証明書です！　ここにお姉様のサインがありますよね！」

示された通り、受け取った人物がサインを書く欄には、クラウディアの名前があった。

筆跡も似ている。

しかしサインした覚えもなければ、楽器を受け取ってもいない。

そもそも楽器が運ばれたのは式典場で、そちらへクラウディアは行っていなかった。

（何か罪を着せるつもり？）

フェルミナが大声で詰問したことで、周囲に人だかりができはじめる。

ちょうど場所が下位クラスの教室前であることを考えると、作為を感じずにはいられない。

新興貴族が集まる下位クラスには、フェルミナ寄りの生徒が多いからだ。

「偽造でしょう。わたくしは受け取っていません」

「しらばっくれないでください！　お姉様が受け取った楽器の一部が、行方不明なんですよ!?」

続けてフェルミナは、配達人がクラウディアに渡したと証言していること、既にこの件は生徒会へも報告済みだと話す。

「楽団の大切な楽器を、どこへやったんですか⁉」

（……この子は、本当に変わってないのね）

一方的な発言に、フェルミナがしようとしていることを察する。

これはお茶会と同じだ、と。

真実なんてどうでもいいのだろう。

集まってきた人たちに、クラウディアが悪だという印象さえ与えられれば、フェルミナとしては「勝ち」になる。

教室とは違い、本人が出張ってきたところはまだいいけれど。

「フェルミナさん、これは大事よ。生徒会でも調べる必要があるわ」

「忘れたんですか⁉　いつも都合良く、あたしへの仕打ちを忘れるように！」

埒《らち》が明かない。

こうなればフェルミナの独壇場《どくだんじょう》だった。

彼女は悪い意味で、声が大きい者の意見が通ることを知っている。

生徒会室へ戻ろうとするクラウディアに対し、逃げるんですか！　とフェルミナは声高に叫んだ。

「逃げないわ。フェルミナさんも一緒に行くのよ？」

「無実を証明してください！」

どこまでもフェルミナとの会話は成立しない。

整合性など、彼女は望んでいないからだ。

今はこの場を去ることを優先したほうがいいだろうかと、クラウディアが考えたとき。

人だかりから声が上がる。

「フェルミナ嬢、クラウディア嬢は、お一人で楽器を運ばれたんですか？」

騒がしい中であっても、その声はよく通った。

「フェルミナ嬢、おれは男爵家の者です。でもフェルミナ嬢なら、爵位が低い者の問いでも答えてくださると信じています！」

「え、えぇ。お姉様は一人で運ばれたみたい」

取り巻きへ目配せしたあと、フェルミナはそう答える。

あくまでクラウディア一人の罪にしたいらしい。

「リンジー公爵令嬢であるクラウディア嬢が、ご自分でですか？　スコット伯爵令嬢、ありえますか？」

「ありえないわね。そもそも配達人は、指定の場所へ荷物を運ぶのがお仕事でしょう？　もしクラウディア様が再度荷物を移動されるなら、配達人が運ぶはずよ」

第一クラウディア様ほどの人が、一人で荷物を運んでいたら目立ってしょうがないわ、とスコット伯爵令嬢からも掩護射撃が送られる。

彼らは以前、クラウディアが仲裁した二人だった。

その後も良い関係が続いているようだ。

通る声の持ち主である男爵令息ことブライアンは、フェルミナに提案する。

「フェルミナ嬢、クラウディア嬢の足跡を辿ってはいかがでしょうか！　とても目立つ方です、配達人以外にも、楽器を運ぶクラウディア嬢を見た人がいるはずです！」

目撃証言を辿れば、おのずと楽器の行き先もわかるだろう、と。

クラウディアが現れるだけで人は道を譲る。

下位クラスの騒動の現場では、人垣が割れたほどだ。

公爵令嬢は、下級貴族にとって雲の上の人である。

それを骨身にしみて知っている観衆たちは、ブライアンの提案に納得した。

あくまで問題を解決しようとする姿勢のブライアンに、フェルミナも文句は言えない。

「おい、勝手なことを言うなよ！」

と、ブライアンを止める声もあったが。

「フェルミナ嬢が困ってるんだぞ⁉　それを助けて何が悪い⁉」

フェルミナのため、と彼が主張を返せば、相手は黙るしかなかった。

むしろ騒動の本質に気付いていないフェルミナ寄りの観衆ほど、ブライアンを擁護する。

彼らはフェルミナを信じるあまり、クラウディアの罪を暴こうと躍起《やっき》になった。

意図したものとは別の流れができつつあることに、フェルミナは慌てた様子で言い募る。

彼女は観衆に言い分を認めてもらえるだけでよかったのだ。

本格的な捜査など必要ない。

「みんな落ち着いて！　このことは、あたしがしっかり証明するから！」

「フェルミナ嬢だけが辛い思いをする必要はありません！　しっかり公正に判断してもらいましょう！」

そうだそうだと賛同する声が続く。

もうこの場の流れは、ブライアンが掌握していた。

クラウディアは心の中で感謝しつつも、表面上は顰《しか》めた顔を彼に向ける。

それを見たフェルミナ寄りの生徒は、より一層ブライアンを支持した。

片やフェルミナの手法をそのまま乗っ取ったブライアンは、クラウディアにとてもいい笑顔を向ける。

（もうっ、化粧水が手に入った暁には、わたくしが広告塔になって差し上げるわ！）

予想もしていなかったブライアンの登場に、クラウディアは不覚にも泣きそうになった。

今までもヴァージルやヘレンを筆頭に、味方になってくれる人はいた。

けれど彼とは、たった一回、諍いを仲裁しただけの仲だ。

それなのに身を挺《てい》して擁護してくれたことが、クラウディアの心を大きく揺さぶった。

あとでスコット伯爵令嬢にもお礼をしようと誓う。

そんなクラウディアの視界の端に、銀髪と赤毛が映り込んだ。

「では私が責任を持って、公正な判断を約束しよう」

シルヴェスターが姿を見せたことで、あれだけ騒がしかったのが嘘のように静まり返る。

どうやら状況を重く受けとめたヴァージルによって派遣されたらしい。

彼の宣言を理解した観衆は、一瞬の静寂のあとで歓声を上げた。

一方は、クラウディアの罪が明るみになると。

一方は、姑息なフェルミナの嘘がバレると。

王太子殿下が約束してくれたのだから、これ以上のことはない。

フェルミナは必死の形相で、証人と証拠があることをシルヴェスターに訴えた。

——そして、このあと。

生徒会役員を前にした配達人は、呆気なく証言を覆したのだった。


クラウディアが楽団の楽器を受け取ったとされる件については、シルヴェスターがいったん引き取ることになった。

楽器の一部が行方不明なのは事実で、調査する必要があったからだ。

この時点では、フェルミナが独自に入手した証拠しかなく、真偽は不明だった。

証人である男性の配達人は、まだ学園内で仕事中だったのもあり、生徒会室に呼び出された。

念のため、クラウディアとフェルミナがいないところで聴取はおこなわれたが、彼は確かにクラウディアが受け取ったと証言した。

しかしその証言には、怪しい点があった。

「クラウディアの顔を覚えていないというのか？」

シルヴェスターを前にした配達人は、ダラダラと冷や汗を流しながら答える。

「は、はい……あっしが覚えてるのは、黒髪の女子生徒だったことだけで……サインがリンジー公爵令嬢のものだったので、てっきり……」

「長い黒髪だったとしか記憶にないと？」

「は、はいぃぃ」

「もう一度見たら、その女子生徒とわかるか？」

「どうでしょう？　他にこれといった特徴はなかったもんで」

その場に同席した生徒会役員は、全員で顔を見合わせる。

クラウディアに会ったことがあるとは思えない証言だったからだ。

「ならばクラウディアと面通しして確認しよう」

「えっ、でも、わからないかもしれやせんよ？」

「構わない。判断がつかなかったら、正直に言ってくれ」

役員の一人が、別室で待機しているクラウディアを呼びにいく。

クラウディアを見た配達人は、驚愕に目を剥《む》いた。

「どうだ？」

「ち、ち、違いやすっ！　この方ではありやせん……！　こんな別嬪《べっぴん》さん、一度見たら忘れられやしませんよ！」

配達人の証言が怪しかった点は、この一言に尽きた。

当人の努力もあり、シルヴェスターにすら美しいと言わしめるほど、クラウディアの容姿は完成されている。

仮に顔が見えなかったとしても、本能を刺激される体のラインを忘れるはずがない。

クラウディアを前にして、「特徴がない」と言える者など存在しなかった。

「これで誰かがクラウディアを騙《かた》ったことが証明されたな。公爵令嬢を騙るなど、重罪だというのに」

しかもご丁寧にサインまで真似ている。

貴族には権力があり、そのサインには相応の力がある。

公爵令嬢のサインともなれば、商会一つを丸ごと動かすのも容易い。

だからこそ貴族を騙る行為には、重罪が科せられた。

「配達人は私のほうで保護しよう。彼は偽証の証人となった」

学園内でのことではあるものの、さすがにこれは軽く考えられない。

証言を覆した配達人に、クラウディアは首を傾げる。

（どうして配達人を懐柔《かいじゅう》しておかなかったのかしら？）

クラウディアの罪を証言させるなら、裏切れないようにしておけばいいものを。

疑問の答えは、フェルミナが呼び戻されたことで判明する。

「ごめんなさい、お姉様！　まさかお姉様を騙る人がいるとは思わなくて……！　配達人もお姉様で間違いないって言ってたから、鵜呑みにしてしまったのっ」

（逃げ道を用意していたってこと？）

フェルミナは、自分も騙された被害者の一人だと主張した。

もしかしたら最初から偽証はバレる予定だったのかもしれない。

そう考えると、下位クラスの人たちの前でクラウディアを責め、悪だと印象付かせることがフェルミナの本命だったのだ。

しかしブライアンのおかげで流れは変わった。

証言が覆ったと知れば、またあのよく通る声で広めてくれるだろう。

「フェルミナ、お前が浅慮《せんりょ》だったことに変わりはない。今後、生徒会活動中は生徒会室での謹慎を言い渡す」

「はい、お兄様……」

フェルミナが偽証に関わっていた証拠がない以上、追及は不可能だった。

ヴァージルに叱られたフェルミナは殊勝に肩を落とす。

（わたくしのサインを流出させたのは彼女でしょうけど、立証は無理でしょうね……）

クラウディアのサインを真似るには見本が必要だ。

公爵令嬢のサインともなれば、使われるところは限られた。

力を持つがゆえに、簡単にサインしないよう教育も受けている。

フェルミナなら「見て」盗むことも可能だろう。機会はいくらでもあるのだから。

ただそれは、フェルミナ以外にも言えることだった。

立証できなければ、屋敷に出入りする全ての人が疑われてしまう。

「ディーを騙った女子生徒と、紛失した楽器が問題だな」

溜息をつきながら、ヴァージルは天井を仰ぐ。

女子生徒に至っては見当もつかない。

当人も捕まる危険がないから、偽証という重罪を犯したと考えられた。

「とりあえず偽証があったことを学園へ報告し、捜査を依頼しよう。楽器の紛失は、生徒会の汚点になるが、こちらでもギリギリまでは捜索をおこなう」

楽器を自力で見つけられたら、生徒会の傷は浅く済む。

問題が起きても挽回《ばんかい》できるとなれば、過度に評価は下がらないからだ。

保管体制については、学園側が見直しを迫られるだろう。

「では今は楽器を見つけるのが最優先ですわね。他の楽器は式典場にありますの？」

「ああ、荷ほどきをして確認を取らせた。紛失したもの以外は式典場に届いている。フルートとトランペットが入った木箱が、一つ行方不明だ」

学園祭で使用するものは、全て木箱に入れて届けられる。

他の荷物に混じっていないか確認するため、ヴァージルとフェルミナを生徒会室に残し、役員総出で学園内を見て回ることになった。

ことがことなので、教師にも手伝ってもらって捜索する。

けれどこの日、楽器が見つかることはなかった。


次の日も、楽器の捜索は続けられた。

生徒会が依頼した楽団の楽器が紛失したとなれば、生徒会長であるヴァージルの威信に傷が付くのは必至だ。問題はその傷の深さだった。

早速ブライアンが声高に偽証について広めてくれたおかげで、クラウディアの罪を問う声はなくなったものの、これでは到底解決したとはいえない。

「どうして見つからない⁉」

時間だけが過ぎていく状況に、ヴァージルは焦りを募らせる。

一度、式典場に着いたのは確かだ。

フルートとトランペットは楽器の中では小さい部類に入るけれど、楽器を収めた木箱はそれなりの大きさになった。

隠すには限界がある。

でも見つからない。

「もしかして、もう学園から持ち出されているんじゃ……」

「木箱から取り出してしまえば、フルートなんて小さくまとめられるもんな」

フルートは長い一本の横笛であるものの、持ち運ぶときは頭部管、胴部管、足部管と三つに解体される。

これなら学園の鞄に隠して持ち出すこともできた。

「でもトランペットは無理よ。壊せばいくらでも小さくできるでしょうけど」

現場で探し回っている役員たちも、腑に落ちない様子だ。

クラウディアもだが、ここで役員の言葉に引っかかりを覚えた。

「壊せば……？　そうですわ、なぜ楽器を壊さなかったのです？」

え？　とその場にいた全員が、クラウディアの発言に首を傾げる。

しかしすぐに同じ疑問へ行き着いた。

口々に声が上がる。

「そうだ、手っ取り早く壊せばいいんだよ！」

「さすがに人の目があって、式典場では無理じゃない？」

「式典場では無理でも、壊して晒すことはできるだろ？　そのほうが預かり物を管理できないほど生徒会は無能だって、宣伝できるじゃないか！」

宣伝されるのは困るけれど、クラウディアも同意見だ。

ヴァージルは唇に指を置いて考える。

「壊さず、隠す必要があったんだな。ならば見つかる可能性はあるのか」

持ち出して永遠に隠す意味はない。

だったら壊したほうが、生徒会の無能さを衝撃的に宣伝できる。

ヴァージルを含め、役員たちが光明を見出す中、フェルミナだけは大きな目を瞬かせていた。

（ずっと、この子だけは他人事なのよね）

死に物狂いで役員や教師たちが楽器を探し回っている間も。

報告を聞いたヴァージルが、奥歯を噛みしめている間も。

生徒会室での謹慎を言い渡されたフェルミナは、平然と椅子に座っていた。

楽器が紛失したままだと、困るのはフェルミナも一緒だ。何せ彼女も役員なのだから。

それをよしとするのは、クラウディアの中のフェルミナ像と食い違っていた。

シルヴェスターの婚約者の座を狙うなら、なおのこと。

これを機に、他の婚約者候補が台頭するのを、フェルミナが許すとは到底思えない。

「でもどこだ？　教室は全部見て回っただろ？」

「紛らわしい空の木箱も撤去したしね」

結局はそこへ行き着く。

うーんと唸る役員たちを前に、やはりフェルミナの表情は変わらない。

（きっと知っているのね）

楽器がどこに隠されているのか。

だからフェルミナは平然としていられる。

偽証の件を含め、楽器の紛失にはフェルミナも関わっていると、クラウディアは踏んでいた。

実行したのはフェルミナの協力者だろうけれど、彼女も計画を知っているはずだと。

でなければ上手く立ち回ることはできない。

（そう、今回の彼女は上手過ぎるのよ）

以前のお茶会と同じ手法を取ったり、本人の行動は稚拙なのに、逃げ道を用意しておくほど計画は周到だ。

ちぐはぐな印象は、協力者の存在を臭わせる。

こうして前のクラウディアを陥れたのかと、考えさせられるほどに。

(もしわたくしなら、どう動くかしら?)

フェルミナの立場だったら。

協力者を得て、邪魔者を陥れる計画を立てるなら。

それでいてヴァージルの威信を深く傷つけずに終わらせるには。

(最後の最後で、恩を売るわね)

やり直し前とは違い、今のフェルミナには圧倒的に味方が少ない。

取り返しがつかなくなる一歩手前、そこでフェルミナの知恵によって楽器が見つかったらどうだろう?

クラウディアに限らず、ヴァージルもシルヴェスターも、何も知らなかったというフェルミナの主張を信じてはいない。

それでも表向き、フェルミナも女子生徒に騙された被害者の一人で、楽器の紛失には関わっていないのだ。

生徒会役員や教師がどれだけ探し回っても見つけられなかった楽器を、フェルミナだけが見つけられたら。

感謝されるだけじゃなく、有能さも証明できる。

(今までの不確かな噂ではなく、確かな実績として名声を得られるわ)

クラウディアなら、そうする。

だとしたらやり返す方法は一つ。

フェルミナより先に、楽器を見つけることだ。

計画内容は推察に過ぎないけれど、隠し場所を考える手立てにはなる。

(どこなら条件に合うかしら?)

簡単には見つからない場所。

人の意表をつける場所。

一度置いたら、移動させずに済む場所。動かせば動かすほど、人目につく危険が生じてしまう。

――一か所だけ、思い浮かぶ場所があった。

(ありえるかしら? 自分が疑われるかもしれないところよ……でも、そうね……証拠はないわ)

証拠がなければ、いくらでも言い逃れられる。

生徒会内の空気が微妙になっても、フェルミナは見つけた実績さえ作れればいい。

(間違っていても、最悪フェルミナに見つけられるだけよ)

最終的に見つかることが前提なら、心に余裕も生まれる。

クラウディアは一つ息をつくと、壁へ手を向けた。

正確には、壁側にうずたかく積まれた、シルヴェスター宛ての贈答品へ。

「お兄様、あちらは確認されました?」

「あれは……まさか、トリスタン!」

「えっ⁉　僕はちゃんと目録を確認して積んでいきましたよ⁉」

「その目録はどこだ⁉」

確認済みの書類の中から、目録を探り当てる。

ヴァージルが怪しい記録がないか確認する一方で、シルヴェスターから許可を得た役員が、片っ端から木箱を開けていった。

「え、あ、あの……」

狼狽えるフェルミナの様子に、確信する。

楽器は、生徒会室へ運び込まれていたのだと。

ほどなくして、木箱を開けていた役員から歓声が上がった。

「ありました！　フルート、それにトランペットも……！」

みんな木箱の存在は目にしつつも、シルヴェスター宛ての贈答品のため見逃していたのだ。

受け取り時だけでなく、移動するときにもトリスタンが目録を確認するし、勝手に触ってはいけないという意識が働いていた。

「間違いはないと、思い込んでいたな」

生徒会室が喜びに包まれる中、ヴァージルが呟く。

けれど表情は晴れない。それはクラウディアも同じだった。

ヴァージルは、目録の数字が書き換えられているのを発見したけれど、生徒会室にある目録に手を加えられるのは、生徒会室にいる者だけだ。

フェルミナの関与が疑われるが、彼女が書き換えた証拠はない。

学園祭の準備中、役員の出入りは激しかった。

「ということは、僕がそれと気付かず積んでたんですか⁉」

「目録が間違っていたんだ。お前は悪くない」

愕然とするトリスタンを、ヴァージルが慰める。

目録は、宛先ごとに配達業者が作ったものだ。

シルヴェスター宛ての贈答品なら、誰から何個といった形で記されている。

だから業者が持つ控えと手元の目録を比べれば、書き換えの有無はわかる。

目録が確認されるのは二回。

贈答品を生徒会室の入口で受け取ったときと、壁際へ移動させるとき。

どちらもトリスタンがする場合もあれば、受け取りは他の役員がすることもある。

毎回すぐに移動させるのは難しいので、受け取り後はしばらく入口に置いてあることが多かった。

その間に目録の書き換えと、楽器の混入はおこなわれたのだろう。

いつなら入口に贈答品が積まれているかを知れるのは、生徒会役員だけだ。

何せ書類整理の合間に、せっせとトリスタンが移動させるのだから。

「とりあえず楽器が見つかって良かった！　ディーはよく気付いたな」

「目に入った木箱が気になっただけですわ」

「それでも俺たちは見過ごしてたんだ。ディーのお手柄さ」

クラウディアを褒めながらも、ヴァージルの視線はフェルミナへ移動する。

みんなが喜びに沸いても、フェルミナだけは俯いていた。

彼女が怪しいとヴァージルも思っているようだが、声高に責めたりはしない。証拠がないと彼もわかっているからだろう。

他の役員からも口々に称えられ、クラウディアは輪の中心になる。

「やはり君が恐れるほどの相手には見えないな」

誰にも聞かれないよう、耳元で囁いたのはシルヴェスターだ。

クラウディアの目にも、今のフェルミナはとても小さく感じられた。


今回も、フェルミナの企みは失敗に終わった。

けれどクラウディアの胸の内では、いつもとは違う変化が起きていた。

消灯し、暗闇に包まれたベッドの上で目を閉じる。

ざわざわと浮き足立つような落ち着かない感覚に、大きく成長した胸を押さえた。

不安や焦りからではない。

(わたくし、自分に自信がなかったのね)

それは気付きであり、自覚を得た高揚感だった。

ほう、と息を吐く。

フェルミナについて、ずっと感心することがあった。

彼女は何度間違えても、めげないのだ。

領地送りになっても挫けず、クラウディアを陥れようとしてくる。

そのバイタリティーは凄いとしか言いようがない。

やっていることは褒められないし、クラウディアからすれば迷惑千万だけれど。

（わたくしは自分を信じられていなかった）

踏んでも、踏んでも、雑草のようにフェルミナが起き上がってくるのは、自分が正しいと信じているからだ。

クラウディアだって自信はあるつもりだった。

体を磨き、知識を蓄えてきた。

でもそれは外へ向けたものでしかなく。

（愚かな自分を認めるのが、怖かったのよ）

前のクラウディアは無知で、愚かだったからこそ没落した。

だから否定し続けてきた。

同じ過ちは繰り返さないと誓って。

愚かな部分も含めて、クラウディアであることを認められなかった。

〈クラウディア、人間は誰しも愚かだ〉

大切なのは、愚かだと気付けること。

そして正せること。

それができれば大丈夫だと、シルヴェスターは教えてくれていたのに、クラウディアは理解できていなかった。

いつまで経っても、自分を認められなかった。

もう大丈夫だと。

たとえ愚かなことをしても、気付き、正せると。

自分自身を安心させてあげられなかった。

どうしてフェルミナへの恐怖が抜けないのか。

トラウマを克服できない理由は、ここにあった。

(もう大丈夫。わたくしは、大丈夫)

きっかけは、ブライアンが助けてくれたことだ。

たった一度の面識しかない彼が、クラウディアのために声を張ってくれた。

嬉しくて、泣きそうになった。

認められた気がしたのだ、自分の正しさを。正せる力を。

ただ自分が思うままに振る舞った結果で、助けが得られた。

何気ない、特に意図していなかった生活の一場面で得られたものだったからこそ。

励まされ、勇気を与えられた。

自分は前のクラウディアではないと、心から思えた。
（もう怖くない）
フェルミナのことも。
愚かなことも。
（それにわたくしには、心強い味方がいる）
頼れる味方がいる。
だったら、彼らを頼ろう。
今まではことが起こったら、助けてもらう気でいた。
根っこの部分で自信を持てていなかったから、無意識の内に遠慮してしまっていた。
すぐにでも相談してみようと思う。
朝が来たら、これからについて話そう。
まだ夜になったばかりだった。
でも心はすっかり澄んだ朝のようで。
クラウディアは自然と笑みを浮かべたまま眠りについた。

朝一でフェルミナについて協力を仰ぐと、二つ返事で承諾された。
むしろヘレンやヴァージル、シルヴェスターにも、ようやく動く気になったかと安堵されたぐらいだ。

どうやらずっと受け身でいるクラウディアに、ヤキモキしていたらしい。

それでもクラウディアの気持ちを尊重し、見守ってくれていた。

ヴァージルからは別で動くつもりだったと打ち明けられ、ヘレンに至っては、抱き締められてまで喜ばれた。

——それはいいとして。

「シルヴェスター様、さすがに恥ずかしいですわ」

「どうして？　私はずっと君の傍にいたいのに」

教室で椅子を近付けたシルヴェスターが、クラウディアの腰に腕を回す。

その上、指先で頬をなぞられれば、長い睫毛が震えた。

「みなさんが見ておられるのよ」

「見せ付ければいいだろう？」

少しは気にしろと、シルヴェスターの脇腹を小突く。

しかしシルヴェスターは動じるどころか、とても楽しそうだ。

（作戦のためだって、わかってるのかしら⁉）

単に遊ばれている気しかしない。

クラスメートに見られる中、クラウディアとシルヴェスターがいちゃついているのには理由があった。

フェルミナを煽るためである。

仲睦まじい姿を目の当たりにさせることで、危機感を覚えさせ、行動を起こさせる。

今まではフェルミナが動くのを待っていたが、今度はクラウディアが行動し、彼女を動かす番だった。

「はしたないと怒られてしまいます」

一対一で会っているわけではないので、婚約者候補の公平性には抵触しないといっても、限度がある。

演技にもかかわらず、シルヴェスターの声音が甘くて仕方なかった。

からかっているのだろう、と思う。

けれど勘違いしそうになって、頬が熱を持った。

一方的に恥辱《ちじょく》を味わっているようで気に入らない。

(そちらがその気なら!)

「あっ……!」

「大丈夫か⁉」

バランスを崩したふりをして、シルヴェスターにしなだれかかる。

胸から。

現在クラウディアの胸の大きさは、男性の手に包まれると少し余るくらいだ。

特別大きいわけではないけれど、揉みしだけるいい大きさだと自負している。

シルヴェスターが抱き留めてくれるのは計算の上で、自慢の胸を思いっきり押しつけた。

(これ以上、何もできないことに悶々《もんもん》とすればいいわ!)

間に制服と下着を挟んでいても伝わる柔らかさに、シルヴェスターの黄金の瞳が見開かれる。

クラウディアの意図に気付くと、瞳に獰猛《どうもう》な光が宿った。

(……やり過ぎたかしら)

わずかな後悔が頭を過ったとき。

「他の男にもしていないだろうな?」

ずんっ、とお腹の奥に響く声音で問い質される。

反射的に逃げようとするけれど、抱き締められた体はビクともしなかった。

「す、するわけないでしょう!」

すぐに否定するも、本当に? とシルヴェスターはクラウディアを放さない。

そのあとは授業がはじまるまで、クラウディアは延々と魅惑的な声で耳朶を責められ続けた。

異母妹は協力者と落ち合う

授業終わりの自由が利く内に、フェルミナは協力者である生徒と落ち合った。

昨日の顛末《てんまつ》を聞かされた協力者は、口を歪ませるにとどまらず、苦々しさを顔に滲ませる。

「こんなことなら、楽器を壊しておけばよかったわ」

「ダメよっ、あたしがシルヴェスター様の婚約者になるんだから！」

クラウディアはともかく、リンジー公爵家まで揺らいでは堪らない。

この地位があるからこそ、シルヴェスターに手が届くのだ。

他の婚約者候補につけ入る隙を見せるのは、真っ平ごめんだった。

それでも楽器の紛失に協力したのは、いつもクラウディアの味方をするヴァージルに、少しばかり意趣返しをしたかったからだ。

最終的に楽器が見つかれば、大きな傷にはならないとわかっていた。

「そういうわりには、失敗続きじゃない」

法を犯して偽物まで用意したのに、と不満を隠そうともしない相手を、フェルミナは睨みつける。

「文句があるならちゃんと想定しておきなさいよ！　偽証の件は上手くいったでしょ！」

下位クラスの生徒たちの前でクラウディアをつるし上げるのに失敗したのは、バカな正義感を持った男子生徒が介入してきたせいだ。

楽器を発見して生徒会を見返すのに失敗したのは、クラウディアが隠し場所に気付いたせいだ。

想定内だった偽証の発覚では、自分も被害者だと言い張れたのに。

「想定できなかったのを、あたしのせいにしないで！　大体あんた、偉そうなのよ！」

「元平民がそんなこと気にするの？」

「平民じゃないっ、男爵令嬢の娘よ！」

「一代貴族の男爵のね。公爵の融資があったから、裕福な生活ができていただけでしょう？」

「お父様はあたしを愛してるんだから、できて当然の生活よ。それに今は公爵令嬢だということを忘れないで！」

「はいはい。それでまぁ、よくやるわね」

で、どうするの？　と、協力者は凄む。

その迫力に、フェルミナは気圧された。

「な、何がよ」

「次の手よ。言っておくけど、偽証した生徒については今も調べられているし、あなたも疑われているのよ？」

「あたしは関係ないじゃない！　それに証拠もないわ！」

「物証がなくても、状況証拠が揃えばクロにできる人間が、向こう側にいるのを忘れないでくださる？　あなたはまだ殿下の婚約者でもなければ、婚約者候補ですらないのよ」

「あたしは公爵令嬢よっ、確固たる証拠もないのに罰せられるわけないじゃない！」

それにこれからシルヴェスターの婚約者になる身の上だ。

クラウディアの汚点さえ晒せば、すぐ乗り換えてくるに決まっている。

「はぁ……とにかく悠長に構えていられないのは、あなたも一緒。手段を選んでいる暇はないわ」

「わ、わかったわよ。楽器のときみたいに、機会を見つければいいんでしょ」

シルヴェスター宛ての贈答品に楽器を隠そうと考えたのは目の前にいる生徒だが、それも隠す機会があると知れたから思いついたことだ。

生徒会室内の情報を漏らし、運び込む機会を探ったのはフェルミナだった。

「できるだけ早くね。楽器が見つけられた以上、学園祭が無事終われば、実績を得るのは生徒会だけじゃないわ。あなたの憎きお姉様も、立場を盤石《ばんじゃく》にするわよ」

「わかってるってば！」

教室での二人を思いだし、髪を振り乱す。

昨日、賞賛を受けるのはフェルミナのはずだった。

ヴァージルに見直され、シルヴェスターに愛されるのも。

（なのに、なのに、なのに……！　あの女ときたら、あたしのシルヴェスター様にぃいいいっ！）

人目もはばからず、ベタベタ、ベタベタと。

繰り広げられる光景に気が狂いそうだった。

勘違いしているのだ、あの女は。

シルヴェスターは誰にも本当の自分を見せない。そうとも知らず、浮かれている。

いくら愛嬌を振りまいても反応を寄越さないシルヴェスターに、フェルミナは気付いていた。

——愛を知らない、可哀想な人だと。

だから愛されるフェルミナが、彼には必要なのだ。

決して、父親にすら愛されなかったクラウディアではなく。

（待ってなさい。あたしが正義の鉄槌《てっつい》を下してやるんだから！）

信じていたものに裏切られたクラウディアの顔を想像してほくそ笑む。

そして視線を外している協力者を盗み見た。

（クラウディアが片付いたら、次はあんたよ。あんたなんか、いつでも切り捨てられるんだからねっ）

このときのフェルミナの表情は、紛れもなく愉悦に満ちていた。

悪役令嬢は学園祭を楽しむ暇がない

遂に明日、学園祭を迎える。

授業も午前中で終わったというのに、クラウディアは既にぐったりしていた。

それもこれもシルヴェスターのせいだ。

（うう、見通しが甘かったわ……）

演技とはいえ衆人環視での溺愛は、クラウディアの精神をガリガリ削り。

煽った仕返しと言わんばかりに、シルヴェスターは見えないところで体に触れてきた。

さりげない接触ではあったものの、体に熱を灯すには十分で……。

悶々とさせられたのは自分のほうだった。

（もしかしたらお互い様かもしれないけれど）

シルヴェスターの表情は、言わずもがなである。

変化はあまりなく、溺愛を表現する上で、いつもより視線や声が甘かったぐらいだ。

片や、熱を発散させる術がないクラウディアの頬は、まだ薄く色付いていた。

青い瞳は潤み、つり上がっているはずの目尻に力は無い。

「く、クラウディア様っ、はしたないですわよ……！」

声に顔を上げれば、侯爵令嬢のルイーゼが顔を真っ赤にして立っていた。

ちなみにシルヴェスターは教師に呼ばれて、この場にはいない。

ルイーゼの言葉はその通りなので、素直に謝る。

「ごめんなさい……」

「いえ、あの、熱でもありますの？」

クラウディアの状態を体調不良と勘違いしたルイーゼは、心配げに顔を覗き込んでくる。

綺麗な翠色の瞳と目が合ったクラウディアはそのまま彼女に口付けたくなるが、阻むものがあった。

「クラウディアのことは私が見るから大丈夫だ」

「殿下……」

シルヴェスターが戻ってきたことで、ルイーゼは身を退く。

その表情は憂いに満ちていた。

（もしかしなくても勘違いさせているわよね）

シルヴェスターは、クラウディアを婚約者と認めたわけじゃない。

婚約者は学園を卒業してから決められるのだから。

しかし今日の二人の仲を見れば、最早確定したも同然だ。

そう演出しているのだから仕方ない。

あとで事情を説明できればいいのだけれど……とクラウディアが考えている内に、ルイーゼはいなくなっていた。

シルヴェスターに手を引かれて立ち上がる。

「君は相手が女性でもいいのか」

「ルイーゼ様なら有りだと、魔が差してしまいそうでしたわ」

「……私は君に近付く女性にまで気を配らないといけないのか」

「言っておきますけど、合意の下でしかしませんからね！」

まるで相手構わず襲うような言い方に、むっとする。

（大体、誰のせいで熱を持て余してると思っているのかしら）

「先ほどは明らかに不意打ちしそうだったが？」

「若さって怖いですわ」

「せめて否定しろ」

君たち兄妹は、人が否定してほしいところで決まって受け流す……と希有《けう》なことにグチりながら、シルヴェスターはクラウディアをエスコートした。

「シルヴェスター様は違うとおっしゃるの？」

「同意を求めるな。……今すぐ婚約者候補などという慣例は破棄して、婚約者期間を飛ばしたくなるときはある。なぜ結婚できるのが最短でも十九なのだ」

学園を卒業するのが十八歳。

それから婚約者期間が一年あって、正式に結婚するときには十九歳という計算だ。

学園在学中には身分を越えて出会いがあり、この期間に婚約者候補はふるいに掛けられる。

権利を得た者は、残りの一年で正妃になる資格を問われた。

この資格は個人の資質というより、家を見られる。得られる権力で、婚約者の実家が暴走した例が過去にあったためだ。

「王族は大変ですわね」

「他人事のように言うな」

婚約者候補であるクラウディアは、もちろん他人事ではない。

けれど貴族の令嬢は、デビュタントを済ませればいつだって結婚できた。

「君は私の期待値を超えるときもあれば、大きく下回るときもあるな」

「そうですの？」

「単純な反応が欲しいときもあると言っただろう。今がそのときだ」

シルヴェスターの答えを理解しようとしたところで生徒会室に着く。

楽器が見つかって一段落したものの、だからといって現場で問題が発生しないわけじゃない。

今日も、というより当日である明日も、きっとクラウディアは現場に出ているだろう。

そしてシルヴェスターには書類が待っている。

間近で溺愛を見せ付けられ、灰になりつつあるトリスタンも同じだ。

何だかんだで存在を消して控えていた彼が、今日一番の被害者かもしれない。

「今日も一日みんなよく頑張った！　明日は学園祭だ。きっと想定外の問題も起きるだろうが、我々に乗り切れないことなどない！　帰ったら英気を養い、明日に備えてくれ。頼りにしている！」

生徒会長であるヴァージルの激励に、役員は揃って応える。

さながら戦場へ赴く戦士のようだ。

既にみんな、気持ちは明日へ向かっていた。

帰っていく役員を見送れば、自然と生徒会室に残る人間は限られた。

五人になったところで、シルヴェスターがクラウディアの手を取り、引き寄せる。

「明日、学園祭が終わったら私に時間をくれないか」

まるでダンスでもはじまりそうな動きに、クラウディアは楽しくなった。

わざと制服のスカートを靡かせ、演劇のワンシーンのように華やかにシルヴェスターへ向き合う。

「喜んで。場所はこちらでよろしいかしら？」

「いや、式典場の裏へ頼む。あそこに大きな木が一本植わっているから、そこで落ち合おう」

「わかりました。学園祭後、すぐにお伺いいたします」

では、また明日。

と、シルヴェスターはご丁寧に手の甲へ口付けてから、トリスタンを伴い生徒会室を出ていく。

些《いささ》か仰々《ぎょうぎょう》しいが、今日のクラウディアたちは一緒にいる間、ずっとこんな感じだった。

ドアが閉まり、生徒会室に沈黙が下りるとヴァージルに肩を叩かれる。

「やった な、ディー！　きっと内々で申し込みがあるぞ！」

「内々の申し込みですか？」

「ああ、婚約者のな！」

「ですが婚約者が決まるのは、シルヴェスター様が卒業なさってからでしょう？」

「だから内々なんだ。内定といえばいいか……公表するわけではないが、これは国王陛下並びに王妃殿下にも認められたことを意味する」

「では……」

「そうだ、申し込みがあれば、ディーは婚約者確定だ！　この決定はまず覆らないから安心していいぞ」

嘘でしょ……と呟いたのはフェルミナだった。

顔色を変え、小刻みに体を震わせる。

「嘘ではない。古い記録だが前例もある。ディーなら問題ないと、両陛下もお認めになられたんだろう」

婚約者候補や婚約者という立場は、本人や家の資質を見る期間に過ぎない。

そのどちらも問題ないと判断されれば、早々に決まってもおかしくないという。

ただ貴族としての慣例を守る必要もあるため、内々にされるのだ。

ヴァージルの説明を聞いて感極まったクラウディアは、両手で胸を押さえた。

フェルミナを煽るために、そんな作り話まで考えてくれるなんて。

「わたくしが認めていただけたなんて……夢のようです」

「だがまだ気を抜くなよ？　シルの申し出をディーが受けて、はじめて成立するんだ。今はまだ我が家にも知らされていないからな」

「家にも知らせがいくのですか？」

「当主には知らされるはずだ。それも早くて明後日といったところだろうな」

個人間で終わる話ではなく、家にまで知らせがいくのであれば覆りようがないと納得する。

「明日も現場に出るディーは忙しいだろうが、終わりには負担が減るよう調整する。式典場の裏は人気のない袋小路だ、早めに行って気持ちを整理するといい」

「ご配慮《はいりょ》ありがとうございます」

「これはディーを含め、リンジー公爵家が王家に認められたようなものだ。気兼ねせず行ってこい」

学園内なら、クラウディアも一人で出歩ける。

明日は業者の出入りがあるものの、それも学園祭が終わる頃にはいなくなっているだろう。

といっても、今までは人気のないところへ行ったことはなかった。

学園祭の準備で単身動くときも、必ずたくさん人目があるところにいた。

いくら学園内が安全でも、善良な生徒ばかりではないからだ。

そんなのは常識である。

その常識を、クラウディアは破ろうとしていた。

（フェルミナは食いついてくるかしら？）

ヴァージルによるフェルミナの謹慎はまだ解けていない。

明日の学園祭中も、彼女は生徒会室から出られなかった。

授業がある日とは違い、フェルミナはずっと軟禁状態だ。

折を見てヴァージルが時間を作る予定ではあるが。

クラウディアを偽証した者については、捜査がはじまっている。

けれど犯人が見つかっても、フェルミナに繋がるかどうかは不明だ。

現状、関与の疑いはあるものの証拠がない。

それでも楽器の紛失を含め、背後に協力者がいるのは明らかだった。

だから仕向ける。

犯行を起こすように、証拠を残すように。

物証がなくても、人間関係や決定的な状況証拠が揃えば、フェルミナを追い込めた。

(諦めてくれるのが一番良いのだけれど……)

フェルミナに敵視されている理由は未だわからないままだ。

自分に自信を持てるようになって、もう恐れはない。

前のときの恨みはある。

でもそれは、クラウディアも無知で愚かだったのだ。

自分が踏みとどまってさえいれば、籍を外されることも、修道院へ送られる最中に襲われ、娼婦になることもなかった。

自業自得の部分もあったからこそ、フェルミナにはまだやり直すチャンスがあると思う。

ちらりと考え込んでいる様子のフェルミナを見る。

彼女の進む先は、果たしてどうなっているのか。

きまぐれな神様によって人生をやり直してはいるものの、徒人であるクラウディアに未来を予見する力はなかった。


晴天の下、華やかな音楽が風にのって聞こえてくる。

楽団による演奏は生徒たちに高揚感をもたらし、問題の対処に当たる生徒会役員の心もワクワクさせた。

さぁ、お祭りのはじまりだ！

降臨祭ほどではないにしろ、業者に手伝ってもらいながら開催される学園祭は、生徒たちの熱気でとても賑わっていた。

貴族といえども、まだ十代の若者たちだ。

そこかしこで楽しげに笑い、ときには怒り、走り回っている姿がある。

そして問題を起こしては、クラウディアたちの手を煩わせていた。

生徒会役員に、ゆっくり学園祭を楽しんでいる時間はない。

「リンジー公爵令嬢！　お疲れ様です！」

「あら、エバンズ男爵令息。わたくしに話しかけてもいいの？」

大型犬を彷彿とさせる様子で近付いてきたブライアンに、クラウディアは首を傾げる。

表向き、彼の立ち位置はフェルミナ寄りだったはずだ。

「偽証が明らかになったのを機に、クラウディア嬢支持を表明しました！　同じように噂に流されず、事実を見ようとする生徒は多いですよ。おれのクラスは、全員クラウディア嬢を推しています！」

どう考えてもブライアンが煽動《せんどう》した結果だろう。

「なら、わたくしのことはクラウディアで結構よ。わたくしもブライアンと呼ばせていただくわ」

「えっ、いいんですか⁉」

ぱあぁっと周囲が明るくなるような笑顔を返され、つられて笑う。

「構わないわ。あなたとは長い付き合いになりそうだもの」

主に化粧水などの美容品に関して。

「あ、あ、ありがとうございます！　一生クラウディア様についていきます！」

「商品を適切な価格で融通してくだされればいいわ」

「どうぞご贔屓《ひいき》に……！」

(よしっ、これで化粧水以外の美容品も手に入れられるわね)

個人の肌質に合わせて成分を変えるのは、とても手間がかかった。

この調子なら、ブライアンはどんなに面倒でも希望を叶えてくれるだろう。

肌への見通しが良くなり、上機嫌で生徒会室のドアを開ける。

「ディー、お疲れ様」

迎えてくれたのはヴァージルだけで、他の役員の姿はなかった。

「あれには使いを頼んだ。こちらの手の者に尾行させている」

ちなみにクラウディアにも隠れて護衛がついていた。

学園の許可を得たリンジー公爵家の私兵が、生徒に扮してクラウディアを守っている。

フェルミナは朝からヴァージルと一緒で、協力者と会う機会は今しかない。

「尻尾《しっぽ》を出すかしら」

「出してくれることを祈るよ。あれはやり過ぎた」

偽証や楽器の紛失については、クラウディアより、ヴァージルのほうが怒り心頭に発していた。

偽証はもちろん大罪だし、一歩間違えば楽器を壊され、家門に傷をつけられていたのだ。

今までは、家の中だけで話が済んだ。

けれど周囲に迷惑をかけるなら見過ごせない。

クラウディアたちの計画は父親にも伝えられ、学園祭後に動きがあれば沙汰《さた》が下る手筈だ。

さすがの父親もフェルミナを庇うことはなかった。

何よりヴァージルとクラウディアが公爵家のことを考えて動いているのは、以前の話し合いで伝わっていた。

「反省してくださるといいのですけど。……ところで、シルヴェスター様は？」

「シルは、訪問客へ挨拶しに行っている。一般客はいないが、学園で祭りが催されることは評判になっているらしくてな。王城からお忍びで視察が来ているんだ」

「はじめてお聞きしましたけど⁉」

生徒から親へ話が伝わり、王城も興味を持ったらしい。

視察団の中には王妃も混じっていると聞いて、クラウディアは目眩《めまい》を覚えた。

「きっとあとでクラウディアも呼ばれるだろうから待機していてくれ」

「わたくしがこのタイミングで戻らなかったら、どうしていたのですか！」

「誰か人をやったさ」

「心の準備というものがあります！」

王妃主催のお茶会などで多少の交流はあるものの、気軽に挨拶できるような仲ではない。

そこで、学園には身なりを整えてくれる侍女がいないことに気付く。

「お、お兄様、わたくし変なところはございませんか⁉」

「ディーはいつだって綺麗だよ。そう慌てるな、近い将来家族になるお方だぞ」

「まだそうと決まっておりませんわ！」

あてにならないヴァージルの返答に、慌てて鏡を探す。

現場から戻ったところで、ほこりなどついていたら目も当てられない。

ちょうど先輩役員が帰ってきたのを見て、クラウディアは迫った。

「すみません、わたくしのことをどう思われますか⁉」

「はいぃ⁉　えっ、あっ、えっ⁉」

「やはり先輩のお眼鏡《めがね》にはかないませんか……？」

きっと髪も乱れているに違いない。もしかしたら背中が汚れているかも……。

良い反応を得られず、焦りで青い瞳が潤む。

それを直視した先輩役員が、クラウディアに対し前のめりになったところで、ヴァージルが間に割って入った。

「ディー、お前は今、盛大な勘違いを起こさせようとしている」

「お兄様？　でもわたくしは」

「大丈夫、ディーは魅力的だ。どこもおかしなところはない。王太子殿下もお認めになるだろう」

ヴァージルが「王太子殿下」と強調して先輩役員を一睨みすれば、先輩はハッと正気に戻る。

クラウディアがただの後輩ではなく、王太子の婚約者候補だと思いだしたのだろう。

先輩は顔を青くするが、今回は誤解を招く迫り方をしたクラウディアが悪い。

ヴァージルはこれ以上魅了される被害者が出ないよう、妹を説得するしかなかった。


（パンツスタイルの王妃殿下も素敵だったわ……）

視察団に混じるためか、王妃は乗馬するときに近い装いだった。

シルヴェスターの母親だけあって美貌に衰えはない。彼女なら、年老いても美しさを損なうことはないだろう。

忙しい公務をこなしつつも失われない魅力に、クラウディアはただただ感嘆する。

ほう、と拝謁《はいえつ》した興奮を吐息で逃がしたところで、シルヴェスターの呆れた視線とかち合った。

挨拶後、二人はすぐに生徒会室へは戻らず、学園の空いた応接室で休憩を取っていた。

「私に対する態度と、差があり過ぎるとは思わないか？」

「まずもって王妃殿下とシルヴェスター様を比べないでくださいませ」

国母であり女性の先達、象徴である王妃とその息子では、まずカテゴリーが違う。

憧れるにしても意味合いが違ってくることを、クラウディアは懇切丁寧に説明した。

息継ぎすら忘れて語り続ける姿に、シルヴェスターが両手を挙げて降参する。

「わかった。君が母上を敬愛しているのは、よくわかった」

「十分な準備ができなかった、わたくしの心情もご理解ください」

「待機時間はあっただろう？」

「家から侍女を呼ぶ時間はありませんでした」

「君はいつだって美しいだろうに。母上だって褒めておられた」

それとこれとは別だ。

同性だからこそ、一番美しい姿を見てもらいたいという考えを理解してもらえない。

男性に限らず、憧れの人の前では綺麗な自分でいたかった。

「そんなことより考えるべきことがあるだろう？」

「そんなこと、とは何ですか。……フェルミナさんが動いたようですね」

フェルミナを尾行していた者から報告が届いていた。

ヴァージルの使いとは別に、フェルミナは女子生徒二人に会いに行ったという。そのどちらかか、両方が協力者で間違いないだろう。

「会話の内容がわからないのが痛いな」

「尾行した者に、そこまでの能力はありませんもの」

リンジー公爵家の私兵ではあるものの、密偵を専門にしているわけではない。

「我が家の影を使えれば良かったのだが」

「身内の揉めごとに、王家の影を使うなんて畏れ多いですわ」

シルヴェスターの言う「影」とは、正真正銘、密偵など隠密を専門とする職業を指す。

フェルミナの件はあくまでリンジー公爵家のお家騒動である要素が強く、できれば公にはせずに済ませたいところだ。

それは学園も同じで、偽証について公的機関が入ることにあまり好い顔はしていない。ただ犯罪を見逃すこともできず、協力しているだけだった。

「今回はわたくしの身を守れればいいだけですから」

背後関係を洗う必要はあるけれど、フェルミナが動いたとなれば、もうチェックメートは近い。

これで学園祭後、クラウディアに何かあれば彼女が情報を流したのは明白だ。

実行犯は協力者に繋がっていることだろう。

「私もヴァージルも万全は期すが、注意は怠るなよ」

「もちろんです。囮《おとり》を買って出ましたけれど、ケガをしたいわけではありませんもの」

遅かれ早かれ学園祭後にはわかることだ。

窓から見える日は、まだ高い。

膝の上で拳を握っていると、シルヴェスターの手が重ねられる。

その硬い手の平の感触に、以前婦人服店で剣を携えていたことを思いだした。

鍛錬しているらしく、手の平に肉刺ができている。

ふと漂う空気が変わった気がして、黄金の瞳へ視線を向けた。

真摯に見つめ返される。

「心配するな、君は私が守る」

「シルヴェスター様も守られる側でしょうに」

「格好ぐらいつけさせてくれてもいいだろう？」

「ふふっ、そうですわね」

真実、シルヴェスターは王子様であるが、だからこそ守られる立場であり、乙女が理想とする「白馬にのった王子様」にはなりがたい。

ピンチに駆け付けるのは彼ではなく、彼に命令された誰かなのだ。

それでもシルヴェスターの言葉に嘘は感じられなかった。

だからこそ照れて、つい茶化してしまった。改めてお礼を言う。

「ありがとうございます。頼りにしています」

「うむ、任せろ」

そんなクラウディアの心情はバレバレだったのか、頷くシルヴェスターの笑顔は眩しいほどに輝いていた。

至近距離で見てしまい、咄嗟に顔を逸らす。

シルヴェスターの美貌にあてられ、胸が高鳴った。

それを誤魔化すよう耳に髪をかけながら、思考を巡らす。

「一つ問題があるとすれば……」

「ルイーゼ嬢か」

フェルミナが会った女子生徒の一人は、シルヴェスターの婚約者候補であるルイーゼだった。


夕暮れどき、人払いがなされて熱気のなくなった式典場の裏へと移動する。

元々あまり人が来ない場所ではあるものの、ヴァージルによって今日は立ち入りが制限されていた。

裏に一本だけそびえる大きな木は、学園設立時から巨木を誇っており、切り倒すのは惜しいという理由で残されているらしい。

木の影に入れば、ほの暗い闇に包まれる。

クラウディアは木の幹に触れながらときを待った。

式典場の裏は、他の建物との兼ね合いで袋小路になっている。

だから見るべき方向は定まっていた。

葉が風に揺れる音が鮮明に聞こえるけれど、自分自身に吹く風はない。

きっと上空にだけ風の流れがあるのだろう。

しかし視界には、宙で揺れる長い金髪が映った。

「クラウディア様、このような人気のない場所で何を考えておいでですの？」

「ルイーゼ様……」

急いで追ってきたのか、ルイーゼは肩を上下させている。

フェルミナに何か言われたのか。

それとも彼女が協力者なのかは、まだわからない。

けれど。

「あなたほどの立場なら、これがどれほど愚かな行為かわかるでしょう！」

赤く燃えるような夕焼けを背に、扇をこちらへ突き出す姿は見惚れるほど綺麗だった。

屹然《きつぜん》としたルイーゼの佇まいに、クラウディアから柔らかな笑みがこぼれる。

「わたくしを心配して来てくださったの？」

「か、勘違いなさらないで！　わたしはあなたを注意しに来ましたのよ！」

心配してくれたらしい。

（やっぱり、また何か言われたのね）

全ての可能性を否定できなかっただけで、クラウディアは最初からルイーゼを疑ってはいなかった。

教室でのことを鑑みるに、また煽動されたのではと考えていた。

フェルミナが会っていたもう一人が、協力者じゃないかと睨んでいる。

「フェルミナさんから、何かお聞きになったのかしら」

「あなたがここで悪巧みをするとお聞きしましたわ。言っておきますが、妹さんの言葉を信じて来たわけではありませんからね！」

「そうですの？」

「注意しに来たと言ったでしょう？　あの子、様子がおかしかったんです。そしたらあなたが一人でこちらへ向かわれていたから、慌てて追いかけてきましたのよ」

「お手間を取らせてごめんなさい」

余計な心配をかけたことを素直に謝る。

けれどルイーゼの追及は止まらなかった。

「どういうおつもりですか？　わたしが来たからいいものの、お一人だったら何があるかわかりませんわよ？」

これも計画の内だとは言えず、苦笑するしかない。

フェルミナのことは、あまり公にしたくなかった。

しかし、このまま一緒にいるとルイーゼを巻き込んでしまう。

もしかしたら何も起こらないかもしれないけれど、囮役であるクラウディアに進捗を知る術はない。

ルイーゼには木の裏にでも隠れていてもらおうと思ったところで、彼女の背後に影が見えた。

「ルイーゼ様、こちらへ！」

「きゃっ⁉」

急いで腕を引き、背に庇う。

ほどなくして現れたのは、生徒ではなかった。

「おお、おおっ、こりゃあ上玉じゃねぇか」

「しかも見たことねぇぐらいの別嬪さんですぜ」

薄汚い男が五人、姿を見せる。

荒事を生業にしているのか、全員腕が太く逞しい。

けれど顔がどこまでも下品で、その歪んだ笑みに虫酸《むしず》が走った。

「こ、ここは、あなたたちのような方が来ていい場所ではなくてよ！」

勇敢《ゆうかん》にもルイーゼが声を上げるが、完全に腰が引けている。

その震える声音に、男たちは悦《よろこ》んだ。

「いいねぇ、いいねぇ！　気が強いお嬢さんは嫌いじゃないぜ」

「おらぁ、黒髪のがいいなぁ。体付きがたまらん」

相手が小娘二人という余裕からか、それとも獲物を追い詰めるのが好きなのか、男たちは殊更《ことさら》ゆっくりと近付いてくる。

下卑《げび》た様子を見せられ、クラウディアの中では恐れより怒りが勝った。

生徒の誰かが、彼らを手引きしたのは間違いない。

後ろに庇うルイーゼから恐怖が伝わってくる。

そこで透けて見えたフェルミナの考えに、クラウディアは顔を顰めた。

（あの子、わたくしとルイーゼ様をまとめて陥れる気だわ）

貴族令嬢にとって貞操《ていそう》に関する醜聞は何よりの痛手だ。

仮に身が無事でも、悪漢に襲われたとなれば憶測を呼ぶ。

貞淑が尊ばれる貴族社会において、それは死を意味した。

クラウディアが本命であるものの、フェルミナはついでと言わんばかりに、ルイーゼを巻き込んだのだ。

幸い、作られた場であるから、醜聞が広がることはないけれど。

浅はかな異母妹の考えに、呆れるよりも血が沸騰しそうになった。

怒りで視界がチカチカする。

逆行前の自分は、半分だけ血の繋がった異母妹が大嫌いだった。

目が合うなり怯える姿にイライラさせられた。

遂には悪漢に襲わせようとした。

(最低だわ)

立場が逆転して、より行為の下劣さが鮮明になる。

おぞましさに鳥肌が立っていた。

前のクラウディアは、悪役令嬢という配役を演じていたんじゃない。

実行したのは、まごうことなく本人の意思だった。

(断罪されて当然よ)

そんな以前の自分すら、狙ったのはフェルミナだけだった。

（ルイーゼ様は、心配して来てくださったのに……！）
ここに来なければ、ルイーゼが巻き込まれることはなかった。
だからフェルミナにとっては、あくまでついででしかないのだろうけど。
その安易な発想に、凶悪さが滲み出ている。
今までの標的は、クラウディアだけに絞られた。
楽器紛失の件では周囲に迷惑をかけたものの、深く誰かが傷ついたわけじゃない。
だから改心してくれればと思っていた。
まだ引き返せたはずだ。愚かさを認め、間違いを正せたはずだ。
（けれど、あの子は……！）
ゆらりと長い黒髪が波打つ。
（反省するどころか、必要のないルイーゼ様を巻き込んだっ）
罪のない人を。
許せない。これは許せなかった。
煮えたぎる血が、こめかみで脈打つ。
拳を握っていなければ、今にも叫び出しそうだった。
フェルミナを超える悪女になると誓った。
向こうがその気なら、やり返してやると。
（愚かよね）

わかっていなかった。
倫理観を伴わない人間が、どこまで堕《お》ちるのか。
（一緒に堕ちるなんて真っ平ごめんだわ）
握り込んだ爪が、深く手の平に食い込む。
怒りで視界が真っ赤に染まる中、急速に冷える心があった。
（あなただけで堕ちなさい）
ここにはいないフェルミナに別れを告げる。
どれだけ自分が愚かでも、フェルミナと同じ道だけは進まないと袂《たもと》を分かつ。
決意したクラウディアは、悠然と微笑んだ。
その並々ならぬ気迫に、近付こうとしていた男たちの動きが止まる。
「あなたたち、わたくしが誰か知っていて？」
緩やかに波打つ黒髪を揺らしながら、小さく首を傾げる。
頬に手を添える仕草は蠱惑《こわく》的だ。
惑わされた誰かが生唾を飲み込む。
——哀れな男たちは知らない。
この妖艶な少女が、男たちを待っていたことを。
既に自分たちが、蜘蛛《くも》の巣にかかっていることを。
「し、知るかよ。ふんっ、強気でいられるのも……」

動揺を見せる男たちに情けはいらない。

青い瞳に炎を湛え、凜《りん》とクラウディアは宣言する。

「リンジー公爵家の長女、クラウディア・リンジーと申します。わたくしの名にかけて、わたくしは、わたくしとルイーゼ様を脅したあなた方を許しません！」

背後にいる協力者を許さない。

フェルミナを、許しはしない。

想像以上に相手が大物だと気付いた男たちがたじろぐ。

しかし彼らに、退路はなかった。

「私も、この剣に誓い、私の婚約者を脅したそなたらを許しはしない」

男たちの後ろから、シルヴェスターが剣を携えて現れる。

柄に王家の紋章が象られた剣には、見覚えがあった。

それが「握られている」ことに、クラウディアは驚く。

「シルヴェスター様⁉」

なぜ、守られる側である彼が剣を握っているのか。

隠れているはずの護衛はどうしたのか。

問い質す前にシルヴェスターが男たちへと斬りかかり、クラウディアは息を吞んだ。

果敢にも立ち向かおうとする者、距離を取ろうとする者、逃げ場を探す者で、すぐに場は乱戦となる。

クラウディアたちのほうへ逃げ場を求めた者は、背中を見せた瞬間に切り伏せられた。

そこで垣間見えた赤色は、血ではなく、トリスタンの頭だと気付く。

(そうよね、シルヴェスター様が一人なわけ……だとしても、どういう状況よ⁉)

一人、また一人と男たちは地に伏していった。

シルヴェスターの太刀筋に不安はなく、素人目にも手練れだとわかる。

流れるような動きは、彼の容姿と相まって演舞を見ている気にさせられた。

銀色が軌跡を描けば、屈強に見えた男たちに為す術はなく。

シルヴェスターと向き合うなり、昏倒していく。

クラウディアは手に汗握りながら、祈る思いで一部始終を見守った。

男たちに、立っている者がいなくなるまで。

体感では長く感じられた時間だったけれど、剣を腰に戻すシルヴェスターに息が切れた様子はない。

「ふむ、この程度か」

「ふむ、じゃありませんよ！　シルが前に出てどうするんですか！」

その場にいた全員が思ったことをトリスタンが代弁する。

姿を見せた護衛の情けない表情に、クラウディアはシルヴェスターが無理を言ったのだと察した。

「クラウディア、無事か？」

「無事か、ではありません！　いえ、無事ですけど！」

そもそもケガをする要素など最初からなかった。

袋小路になっているため、前もって安全を確認してからクラウディアは移動したし、木の裏や茂みには護衛を潜ませていた。

あとからやって来た者を挟み撃ちにできるよう、ヴァージルと相談して人員を配置してあったのだ。

そうだ、と彼らの存在を思いだしてルイーゼを託す。

もう彼女の震えは止まっていた。

頬を染め、夢心地の表情でルイーゼはシルヴェスターを見つめている。

しかしクラウディアは、彼を責めずにはいられなかった。

「なぜ、自ら危険なことを⁉　ケガでもしたらどうするのですか！」

「前もって用意した玄人《くろうと》ではなく、その場しのぎの荒くれ者に、私が遅れを取るはずがない」

「もしもという場合がございます！」

確かにシルヴェスターは強かった。

休憩時に重ねられた硬い手の平の感触からも、鍛錬していることは窺えた。

まさか、剣を握って現れるとは。

「囚われのお姫様を助けるのは、王子の役目と決まっている」

「これは現実です！」

「……おかしい、女性はこのような状況に、現実でも憧れるのではないのか？」

クラウディアの反応が予想と違ったらしく、シルヴェスターは首を傾げる。

人によっては一理あるかもしれない。

剣を握り、現れたシルヴェスターの姿は、見惚れそうになるほどかっこよかった。

だとしても。

「わたくしは御身が傷つかないか、気が気ではありませんでした」

まだ動悸が治まらない。

ほぼ瞬殺に近い勝負だったとしても心配した。

抱いていた怒りが霧散するほどに。

視線を落としたクラウディアに温もりが触れる。

「すまない、私はまた間違ってしまったようだ」

優しく抱き寄せられ、やっと緊張が解けた。

シルヴェスターに謝られるのは、これで二度目だ。

(わたくしが思っている以上に、シルヴェスター様は不器用な方なのかしら)

一対一のお茶会では、気が抜けない相手だった。

隙を見せれば足を掬われそうで……。

けれどその本音は、クラウディアの反応を面白がっているだけだった。

穏やかな笑顔の仮面を被られると、シルヴェスターの感情を見抜くのは難しい。

それでも時折仮面を脱いでくれるようになったし、何となく感情を察せられるようにもなってきた。

シルヴェスターは、クラウディアが偽るのを好まない――見抜いてくる――ので、最近では素で相手にすることも多い。

だから自分も、技量を尽くしているとは言い難いけれど。

（もしかして女性の扱い方を知らないとか……ありえるかしら？）

少し考えれば、クラウディアが夢見る乙女であるか、現実を重視する性格かはわかるはずだ。

なのにシルヴェスターは外した。

まるで聞きかじった情報に踊らされるように。普段の彼なら考えられないことだ。

頭を過った可能性に、シルヴェスターを窺う。

クラウディアを抱き寄せ、なだめようとはしているものの、困っている雰囲気が如実に伝わってきて笑みが漏れた。

（そうだったわ。シルヴェスター様も、十六歳の青少年なのよね）

人生をやり直しているクラウディアが異例だった。

聡明な人が、女性慣れしているとは限らない。

今年正式なデビュタントを果たしたのは、シルヴェスターも一緒だ。

それまで男性との交流は盛んだっただろうし、王族として公の場に出る機会もあっただろう。

だからといって、女性の好み通りに振る舞えるかは別問題だ。

「わたくしを喜ばせようとしてくださったのですか」

「あぁ、だが失敗だったようだ。これでは格好がつかないな」

体を離し、正面からシルヴェスターを見上げる。

年相応の顔で気落ちしている彼を。

シルヴェスターの純朴な一面に触れられ、心が温かくなった。

フェルミナのことで荒んでいた気持ちが癒やされていく。

「お姿はかっこよかったですわ」

「その分では、惚れてくれてはいなさそうだな」

「心配で、それどころじゃありませんでしたもの」

「心配してもらえただけ、よしとするか」

クラウディアの気持ちが落ち着いたのを見て、シルヴェスターも仕切り直すことにしたようだ。

彼は一つ息を吐くと、その場で片膝をつく。

意図は、誰の目にも明らかだった。

「クラウディア・リンジー公爵令嬢、私と婚約してもらえないだろうか」

屹然としたシルヴェスターの声だけが、静寂の中で響く。

いつの間にか、辺りは暗くなっていた。

もうすぐ闇の帳《とばり》が完全に下り、視界は悪くなるだろう。

そんな刹那《せつな》の時間だった。

光を湛えた黄金の瞳に、「落ちた」のは。

答えは決まっている。

たとえシルヴェスターが面白がって、この演目を続けているのだとしても。

だけど唇が震えた。

恋に落ちた——落ちてしまったからこそ。

自分の気持ちに気付いてしまったから。

「お断りいたします」

クラウディアはシルヴェスターに背を向け、走り去ることしかできなかった。


あれから、どうやって帰宅したのか記憶にない。

けれど正気に戻ったときには、自室でいつも通りヘレンにお茶を淹れてもらっていた。

「わたくしって、やはり愚かだわ」

「わたしはクラウディア様ほど賢い方を存じ上げませんが」

「それはヘレンが、わたくしの本質に気付いていないからよ」

喉を潤し、ほう、と息をつく。

自分がしでかしたことを考えると頭が痛い。

(何をやっているのかしら……)

あそこは素直に「はい」と返事しておけばよかった。

それでシルヴェスターは満足したはずだ。

なのに、また彼の矜持を傷つけてしまった。

シルヴェスターが物語の王子様を気取ったのは、作られた場で演劇を興じるためだ。

フェルミナの所業を見て取り、励まそうとしてくれたのだろう。

だからヴァージルが語った、婚約者の話を持ち出した。

口裏を合わせるために、ヴァージルから聞かされていたに違いない。

（その善意に……わたくしは……）

「あああ！　人生をやり直しても、わたくしの根底にある愚かさは消えないの⁉」

騎士団長令息は円満を願う

「殿下、おはようございます」

「おはよう」

穏やかな笑顔で挨拶を返すシルヴェスターを、一番近い場所からトリスタンは眺める。

親友がこんなふうに表情を取り繕うようになったのはいつからだろう、と。

少なくともヴァージルと三人で王城を駆け回っていた頃は、自然体だった。

（気付いたときには、表情が変わらなくなっていたんですよね）

きっと誰よりも一緒にいる時間は長いだろうに。

決定的な瞬間がわからず、腑甲斐なさが募る。

シルヴェスターにとっては取るに足らないことでも、親友の変化には敏感でありたかった。

特に感情を表さなくなったことについては、壁を感じてしまうから。

いつか息が詰まってしまうんじゃないかと心配になる。

（クラウディア嬢がいてくれて良かった）

彼女がいるだけで、シルヴェスターの雰囲気は明るくなる。

独占欲の強さゆえか、たまに淀むときはあるけれど。

クラウディアがいるとシルヴェスターの感情がわかりやすいので、トリスタンとしては安心できた。

「シルヴェスター様、おはようございます」

視界で艶やかな黒髪が躍れば、シルヴェスターの黄金の瞳に温もりが宿る。

おはよう、と返す声音は、心なしか甘く聞こえた。

果たして自分以外の人間がどれだけ、このわずかな変化に気付けるだろうか。

それを考えるとシルヴェスターの親友である自信が回復する。

何せ、人の機微に聡いクラウディアすら気付いていないのだから。

（もう婚約者は決まったも同然ですね）

華やかな二人が並ぶと絵画を眺めている心地になる。

完成された美術品とでも言えばいいか、そこへ他者が入り込む隙などない。

誰よりも近くで見てきたからこそ、二人の関係を尊く感じた。

だからシルヴェスターからプロポーズの話を聞かされたときは、心から祝福したし、自分のことのように喜んだ。

逃げ場がない状態で、ただ甘――仲睦まじい姿を見せ付けられても、我慢した甲斐があったというものだ。

だというのに。

「これはないんじゃないですかね……?」

シルヴェスターの何が悪かったというのか。

いや、護衛を差し置いて前へ出たのは悪いけれど。プロポーズの話は聞いていたものの、自分より前へ出られるとは思っていなかった。

でもまさか断られるとは。

あまりの衝撃に、走り去るクラウディアの背中へ向けた視線を動かせない。

動かしたくない。

空気が凍てついている中、冷気の発生元であるシルヴェスターと向き合う勇気がなかった。

そーっと顔を逸らし、巻き込まれた人がいた場合の言付けを届けて、精神の平穏を保つことにする。

といっても、こちらはこちらで落ち込んでいそうだけれど。

「ルイーゼ嬢、少しよろしいですか」

「何でしょう?」

さらりと靡く彼女の金髪は、日が落ちた暗がりでも輝いて見える。

次の瞬間には、平時と変わらないルイーゼの凛とした表情に、首を傾げそうになった。

(てっきりルイーゼ嬢は、シルのことが好きだと思ってたんですけど)

婚約者候補という立場もあるが、彼女がシルヴェスターへ好意を寄せているのは傍目にも明らかで。

それが見当違いだったのかと、会話に間を空けてしまう。

沈黙が落ちたことでトリスタンの考えを察したのか、ルイーゼは苦笑を浮かべた。

「いつかこうなるだろうと覚悟はしていましたわ。予想より早くはありましたが……クラウディア様は、わたしに遠慮されたのね」

「遠慮、ですか？」

「わたしがいる手前、婚約者候補の公平性を保つために、断るしかなかったんでしょう。あれだけ殿下を諌められる方ですもの」

そうなのだろうか。

先ほどまではクラウディアの考えが理解できなかったけれど、ルイーゼに言われるとそんな気がしてくる。

「お恥ずかしながら、わたしは見惚れるだけでしたわ」

思い人が颯爽と助けに現れた瞬間を思いだしたのか、ルイーゼの頬が染まる。

けれど吐息と共に熱は治まり、憂いを帯びた翠色の瞳だけが残った。

間近で瞳が濡れるのを見て、胸が締め付けられる。

「ルイーゼ嬢は何も悪くありません」

自身の至らなさを恥じるルイーゼに、気持ちがそのまま口をついて出ていた。

彼女はただ現場に居合わせただけの被害者だ。

その上、恋に破れてさえいる。

「誰が何と言おうと、ルイーゼ嬢に落ち度はありません。それを言うなら、シルを止められなかった僕が一番責められる立場です」

だから責めるなら僕を責めてくださいと胸を叩く。

どんっと、わざと大きく音を鳴らせば、ルイーゼは一瞬目を見張ったあとに笑みを漏らした。

くすりと和んだ表情に安堵する。

どこか張り詰めていた緊張が緩んだ気がした。

できればルイーゼには、ずっと笑顔でいてほしいと強く思う。

「ありがとうございます。誰よりも反省が必要なのは、無茶をなさった殿下ですものね」

「その通りです。今回の件は王家が預かると決まっています。沙汰があるまでは公言しないでもらえますか？」

「わかりました。王家の考えとあれば、わたしに異論はございません。家にも黙っていたほうがいいのかしら？」

「はい。改めて王家から話がいきますから、それまでは内密にお願いします」

伝えるべきことは伝え終わった。

それでも不思議とルイーゼから離れがたく、続けて口を開く。

「あの――」

「トリスタン、私は何を間違えた？」

しかし肩に置かれた手によって、会話は遮られた。

感情をなくしたシルヴェスターの声に、冷や汗が背中を伝う。

振り返るのが躊躇われるけれど無視もできない。

何より、折角のルイーゼとの空気を壊されたくなかった。

「な、何も間違っては」

だが光を失った黄金の瞳と目が合うなり、早速振り返ったことを後悔する。

生気を一切感じさせないシルヴェスターの姿は、真夜中に見るビスクドールそのものだった。

容姿が整っているだけに無機質さが恐ろしく、心臓がきゅっと縮む。

「ではなぜ、ここにクラウディアはいない？」

「それはクラウディア嬢に訊かないとわかりませんっ」

理由なら自分だって知りたい。

ルイーゼは遠慮したのだと言うけれど、果たして本当にそうなのか。

必死で首を横へ振れば、ふむ、とシルヴェスターは頷く。

「では、とりあえずヴァージルを訪ねるか」

返事は求められなかった。

護衛騎士を待機させていたシルヴェスターは、彼らを引き連れてこの場をあとにする。

（じかにクラウディア嬢のところへ向かわないのは、シルなりに傷心してる証拠ですかね……）

いつもならすぐ本人を問い質すだろう。

見送るトリスタンの背中に、ルイーゼから声がかかる。

未だかつてないシルヴェスターの様子に、彼女も心配になったようだ。

「お二人は大丈夫かしら？」

「大丈夫だと信じたいです」

（どうか些細な行き違いでありますように！）

自分の平穏のためにも、そう願わずにはいられない。

シルヴェスターは大切な親友だ。

二人の関係は尊く思う。

けれどこれ以上、彼らの恋愛に巻き込まれるのは、ごめんだった。

侯爵令嬢は温もりを知る

ルイーゼには誇りがあった。

サヴィル侯爵家は、リンジー公爵家と同じく、ハーランド王国の建国当初から歴史に名を刻んでいる。

貴族とは何か、貴族とはどうあるべきか。

サヴィル侯爵家においてその答えは出ており、先祖が重ねてきた歴史に恥じぬようルイーゼは人一倍努力していた。

だからいつも胸を張っていられた。
努力に裏付けられた自信は揺るがない。
けれどシルヴェスターを一目見たときから、世界が変わってしまった。
(なんて綺麗な人……)
ルイーゼは侯爵令嬢として容姿にも気を使っていた。
それもシルヴェスターの前では無意味に思える。
この世の賛辞は、全てシルヴェスターのためにあるのだと痛感した。
自分では足下にも及ばない。
寸分の狂いもなく完成された人。
それがルイーゼにとっての、シルヴェスターだった。
笑いかけられれば畏れ多さから身が縮む。
なのに夢見てしまう。
彼の隣に立つことを。
不相応だと思いながらも、想像は止まらなかった。
「喜べ、ルイーゼ!　殿下の婚約者候補に決まったぞ!」
「本当ですか⁉」
父親から報告を受けたときには、はしたなくも跳びはねそうになった。
嬉しかった。

夢に一歩近付けて。

ルイーゼはさらに努力を続けた。

シルヴェスターの隣に立つことはもう届かない夢ではなく、目標になっていたから。

努力は報われると信じたかった。

(まだ時間はあるもの)

婚約者候補はルイーゼを含めて四人。

シルヴェスターと同い年で、長く傍にいられる機会があるのは、ルイーゼともう一人だけ。

(大丈夫。家格は向こうのほうが上でも、わたしにもチャンスはあるわ)

負けない。

負けたくない。

——でも、負けるかもしれない。

同い年の婚約者候補が頭に浮かぶと、不安が過った。

クラウディア・リンジー。

園遊会ではじめて彼女を見たときは軽蔑した。

幼心に憤慨したものだ。

ルイーゼより爵位が上にもかかわらず、クラウディアはわがまま娘でしかなかったから。

(あれが公爵令嬢?　嘘でしょう?)

当時のクラウディアは、どの令嬢よりも礼節をわきまえていなかった。

それが彼女の母親の死をきっかけに覆る。
噂を耳にし、この目で見ても信じられなかった。
（まるで別人じゃない）
緩やかなクセのある黒髪を靡かせ、たおやかに微笑む姿が頭から離れない。
美しかった。
青い瞳にとらえられると、目が離せなくなった。
海を見ているようで。
深く取り込まれそうになる。
目に映る姿は麗しく、聞こえる声は愛らしい。
こんなの誰だって虜《とりこ》になるに決まっている。
（弱気になってはダメ……！）
頑張って自分を奮い立たせても、敵愾心は水に濡れた砂糖のように溶けていく。
シルヴェスターとクラウディアが並ぶ姿は見ていられなかった。
とてもお似合いだったから。
唯一できる抵抗は、現実から目を逸らすことだけだった。
（まだわからないわ）
――わかっているくせに。
（時間はあるもの）

——無為な時間よ。

誰が婚約者として最有力か、言われるまでもなかった。

それでも彼女の妹が口にした言葉に縋《すが》る自分は、なんて情けないのだろう。

「図々しいにもほどがあるのではなくて？　恥を知りなさい！」

——あなたがね。

つきまとう心の声に、扇を持つ手が震えそうになる。

それでもまだ。

夢を見ていたかった。

シルヴェスターは憧れの、初恋の人で。

胸に広がる淡い恋に浸っていたかった。

なのに目の前に立つ美しい人は、それを許してくれない。

「クラウディア様は、わたしにも殿下と帰れる機会があるとお思い？」

「婚約者候補の公平性については、シルヴェスター様が一番よくご存じです。機会があれば、お誘いがあるのではなくて？」

ないと断言してくれたら良かったのに。

自分勝手な思いに、内心苦笑が浮かぶ。

最初に見た、わがまま娘のままでいてほしかった。

いっそ愚かだと蔑み、笑ってくれたら敵意を返せたのに。

負けるものかと奮起できたのに。
海のように深い青に見惚れてしまう。
まとう黒が揺れると、器の大きさを思い知らされた。
淑女とはどうあるべきなのかを教えられた気がした。
（完成された人には、完璧な人が相応しい……）
わかっていた答えだ。
ただ失恋を認める勇気がなかっただけ。
クラウディアだって同じ人間だ。同い年の令嬢でもある。
探せば欠点だって見つかるだろう。
しかし妹との確執を目の当たりにしても、何の慰めにもならなかった。
むしろ正面切って相手を非難しないクラウディアの優しさに、もどかしさすら感じた。
クラウディアに対する悪意に満ちた噂を耳にするたび、怒りでこめかみが熱くなる。
いつから貴族の品位は、ここまで落ちてしまったのか。
これが新興貴族による弊害なのか。
（いいえ、わたしも彼らと一緒だったわ）
彼女の妹に便乗して、クラウディアを責めた。
（わたしに非難する資格なんてあるの……？）
誇りがあった。

いつだって胸を張っていられた。

だけど今は、自信がない。


「リンジー公爵家の長女、クラウディア・リンジーと申します。わたくしの名にかけて、わたくしは、わたくしとルイーゼ様を脅したあなた方を許しません！」

なぜ彼女は、こんなにも美しいのだろう。

クラウディアの凛々しい姿に、激しく心を揺さぶられる。

先ほどまで感じていた恐怖は、跡形もなく消え去っていた。

もうすぐ夜だというのに、クラウディアの後ろ姿が眩しくて目を開けていられない。

迸る強さがあった。

溢れ出る気品があった。

正に彼女は完璧で、自分がちっぽけな存在に感じる。

何を誇っていたのだろうか。

努力なんて、みんなしていることなのに。

目の前では物語のような光景が繰り広げられていく一方で、ぴしぴしと心の奥が凍っていく。

(殿下は、やっぱり素敵……)

クラウディアと同じくらい。

お似合い過ぎる二人に、目眩を覚える。

だからか、走り去るクラウディアを見たときは少し安心した。

自分のような未熟な人間が、これ以上同席できる場には思えなかったから。

先に退場したクラウディアの軌跡を視線で追う。

(もしかして気を使ってくださったのかしら)

ルイーゼが婚約者候補の一人であることに違いはない。

こんな大事な場面でも、公平性を保ってくれたのだとしたら。

やはり彼女こそシルヴェスターに相応しいと思う。

風で木の葉が揺れる音と共に近付く気配があり、そちらを振り返る。

彼と交わす言葉には反省しか出てこない。

けれど。

「ルイーゼ嬢は何も悪くありません」

断言され、見上げた先には、真摯なオレンジ色の瞳があった。

燃えるような髪を持つ派手な見た目にもかかわらず、常にシルヴェスターの影にいる人。

ルイーゼがシルヴェスターに惹かれたように、トリスタンに惹かれる令嬢も多い。

それでも後ろで控える姿勢を崩さないトリスタンは、ルイーゼからしてみれば印象が薄かった。

(こんなに、はっきり物を言う人だったのね)

音を立てて胸を叩く姿にビックリする。

——同時に、心の奥に張っていた氷も砕けた気がした。

ふっと温もりが戻り、体が軽くなった。

自然と頬が緩む。

「ありがとうございます。誰よりも反省が必要なのは、無茶をなさった殿下ですものね」

平素なら、シルヴェスターの行動を否定するなんて、とてもできない。

けれどクラウディアの諫言を聞き、トリスタンの言葉を得て、自分の中の何かが変わった。

今なら、また前を向ける気がする。

暗闇に光が射していた。

炎のように揺れる光が、さざ波のように胸へと広がっていく。

(温かい人)

トリスタンの言葉を思いだし、自分の単純さに笑みが漏れた。

自信をなくしていたはずなのに。

彼の一言で、ここのところ沈んでいた気分が浮上した。

悪役令嬢は未来を切り開く

学園からどのようにして帰ってきたのか思いだせないものの、お茶で気分を落ち着かせられるはずだった。

しかし反省ばかりが浮かび、しまいには自分のあまりにも酷い所業に叫ばずにはいられず、頭を抱える。

「クラウディア様っ、どうされました⁉」

いつになく取り乱すクラウディアに、ヘレンは驚きながらも心配を隠せない。

そんな彼女の手を、クラウディアは両手で握った。

「ヘレン、聞いてちょうだい」

もう一人で気持ちを処理しきれなくなっていた。

頼れるのは、心のお姉様であるヘレンしかいない。

かくして、クラウディアは自分の愚かな行為を語って聞かせた。

話を聞き終えたヘレンは、難しい表情で額に手をあてる。

「それは……なるほど、クラウディア様らしくない行動ですね……」

「率直に愚かだって言ってちょうだい」

「はい、さすがにあんまりだと思います。わたしが言える立場ではありませんが、殿下が可哀想です」

「そうよね……折角の善意を踏みにじってしまったわ」

好きだと気付いた途端、嫌われる行為をした自分が信じられない。

覆水盆《ふくすいぼん》に返らず、だ。

後悔しかないけれど、あのときは、たとえ演目の一部でも嫌だと思ってしまった。

「お気持ちが欲しかったのよ……」

シルヴェスターにとって、婚姻は政治でしかない。

そこに気持ちはなかった。

一緒に暮らせば情が湧いてくるかもしれないが、政略結婚の悪い例を間近で見てしまっている。

だからだろうか。

愚かにも、気持ちを望んでしまったのは。

溜息をついて意気消沈するクラウディアの姿に、ヘレンは首を傾げた。

「あの、クラウディア様、お気持ちというのは……?」

「シルヴェスター様にも、わたくしを意識してもらいたかったの。公爵令嬢としてではなく、わたくし個人を」

クラウディアの答えに、ヘレンの瞳が忙しなく動く。

そして考えても埒が明かないと悟ったのか、ヴァージルの下へ確認しに行くと言い出した。

「すぐに戻ります」

目にもとまらぬ速さでヘレンが退室する。

そこまで気になることがあるのか。

もしかしたら、少しでも関係を修復する案を思いついてくれたのだろうかと期待してしまう。

何せ多感な青少年を、手酷く裏切ってしまったのだ。

流れを読んでクラウディアが頷くと予想したからこそ、シルヴェスターはあそこまでしてくれたのだろうに。

空気の読めない奴だと、勘気を蒙っても仕方ない。

反省の念は絶えなかった。

(思い返せば、もっと前からシルヴェスター様に好意を持っていたのよね)

自覚がなかっただけで。

若さのせいにして、自分の気持ちと向き合うことから逃げていた。

本当は、ずっとシルヴェスターのことが好きだった。

(どうすればいいのか全くわからないわ……)

これが初恋だった。

前のクラウディアもシルヴェスターを思ってはいたけど、彼自身に惹かれていたのかは判断がつかない。

少なくとも今のように、頭を悩ませてはいなかったはずだ。

フェルミナへの敵意が、何よりも強かった。

口からは溜息しか出てこない。

もう少しすれば、ヘレンが何か答えを持ってきてくれるだろうかと、望みを託すことしかできなかった。

また一つ、物憂げに息を吐きそうになったとき。

部屋のドアが開かれる。

ヘレンかと顔を上げた先にいたのは——。

シルヴェスターだった。

ここにいるはずのない人物に、幻影でも見ているのかと思う。

しかも佇むシルヴェスターは、怒るどころか、情けなく眉尻を落としてさえいる。

いつになく幼く見える彼が幻影でなくて何だというのか。

「君のことでヴァージルを訪ねているときに、侍女がやって来て……信じられないことを聞かされた。それで居ても立ってもいられず……急な来訪を許してほしい」

喋った。

(幻影って喋るのね……)

喋るだけじゃない、近付いてもくる。

幻影は、現実逃避するクラウディアの前まで来ると、彼女の手を取った。

じわりと伝わってくる体温に、ようやくこれが現実だと知る。

「君は、私が気持ちもなく、あのような告白をしたと思っているのか？」

「あれは……わたくしを励まそうとしてくださったのでは？」

「違う。励ましたい気持ちもあったが、私は君と心から婚約したくて申し出たのだ」

「ですがあの前例は、お兄様の作り話でしょう？」

「ヴァージルがそう言ったのか？　前例があったのは事実だ。何のために母上が視察団に混じって、学園を訪問されたと思っている？」

言われてみれば、クラウディアが勝手にそう思っていただけで、作り話とは聞いていない。

だとしたら……？

「元から反対はされていなかったが、婚約者の内定を出す前に、学園での君を見ておきたかったそうだ。満足して帰られたよ。両親共に、私たちの婚約に異論はない。まさか肝心の君が、私の気持ちに気付いていないとは思わなかった……」

クラウディアの手を握ったまま、シルヴェスターは改めて片膝をつく。

再度、クラウディアは黄金の瞳と向き合うことになった。

恋に落ちた、瞳と。

「クラウディア、君を愛している。他の誰にも君を取られたくない狭量な私の心を、君が救ってくれないか」

王太子殿下を自分が救うなど、おこがましい。

公爵令嬢としての理性がそう訴えるものの、視界は揺らぎ、今にも青い瞳からは雫がこぼれそうだった。

感極まった熱に、神経が焼かれる。

「わ……わたくしに、できることでしたら」

「君にしかできない」

震える声で答えれば、断言された。

握られていた手の甲に、口付けが落とされる。

「君が欲しい。君の心に住まうのは、私しか許せない」

次いで、指先にもシルヴェスターの唇が触れた。

指の一本一本に愛を贈られ、体に火が灯る。

「シルヴェスター様……っ」

「シル、と。私はディアと呼ぼう。愛しいディア、私の心を救ってくれ」

接触はわずかでしかない。

記憶を辿れば、児戯に等しいぐらいだ。

でも。

恋を知ってしまったクラウディアには、刺激が強過ぎた。

今までの経験はまるで役に立たず、自分でも全身が真っ赤に染まっているのではと思う。

「シル、わたくしがお救いいたします。だから、どうか手を」

放してください、とは言えなかった。

手を握られたまま、唇を吸われる。

「愛している、ディア。私は何とも思っていない相手に、キスはしないぞ」

咎められているのはわかるけれど、火照りで思考が追いつかない。

そしてその熱は、乱入者によって急激に冷やされた。

「嘘よ……そんなの、嘘！」

どこからか走ってきたのか、息を切らしたフェルミナが部屋の前に立っていた。

すかさずシルヴェスターの背に庇われる。

「そなたも斬り捨てられたいのか？」

後ろにいるクラウディアから、シルヴェスターの表情は窺えない。

しかし声音だけで、体に震えが走った。

特別低いわけでも、冷たいわけでもない。

ただ、人がこんな声を出せるのかと思うくらい、感情がのっていなかった。

それでも恐る恐るシルヴェスターへ手を伸ばす。

「シル、わたくしは望みませんわ」

暴漢が現れたことで、フェルミナの関与は確定した。

報告を聞けば、父親も判断せざるをえないだろう。

指先がシルヴェスターの手に触れると、彼は感情を取り戻した。

「……ディアがそう言うなら矛を納めよう。どちらにせよ、ただでは済まぬからな」

振り返った黄金の瞳に光があり、人知れずほっとする。

クラウディアにもフェルミナへ対する怒りはあるが、罰せられるのは今ではない。

「フェルミナさんも部屋へお戻りになって」

大人しくしているよう伝えるが、フェルミナは獣が牙を剥くように吠える。

「そう言って軟禁する気でしょ!?　殿下、殿下はその女に騙されているんです！　あたし、必死で逃げてきたんです！」

誰から？　と思ったところで、侍女長のマーサが姿を見せた。

どうやらフェルミナのお目付役としてつけられたらしい。

「申し訳ございません、クラウディア様。振り切って逃げられてしまいました。すぐ連れていきます」

「嫌よっ、使用人風情があたしに触らないで！」

抵抗しながら部屋へ入ろうとするフェルミナに、待機していたシルヴェスターの護衛が判断を仰ぐ。

「手を貸してやれ」

護衛の一人が動こうとしたところで、フェルミナはシルヴェスターへ向かって手を伸ばした。

しかし二人の距離が縮まることはなく、護衛に取り抑えられる。

瞬く間の出来事だったが、クラウディアの目には一部始終がスローモーションで映っていた。

愛らしかった目は恐ろしいほど形を変え、ピンクブラウンの髪が宙を舞う。

フェルミナは床へ押さえ込まれると、後ろ手に拘束された。

「で、殿下っ、あたしは、何もやってません！」

「では誰がやったというのだ？」

「貴族派の女子生徒ですっ、証拠もあります！」

嘘か本当か、フェルミナは往生際悪く抵抗し、叫ぶ。

「ほう、それは興味深いな？　そろそろ到着する捜査官も聞きたがるだろう。連れていけ」

「待って！　違うの、あたしは、ち、違う、違う違う違う違うーっ」

髪をぐちゃぐちゃに振り乱しながら連行される姿は、錯乱しているようにしか見えない。

歪んだフェルミナの表情は醜く……哀れみを誘った。

前のクラウディアより酷い。

「人は、あそこまで堕ちるものなのだな」

「そのようですわね……。あの、捜査官が来られるのですか？」

「あぁ、こちらが仕向けたとはいえ、暴漢を学園へ招き入れたのだ。協力者ともども、しっかり罰を受けてもらう」

公表の仕方は考えるから安心していい、と言いながら、シルヴェスターは空いていた椅子に腰かける。

すぐにヘレンがお茶を用意してくれた。

「ところで、焦がれているとも言ったはずだが、なぜ君は私の気持ちを疑った？」

「えっ⁉　そこへ話を戻しますの⁉」

「ディア、今、君の前にいるのは誰だ？」

「シル、ですけど……」

答えれば、にっこりと微笑まれる。

どうやらフェルミナのことは、早く頭から追い出せと言いたいらしい。

急展開に頭が混乱するものの、シルヴェスターなりに気を使ってくれているのだろう。

「もうあの子のことは、怖くありませんわ」

「ならばいいが。私は狭量だと言っただろう？　私の気持ちを疑った理由は？」

（それはそれで訊かないと気が済まないのね）

フェルミナをお披露目したお茶会の帰りに、シルヴェスターから焦がれていると言われた記憶はあった。

「からかわれていると思ったのです」

「紛れもない本心だったが？」

「でも、ずっとわたくしの反応を面白がっておられたでしょう？」

どこか人を食ったようなシルヴェスターに、君は面白いと言われた。

そのことが印象に残り、他の言葉は全て遊びだと思ったのだ。

「もしかして、全て本心だったのですか？」

「君に対するものはそうだが……まさか一つも伝わっていなかったと言うのか？」

二人で顔を見合わせ、動きを止める。

信じられない。

クラウディアが愕然とする一方、シルヴェスターだけは何かに気付いたのか、片手で顔を覆った。

「そういえば君が言っていたな。面白がって、寝首をかかれないよう注意しろと」

「馬車でのことですわね」

シルヴェスターに送ってもらったときのことだ。

あまり人をオモチャにし過ぎないよう忠告した。

「あれは、君のことだったのか」

「ということは、やはり最初は面白がっておられたのですね？」

「同年代のご令嬢の幼稚さにうんざりしていたところへ、当時話題だった君が来たのだ。新鮮に感じてもおかしくはないだろう？」

否定はされなかった。

では、と浮かんだ疑問を口にする。

「どこでお気持ちが変わられたのですか？」

「正直に言うとわからない。一対一のお茶会のときには面白いと思っていたし、私への未練を見せず帰る君に焦がれてもいた」

（あのときは一秒でも早く帰りたかったものね……）

シルヴェスターから解放されたい一心だったのが、態度に出ていたらしい。

婚約者候補としては失敗だけれど、結果として興味を惹けたのなら良かったのだろうか。

「気付いたときには君ばかり目で追っていたのに、君はこちらを見もしなかった」

「そんなことは……」

と答えつつも、シルヴェスターにそれほど見られている自覚はなかった。

意識して見ていなかったと言われれば、その通りかもしれない。

「一度目のキスは、気を引きたい一心だった。二度目のキスで、多少思いは通じていると確信したのだが？」

シルヴェスターの言う通り、そのときにはクラウディアにも気持ちがあった。

けれど若さゆえと、気持ちを否定してしまったのだ。

後ろめたさを感じ、視線が泳ぐ。

「ディア、大人びている君を私は好いている。話も合うしな。けれど時折、男慣れしているのではないかと嫉妬に駆られるのだ。私の心を救うついでに、この疑問も解消してくれないか？」

心が揺れた瞬間に核心を衝かれ、クラウディアは息が止まった。

こういうところがあるから、シルヴェスターは油断ならない。

「わ、わたくしの周りにはお兄様しかおりませんわ」

「ああ、ヴァージルにも確認を取ったが、普段はあの侍女にべったりで、全く男の影がないらしいな？」

「でしたら、答えは出ておりますでしょう？」

「だから解せぬのだ。君はどこでその手管を身に付けた？」

おかしい。

フェルミナが来るまでは、甘い空気に満たされていたはずなのに。

シルヴェスターは、すっかり追及する姿勢だ。

かといって娼婦時代があったなんて言えば、目も当てられない事態に陥る予感がある。

クラウディアは、誤魔化すしかなかった。

「わたくしにはわかりかねます。どういったところで、シルは手管だと感じられたのですか？」

「わざと袖を取って甘えたり、胸を押しつけてきただろう」

「その程度、侍女でも殿方の気を引くためにしますわよ」

どうやら直接的な行動しか印象に残っていないようでほっとする。

しかしこれからは気をつけようと、胸に刻んだ。

「では侍女が情報源だと言うのか？」

「シルは、誰かの気を引くために、話を聞いたりしませんの？」

「それは、するが……」

話を聞くだけでは納得できないものがあるらしい。

シルヴェスターの勘の鋭さには、感心を通り越し、背筋に冷たいものが伝う。

「誓いますわ。今までも、これからも、シル以外の男性と触れ合うことはないと。もちろん家族は除きますけど」

そう言いながら、今度はクラウディアが両手でシルヴェスターの手を握った。

「亡きお母様にも誓います。わたくしの誓いが重いことは、ご存じでしょう？」

「ああ、それで改心したのだからな。……家族も含まないか？」

「そこまで狭量ではないと信じております」

えっ、お兄様もダメですの？　とシルヴェスターを見れば、彼はそっと視線を逸らす。

想像以上に、シルヴェスターは独占欲が強かった。

捜査官からの報告を、父親は粛々と受けとめた。

「わかった。フェルミナの籍は、リンジー公爵家から修道院へ移す」

こうしてフェルミナには、前のクラウディアと同じ沙汰が下された。

違うのは、ヴァージルの卒業パーティーを待たずして、学園を去ることぐらいだろう。

この決定に、フェルミナの実母であるリリスは涙を滲ませたものの、異議は唱えなかった。

投獄《とうごく》されなかったのは、シルヴェスターの婚約者の家から犯罪者を出すわけにはいかないと、王家から配慮されたためだ。

それでも送られる修道院の暮らしは、厳しいものになるという。シルヴェスターが穏やかな笑顔で言っていたので間違いない。

「道中の護衛は多めにつけてください」

「ディー、まだ懸念があるのか？」

「野盗に襲われないよう、念のためです」

心配するヴァージルに首を振る。

前のクラウディアを襲った野盗が、フェルミナの差し金だったのかわからない以上、無事に修道院へ入ってほしかった。

後味が悪くなるのは嫌だから。

目を閉じれば、愉悦に満ちたフェルミナの笑顔が浮かんだのは、もう昔の話。

今は視界が暗くなるだけだ。

その瞼を開ければ――。

「どうした？」

眩しい、銀色の光に目を焼かれる。

「少し、フェルミナさんのことを思いだしていましたの」

「昨日発ったのだったな。しかし彼女は、まだ君の中にいるのか？」

「ご安心ください。今にも消えてなくなりそうな程度です」

婚約後、シルヴェスターの前で誰かの名前を出せば、嫉妬を隠そうともせず決まって彼は眉根を寄せた。

その嫉妬に、煩わしさより喜びを感じてしまうあたり、自分も重症だ。

「ならばいいが。しかし婚約したのに、私たちはいつまで密会せねばならない？」

「表向きは、まだ婚約者候補ですからね」

今日は劇場を貸し切り、舞台をカフェに変えていた。

人のいない観客席を眺めながら飲むお茶は、その規模の大きさに味がしない。

（視察を名目に、一体いくら使っているのかしら）

娼婦時代もそれなりに裕福な暮らしができていたので、クラウディアの金銭感覚も平民とは違うが、お金の計算はできるようになっていた。

オーナーだけでなく、劇場で仕事をしている一人一人に、ちゃんと日当が支払われるよう打診することを心に誓う。

「でも婚約者期間は免除になったのでしょう？」

「あぁ、学園を卒業すれば結婚できる」

前例では、婚約者期間も慣例に従って設けられていたが、シルヴェスターの願いにより免除されることとなった。慣例を重んじる王族派から不満が出ないよう根回ししたらしい。

「あと二年、何事もなければいいのですけど」

「不吉なことを言うな。フェルミナ嬢の証拠のおかげで、貴族派にも釘を刺せたから大丈夫だろう」

結局のところ、フェルミナの協力者は貴族派の女子生徒だった。

去り際に叫んだ通り、フェルミナは女子生徒に関する証拠を握っていた。

しかしそれは女子生徒も一緒で、互いが裏切り、持っていた証拠を出してくれたおかげで、捜査はすぐに終わった。

(なんともお粗末な結果だけれど……あの女子生徒って、前のクラウディアの取り巻きよね)

もっといえば、悪漢にフェルミナを襲わせるようけしかけた張本人。

前はフェルミナと協合していたのに、今回はケンカ別れした形だ。

当時のクラウディアは取り巻きに興味がなく、女子生徒が貴族派だったこと以外は、名前すら覚えていなかったため存在に気付けなかった。

逆行前を思い返し、やはり前のクラウディアは誘導されていたのだと知る。

(判断したのは自分だから言い訳はできないけれど。……王族派と貴族派の争いは根深いわね)

貴族派の女子生徒の動機は、王族派への反感だった。

歴史があるだけで、経営手腕のない古参貴族が優雅に暮らしているのが、特に気に入らなかったらしい。

これだけならクラウディアは関係ないように思えるが、王族派でありながら貴族派にも顔が利くリンジー公爵家が、自分だけ甘い蜜を吸っているように見えて、とにかく癪に障ったのだという。派閥に属すなら一つに絞れと、リンジー公爵家を貴族派に染めるため、女子生徒はフェルミナに近付いた。

学園にとっての唯一の救いは、偽証も含めた実行犯が外部の人間で、生徒ではなかったことだろうか。

それぞれが厳罰に処されたのは言うまでもない。

「ルイーゼ様に悪印象を抱かれなかったのは幸いでしたわ」

巻き込んだ挙げ句、目の前で王太子殿下を振ったのだ。

生粋の王族派で、伝統を重んじるルイーゼからすれば許しがたい所業だろうと、彼女への言い訳には頭を悩ませた。

けれど彼女の解釈は、クラウディアと違っていた。

婚約の申し出を断ったのは、もう一人の婚約者候補であるルイーゼを重んじ、候補期間の公平性を保つためだと考えてくれていたのだ。

考えを聞いた瞬間、クラウディアこそ彼女を娶《めと》りたくなった。

(男性とは触れ合わないと誓ったけど、女性は誓っていないものね?)

シルヴェスターと思いは通じたものの、若さゆえの精力は未だ持て余していた。

といっても、シルヴェスターにバレたらまずい気がするので実行はしない。

今だって早くも視線が痛かった。

「最近ルイーゼ嬢と仲が良いようだな？」

「よきライバルですの」

「そのわりには……」

「シル、わたくし思っていたことがあるのです」

黄金の瞳に剣呑《けんのん》さを感じ、話題を変える。

続きが気になったのか、シルヴェスターもしぶしぶ応じた。

「何だ？」

「フェルミナさんが悪女なら、わたくしは彼女を超える悪女になろうと思っておりましたの」

彼女にやり返すなら、それしかないと。

何をもって「悪」とするのか。

フェルミナの何が悪かったのか、よく考えもせず対抗しようとしていた。

「君まで堕ちる必要はないだろう」

「シルのおっしゃる通りです。そのことに、やっと気付けたのです」

クラウディアが悪漢を前にして辿り着いた答えを、シルヴェスターは呆気なく口にする。

勘の鋭さゆえか、単に第三者から見ればそう映るのか。

どちらにしろ、クラウディアが答えを見つけるまでには時間がかかった。

「今は考えが変わったのだな」

「はい。人として至らない点はありますが、わたくしは堕ちたくありません」

フェルミナの悪辣《あくらつ》さを目の当たりにし、ようやく悟った。

彼女は自分が「悪」であることに無自覚だった。

前のクラウディアもそうだ。

自覚がないから愚かさに気付けず、正すこともできなかった。

(悪女を超える悪女を目指すなら、決して堕ちてはいけないわ)

そのためには「悪」を知り、悪意に聡い必要がある。

どうすればいいか考えた結果、クラウディアは答えを原点回帰に見出した。

「だからお母様の望みであった、完璧な淑女を目指すことにしました」

「君は既に淑女の見本として通っているが、さらに上を目指すと?」

「志は高いほうが良いでしょう?」

「私としては文句のつけようがないが……」

「賛同していただけて嬉しいですわ」

言質は取りましたよ、と言うクラウディアに、シルヴェスターは訝しむ。

彼が高速で思考を巡らせているのは、想像に容易かった。

「貴族社会では貞淑が尊ばれるのを、シルもご存じでしょう?」

クラウディアの言いたいことを察したシルヴェスターは、口の端を痙攣させる。

「私に、結婚するまで我慢しろというのか?」

「辛いのはわたくしも同じです」

好きな人と触れ合えないのは、クラウディアだって辛い。

けれど決めたのだ。

自分を律し、正しさを学ぶことで「悪」に聡くなろうと。

そして第二、第三のフェルミナに備える。

（シルにも辛抱を強いるけれど、わたくしは負けたくない）

守りたい人がいる。

愛しい人がいる。

宝石より美しい黄金の瞳を見つめ返すと、より思いが募った。

誰よりも羨望と悪意に晒されている人。

なのに微塵もそれを感じさせない人。

舞台の上でお茶こそ飲んでいるものの、クラウディアもシルヴェスターも今を生きていた。

（あなたと生きるためなら、悪女だって超えてみせるわ）

悪女の、その先へ。

聖人にはなれないと自覚していた。

（全てを清く正せる力なんて、わたくしにはないもの）

ちっぽけな一人の人間に過ぎない。

だからこそ、手段を選んではいられなかった。

目的のためなら、自分や大切な人たちを守るためなら、できることは何だってやる。

たとえ人から「悪女」と呼ばれようとも。

(間違ってもフェルミナのように堕ちたりしない)

悪を知り、正しさを知る人間になる。

前は愚かだった自分だからこそ、見られる視野があった。

「ディア、ときとして男は悪女を好むものだ」

そっと伸ばされた手が、クラウディアの手に重なる。

人目に触れて恥ずかしくない接触まで否定するつもりはない。

シルヴェスターの黄金の瞳に向かって、クラウディアは悠然と笑む。

「存じております。二年の辛抱ですわ」

それは悪女も跣《はだし》で逃げ出すような、完璧な淑女の微笑みであり——更なる高みを目指す、完璧な悪女の様相を呈していた。

切り開かれた未来で

冬になり、年を越すと、ハーランド王国の南に位置するバーリ王国から慶事《けいじ》が届いた。

バーリ国王第一子の誕生を告げるその報は、瞬く間に周辺諸国へ波紋を広げていく。

「王弟は、王位継承権第二位に降格か」

シルヴェスターは、自分と同い年の王弟に思いを馳せる。

第一子が生まれるそのときまで、彼はシルヴェスターと同じく国王の跡を継ぐ立場だった。

「ラウル、お前はどう動くつもりだ？」

脳裏に浮かぶ褐色の青年は、いつも陽気な笑みを湛えていた。

俯く姿など想像できないが。

苦々しい思いに、眉根が寄る。

「静観はできそうにないな」

手元にある知らせには、春からラウルが学園に留学する旨が記されており、それは実質、バーリ国王による王弟の放逐を意味していた。

やり直す前の時間で

貴族街の裏路地を進んだ先に、いわゆる「夜の街」と呼ばれる区画はあった。

飲み屋が軒を連ねる騒々しい通りを抜け、明かりを頼りに歩く。

露出の多い女性が呼びとめるのを無視し、さらに奥へと。

やっと喧騒から離れて一息つけば、突然ホテルが目の前に現れたかのように感じる。

そこが目的の場所だった。

紹介状をドアマンに見せ、入店する。

目を焼くシャンデリアの輝きに、一瞬、顔を顰めた。

もう夜も深い時間だというのに、昼間のような明るさだった。

「ようこそおいでくださいました。すぐにお部屋へご案内いたしますか?」

ドアマンから報告がいったのだろう、出迎えてくれたのは娼館の支配人だった。

支配人は、他の女性も紹介しようとしてくるが丁重に断る。

「彼女の耳に入って機嫌を損ねたら堪らない」

「ははっ、ディーはそんな狭量ではありませんが、お客様でしたら妬いてしまうかもしれませんね」

案内を受け、娼館の最上階へ向かう。

一フロアが、丸ごと彼女の部屋だった。

「お客様が来られることは既に伝えております。あとは素敵な時間をお過ごしください」

ここまで無言で同行していた護衛に待機を指示すると、支配人も辞する。

支配人は去り際、ドアを自分の手で開けるのも楽しみの一つだと言い残した。

意味がわからず、首を傾げながらドアノブを捻る。

露わになった部屋の全容に息を呑んだ。

——いや、正確には、来客に振り向いた部屋の主を見て動きが止まった。

「はじめてのお客様ね」

高過ぎず、低過ぎず、ちょうど良い声音が耳を撫でていく。

内装は落ち着いていた。娼館のエントランスの派手さを思えば、別の建物にいるみたいだ。

その中にあって、部屋の主は、最上を冠するに相応しかった。

緩やかなクセのある黒髪がベールとなって白い肌にかかる様は、巨匠が描いた夜の女神を連想させる。

シックなドレスが色の対比となり、きめ細やかな肌へと視線を誘導した。

すっかり時間をかけて彼女を眺めていることに気付き、舌を巻く。

（なるほど、これが楽しみか）

出会いの演出。

誰かに開けられるのではなく、自分の手で開くからこそ意味を持つ。

卑猥な隠喩《あんゆ》は、あえて無視した。

「どうぞお入りになって？」

彼女の言葉に誘われ、ようやく一歩を踏み出す。

しかし落ち着かない。

鼻をくすぐる甘美な香りに心がざわついた。

精一杯、声が震えないよう気を付けながら、札束が入った包みを取り出す。

「これで一晩過ごしたことにしてくれ」

言うなり、視界に入ったカウチに横たわった。

彼女の反応を見るのが怖くて背を向ける。

相手をする必要はないという、無言の主張でもあった。

(次は断られるだろうな)

付き合いの長い自国の外交官から、彼女なら大丈夫だと紹介された。

娼婦の中でも口が堅く、秘密は守られるだろうと。

元公爵令嬢だという噂にも興味を惹かれ、軽い気持ちで訪れてしまった。

臣籍降下し、王族でなくなった自分と重なるものを感じたから。

仕事をしなくて済む相手だと考えてくれたらいいが、娼婦、いや女性としての矜持は傷ついたはずだ。

プライドの高そうな彼女は、それをよしとしないだろう。

——珍しく、自分から彼女に関わりたいという気持ちが生まれていた。

だからといって行為に及ぶ自信はなく。

(どうか次も許されますように)

楽に稼げる客という認識でいい。

それでもいいから、また彼女と「出会い」たい。

一方、寝ながら背を丸める客を、クラウディアはきょとんと眺めた。

これがクラウディアとラウルの、はじめての出会いだった。

悪役令嬢と
王太子殿下の攻防

学園祭を含めたゴタゴタから解放され、クラウディアが平穏な日常を謳歌するようになって早くも四か月が経とうという頃。

朝、ベッドから下りるとつま先が冷えた。

ひんやりとした感覚が背中まで駆け抜け、体が震える。

すぐさまベッドへ戻りたくなったものの、ヘレンがローブをかけてくれたので、クラウディアは気合いで未練を断ち切った。

「今日は冷えるわね」

「薪《まき》を増やしますか？」

暖炉へ目を向ければ、既に火がくべられていた。

「大丈夫よ。少し足が冷えただけだから」

それも体を動かせば気にならなくなる。ほど良く部屋が暖まっているおかげだろう。

「今年は例年より寒くなるのが早そうです」

「まだ木から葉も落ちきっていないのに、この寒さだものね」

例年、本格的に寒くなるのは、木枯らしが吹き、裸木《はだかぎ》を見るようになってからだった。

「この分だと、チョコレートが固まるのも早いかしら？」

「やはりクラウディア様もお作りになられますよね！」

冬の到来にどこか憂鬱《ゆううつ》げだったヘレンが喜色を浮かべる。

秋から冬へと季節が移り変わるのに合わせて、一つイベントがあった。

「コンフェティ」と呼ばれるそれは、元は祝いの席でお菓子を配っていたことから生まれた。

紆余曲折《うよきょくせつ》を経て、今では女性が男性に手作りのお菓子を贈るイベントとなっている。

特に貴族間では、チョコレートを贈るのが主流だ。

(確か舞台で使われる紙吹雪も同じ語源なのよね)

賑やかしととらえればいいのだろうか。

——広大な平野を有するハーランド王国は、農業大国の一つに数えられる。

備蓄に頼るしかなくなる農民にとって、冬の休閑期は生活が厳しくなる季節だ。

コンフェティは、そんな滅入る気分を払拭させるための催しだと、クラウディアは考えていた。

目の前で楽しそうにするヘレンが、何よりの答えだ。

「コンフェティをきっかけに、お菓子作りに目覚めるご令嬢も多いんですよ」

「普段は厨房に近寄ることがないものね」

火や刃物を取り扱う厨房は危険が伴うため、基本的に関係者以外は立ち入り禁止だ。

ただコンフェティの間だけは、制限付きで令嬢にも使用が許される。

「クラウディア様はいつお作りになられます?」

「厨房の予定に合わせるわ。わたくしは製作過程を見守るだけでしょうし」

「型入れはされないんですか？」

「まぁ、それぐらいなら」

公爵令嬢のお菓子作りなんて、こんなものである。

手間のかかる下ごしらえは全て料理人に任せ、簡単で失敗しない工程だけ参加するのだ。

娼婦時代は菓子店でチョコを買って、ラッピングだけ取り替えていた。

コンフェティに参加できるのは、一種のステータスだ。

クッキーなど小麦粉で作る焼き菓子以上に、チョコレート作りには手間暇がかかる。

ゆえに市販のものは高価で、個人で作るにも料理人に調理を任せるのが前提だった。

貴族令嬢の間では、参加することが財力の証明でもあるのだ。

（市井ではチョコの代わりに、クッキーを渡すのよね）

去年は喪中だったのもあり、イベントごとは控えていた。

（今年はシルとお兄様、ヘレンやルイーゼ様にも贈りたいわ）

女性から男性に贈るのが基本ではあるものの、友チョコも存在する。

むしろこの時期におこなわれるお茶会では、チョコレートの交換が主だった。

ラッピングはどうするかなど具体的な内容に思考が及ぶと、クラウディアも浮き足だってくる。

何せ相手がいるコンフェティは、これがはじめてなのだ。

「シルの予定は空いてるのかしら?」

「ちょうどお手紙が届いていますよ」

髪をセットしてもらっている間に、今朝届いたという手紙に目を通す。

（タイミングが良過ぎよ）

主な内容は、視察――デート――の日程についてだった。

クラウディアの予定に合わせてくれるという。

叶うならチョコレートを手渡ししたいと考えていたので、願ったり叶ったりだ。

ただコンフェティに決まった日時はない。年明けまでには終わる感覚だが、はじまるにはまだ早かった。

今朝たまたま話題に上ったにもかかわらず、これぞという手紙を送ってくるシルヴェスターに、クラウディアは戦慄を覚えずにはいられなかった。


「今回は美術館なのね」

警備の関係で、デート場所はいつもシルヴェスターから指定される。

表向きは休館になっている美術館へ、クラウディアは従業員専用口から入った。

自ら型入れをし、ラッピングを終えたチョコレートを携えて。

中で案内をしてくれたのは、見覚えのあるシルヴェスターの護衛騎士だった。

「また豪勢だこと……」

辿り着いた席で、感嘆の息が漏れる。

一度くらいは名だたる美術品を眺めながらお茶をしたいと願ったことがある。

(まさか呆気なく実現するなんて)

公爵家も美術品を多く所蔵しているが、多様性においては美術館に敵わなかった。

メインホールの中央、きまぐれな神が起こした奇跡の数々が描かれた巨大な壁画を眺める形で、二人掛けのソファーとケーキスタンドがのったテーブルは設置されていた。

本来なら美術館の目玉である壁画の前に、人の流れを遮る設置物など存在しない。

(これだけ大きい壁画だと、座って眺めるにも無理があるしね)

高さだけでもクラウディアの三倍から四倍はある。横幅に至っては目算するのも難しい。

眼前にあるのは、まごうことなく壁だった。

壁画の巨大さに圧倒されつつも、視界の端に銀髪を収めながらソファーに腰を下ろす。

「ごきげんよう。よく館長の許可が下りましたわね?」

「ごきげんよう。手を尽くさせてもらったよ。ディアを前にしたら、流石の壁画も霞《かす》んでしまう
……と言いたいところだが、この存在感は無視できないな」

どうせ美術館を貸し切るならと思い切ったものの、今回の設営はちょっと失敗だったらしい。

描かれている内容以上に、その大きさから圧迫感が拭えない。

「とても印象的ではありますわ」

「筆遣《ふでづか》いが見える距離も一興かと思ったのだがな」

言われて、なるほど、と頷く。

いつもなら視認できないような毛先の流れ一本一本が見て取れた。

巨大な作品でありながら、細部までこだわって繊細に描かれていることがわかる。

「全体は見渡せませんが、これはこれで興味深いですわ」

最初こそ壁画の存在感に圧倒されたものの、慣れれば強《あなが》ち失敗でもなさそうだ。

「ディアが気に入ってくれたなら、これに勝る喜びはないが」

隣から安堵が伝わってきて頬が緩む。

王太子であるシルヴェスターにここまで気遣われて、嬉しく思わない者はいない。

ぽかぽかと胸が温かくなるのを感じながら黄金の瞳を窺えば、甘い雰囲気に包まれた。

とろりと艶を帯びた瞳から目が離せなくなる。

このときばかりは壁画の存在も意識から消え失せた。

鼻先が重なり、自然と瞼が下りる。

それでも接触は最低限に留めようと、唇が甘い痺《しび》れを覚える前に体を離した。

「ディア……」

名残惜しげな声に後ろ髪を引かれる。

(ダメよ、貞淑を守ると決めたのだから)

何とか顔を逸らし、誘惑に抗う。

けれど腰に腕を回されるなり、全身がカッと熱を持った。

「ディア、愛している」

続けて耳元で囁かれ、シルヴェスターの吐息に耳朶を撫でられれば、もう降参する他なかった。

なかった、けれど。

最後の抵抗に、潤んだ瞳でシルヴェスターを睨み付ける。

すると先にシルヴェスターが崩れ落ちた。

クラウディアの反対側に体を倒し、何か衝動を堪えるように肘掛けを両手で掴む。

「もう襲ってもいいだろうか。いいよな？」

「不穏な自問自答はおよしになって。ダメに決まっています」

貞淑を守る上では、口付けですらギリギリのラインだ。むしろアウトに近い。

辛いのは自分も一緒だと、背中を撫でようとして止められる。

「頼むから今は触れないでくれ。……切実に」

「わかりましたわ」

次いで深呼吸が聞こえてくるが、何も知らないふりをしつつお茶に手を伸ばした。

（性欲を自制できるのだから、シルは凄いわ）

馬車で二人きりになったときといい、精神力の強さに感心する。

娼館時代の客から聞いた知識でしかないものの、年頃の男性は生理現象が表に出やすい。

もちろん個人差はあるが、シルヴェスターは現に苦労していそうだった。

（女性は発情しても、見た目には大差ないものね）

火照って肌が赤みを帯びても、それで困ったという話は聞かない。

気分転換も兼ねて、改めて壁画に視線を巡らせる。

美術館には何度も足を運んでいるので、壁画には馴染みがあった。

きまぐれな神様が起こした奇跡。

描かれている中に、逆行を描写したものはない。

（実体験している以上、否定の余地はないけど）

これが神の奇跡と言わずして、何というのか。

（わたくしのことも、記録として残すべきなのかしら？）

詳細は伏せて手記を書こうか悩みはじめたところで、シルヴェスターが復活する。

「すまない、待たせた」

「お気になさらないで。それより、こちらを受け取っていただけますかしら？」

金と銀のリボンで飾ったプレゼントボックスを手にすれば、もちろん、と笑顔で快諾される。

はじめて一対一でお茶会をしたとき、プレゼントを渡すにも間に人が入った。

今は手《て》ずから渡せることが感慨深い。

（思えば、あの手紙は催促《さいそく》ともとれるわよね）

届いたときはタイミングの良さに戦いたものの、チョコレートを期待して送られた可能性は高い。

（意識して当然よね？　シルがコンフェティを知らないわけがないもの）

かといって強請っているとは思われたくなかったはずだ。

どんな気持ちでシルヴェスターが手紙を書いていたのかを想像すると、和まずにはいられなかった。

「開けても良いかな？」

「どうぞ」

白く長い指がリボンを解く様は丁寧で、思わず見入ってしまう。

しゅるりと音を立てて箱から外されたリボンは、緩やかな軌跡を描いてシルヴェスターの膝に舞い落ちた。

箱が開けられると、芳醇なチョコレートの香りが鼻をくすぐる。

中には一口大のチョコレートが六個――ダークチョコレートとミルクチョコレートが半分ずつ交互に並べられ、収められたときと変わらない姿で整列していた。

シルヴェスターの好みに合わせ、ミルクチョコレートも甘さは控えめにしてある。

形は全て半球型で揃えられており一見すると素朴な印象を受けるが、その分表面の滑らかさには細心の注意が払われていた。僅かな傷や気泡の一つも許されず、厳選に厳選が重ねられている。

型崩れしていないのが確認できて、クラウディアはほっと胸をなで下ろした。

「味は公爵家の料理長が保証いたします。型入れはわたくしがおこなったので、歪なところがあるかもしれませんが……」

言いながらも、出来映えが良いものを選ぶのに多大な時間を費やしていた。

自分も製作に携わったことを伝えるための言葉の綾だ。

「そうか、君が……すぐ口にできないのが惜しいな」

立場上、シルヴェスターが食べるものは全て毒見が必要になる。

当たり前過ぎて、普段なら気にもかけないシルヴェスターだが、今回ばかりは毒が入っていないとわかりきっていることもあり、一番に食せないのが悔しそうだった。

「あら、ではわたくしが毒見役を引き受けますわ」

製作者というには過分だが、作った側の人間なら数には入らないだろうと、チョコレートを抓《つま》んで僅かに囓《かじ》る。

クラウディアとしても、見ず知らずの毒見役を間に挟みたくなかった。

この展開は予想外だったらしく、珍しくシルヴェスターが呆気に取られる。

「溶けてしまいますわよ？」

「あ、ああ」

直接口に届けられるとも思っていなかったようで、放心した様子でチョコを咥《くわ》えるシルヴェスターに、クラウディアは間違いを悟った。

（そうよね、普通はお皿に取って、毒見分をナイフで切り取るわよね？）

侍女長のマーサがここにいたら、なんとはしたないと嘆かれたことだろう。

つい娼婦時代のノリで横着《おうちゃく》してしまった。

（お客には食べさせてあげるのが当たり前だったから……後生大事にとっておいてくれる人もいたけど）

体温で溶けてしまった分を舐めるのもまずいだろうとハンカチを出したところで、中途半端に上げていた手首をシルヴェスターに掴まれる。

「え」

驚きを発するのと同時に、ぬるりとした生温かい感触が指先に絡んだ。

ちゅっと音が鳴った先には、シルヴェスターの薄い唇がある。

「し、シル⁉」

「おいしいチョコを残すのはもったいないだろう？」
舌を覗かせ、イタズラに笑う姿に目眩を覚える。
熱く糸引く飴のような瞳が甘い光を湛え、長い銀色の睫毛をも黄金に濡らしていた。
下唇の上で踊る、艶めかしい赤を見下ろす形で直視してしまい、頭が沸騰する。
用意したチョコレート以上に、濃厚な色香があった。
娼婦時代の自分が白旗を振る。
（負けたわ……）
何が、と言葉にはできないけれど。
手首を掴まれたまま、シルヴェスターが身を起こすのを見届ける。
「ディア」
ぞくりと腰に響く声で呼ばれると、視界が暗くなった。
――このあと、どんな会話をしたのか記憶にない。
ただ屋敷に帰っても、しきりにヘレンから心配された。
（あれは反則でしょう）
チョコレートを舐め取った舌が、脳裏に焼き付いて離れない。
反芻《はんすう》するたびに、クラウディアは悶絶《もんぜつ》した。

悪役令嬢から侍女への贈り物

女性が男性に手作りのお菓子を贈るイベント「コンフェティィ」に向けて、クラウディアはヘレンを伴い、厨房にいた。

常に火種があるといっても過言ではない厨房は暖かく、冬の気配が近付いても繁忙時には汗が滴《したた》る。

結露した窓の水滴を横目に見ながら、緊張した面持ちの料理長とクラウディアは挨拶を交わした。

「本日はよろしくお願いするわね」

「何なりとお申し付けください」

料理長が頭を下げると、待機している料理人たち全員がそれに倣う。

張り詰めた空気に、彼らが無礼を働かないよう神経を尖らせているのがわかった。

（こればかりは仕方ないかしら?）

公爵令嬢であるクラウディアが、料理人と接する機会はまずない。

料理長ですら、間に執事を介することが多かった。

今回の段取りもヘレンに任せている。

「連絡していた通り、チョコレートの調理はお任せするわ。ただ手順に興味があるから、説明だけお願いできるかしら?」

手間がかかること以外、調理に関する情報を持ち合わせていなかった。

（以前は交換用のチョコも、お母様が全て用意してくださっていたものね）

よくよく考えてみれば、厨房に入るのもはじめてだった。料理人たちが緊張するのも頷ける。

この中で、双方に関わりがあるのはヘレンだけだ。

質問内容も前もって伝えてあったおかげか、料理長の説明はとてもわかりやすかった。

「わざわざ工程ごとに、食材を用意してくださったのね」

「ご覧になったほうがわかりやすいかと思いましたので」

「ええ、とてもわかりやすいわ。ありがとう」

豆の選別から、炒《いっ》て皮を剥く工程、すり潰す工程など、カカオ豆が姿を変えていく様が、順を追ってボールに小分けされていた。おかげで過程を一目で把握できる。

用意されたボールの数、そしてボール一つにかかる作業時間を聞いて、手間の内訳を理解する。

(一見すると単純な作業の連続なのに、気が遠くなりそうだわ)

単純に見えて温度管理などは職人技が必要で、とても素人の手に負える代物じゃない。

既にメインのチョコレートは型入れを待つだけだった。

かかった労力を想像し、改めて料理人たちに感謝を伝える。

「ここまで大変だったでしょう? わたくしに付き合ってくださって嬉しいわ」

「身に余る光栄です。何より公爵家で働けることが我々の名誉ですから、お気になさらないでください。ご指示通り、甘めと甘さ控えめをご用意しております。味見されますか?」

チョコレートは大きく分けて二種類、ダークチョコレートとミルクチョコレートがあった。

ミルクチョコレートについては甘めと甘さ控えめがあり、個人の好みに合わせられるようにしてある。

「お願いするわ」

料理長からスプーンを受け取り、溶けたチョコレートを舌の上に流す。

普段とは違う、とろりとした食感に頬が火照った。

ホットチョコレートよりももっと濃厚な香りが鼻から抜け、口いっぱいに幸せが広がる。

クラウディアが厨房に入ったときから甘い香りに満たされてはいたが、密度が段違いだった。

雑味がないのは流石だ。高価なチョコレートでも、程度の低いものは存在するのだから。

「おいしい。舌触りも完璧だわ。なんて素晴らしい腕前なの！」

クラウディアの心からの賞賛に、料理長は一瞬呆けたあと、感極まった様子で頭を下げた。

発せられた涙声に、大袈裟ね、と笑う。

しかし視線を巡らせれば、周囲の料理人たちも涙ぐんでいた。

「みなさん、クラウディア様に認められて嬉しいんですよ」

ヘレンの言葉に少し考える。

思い返せば、評価を直接伝えたことがなかった。

「うっかりしていたわ。いつも料理をおいしいと思っているのに、あなたたちに声を届けられていなかったわね」

おいしいことが当たり前になって、それがどれだけ有り難いことなのかに鈍感になっていた。

「いつもありがとう。あなたたちの料理は、我が家の自慢よ」

チョコレートから話が逸れてしまったものの、こうして料理人全員の顔を見ながら感謝を伝えられたのは僥倖《ぎょうこう》だ。

料理人たちが平静を取り戻す頃には、厨房は和やかな空気で満たされていた。

（あら、あれは……？）

廊下側の壁端から見知った黒髪が見えた気がして目をこらす。

「クラウディア様？」

「しー」

ヘレンに人差し指を立て、そっと気付かれないよう壁へ近付いた。

相手の気配がなくなっていないのを確認し、クラウディアは廊下に向かって勢いよく顔を出す。

「お兄様、覗きは良い趣味ではなくてよ」

「いや、これは、違うんだ……っ」

バレると思っていなかったのか、ヴァージルの声が裏返る。

「何が違うと言うのです？」

堂々と顔を出すのではなく、隠れて様子を窺っている時点で現行犯だ。

クラウディアからジト目を向けられたヴァージルは、目に見えて焦った。

「甘い香りに誘われたんだ」

「……そういうことにしておきましょうか」

広い公爵家において、そもそも厨房付近にいないと漂う香りには気付けない。

ヴァージルの移動経路に厨房は含まれないはずなので、語るに落ちていた。

（わたくしが今日、チョコレート作りをするって小耳に挟んだのね）

「お兄様の分もあるか、心配だったのですか？」

「い、いや、そういうわけじゃ……ただ本命はシルだろう？」

「否定はいたしません」

事実、本命である。

だからといって、内容に大きな差をつける予定はなかった。

「まだ調理中ですから、お引き取りを……ああ、そうだわ！」

突然ぱちりと両手を合わせたクラウディアに、ヴァージルは首を傾げる。

「お兄様からも料理人たちにお言葉をいただけます？　顔を合わせる機会なんて、ないに等しいでしょう？」

特に母親の教えが残っているヴァージルは、使用人と距離を置きがちだ。

たまには良いだろうと提案すれば、覗きに来た後ろめたさもあったのか、ヴァージルはすぐに了承した。

公爵令嬢のみならず、次期公爵からも日頃の感謝を告げられて厨房が沸く。

喜ぶ料理人たちに、ヴァージルも満更ではなさそうだ。

ただ水を差すようで悪いが、これだけは伝えておく。

「お兄様はフライングされたので、お渡しするのは最後にしますね」

「えっ」

今回は咎めるほどでなくとも、「覗き」という行為自体がダメだという、クラウディアなりの意思表示だった。

肩を落として自室へ帰るヴァージルの背中を、ヘレンと見送る。

「気を取り直して、チョコの型入れをしましょうか」

料理長に頼んで、ヘレンにも同じ道具を用意してもらった。

「あの、クラウディア様？」

「みんなに見守られながら一人で作業するのは気が引けるの。だからヘレンも一緒にやってちょうだい」

出来上がったチョコは自分のものにしていいから、と続けると、ヘレンが目を丸くする。

「よろしいのですか？」

「構わないわ。誰かに贈ってもいいし……あ、男性に贈る場合は相手を教えてね？」

クラウディアの言葉に、男性料理人たちがにわかに気色ばむ。

その反応がヘレンの人気を物語っていた。

（公爵家で働くぐらいだから、変な人はいないでしょうけど）

贈る相手がいるなら身辺調査は必須だ。

目を光らせるクラウディアに、ヘレンは苦笑しながら首を横に振った。

「男性のあては父しかいません。でも公爵家のチョコなんて……伯爵家時代ですら手に入りませんでしたよ？」

侍女でしかない自分が許されるのだろうかと、ヘレンは恐縮しっぱなしだ。

「いいのよ、元々残ったら屋敷で配る予定だったから」

むしろ使用人たちに配る分も含めて、材料は仕入れてもらっていた。

そこまで言えばヘレンも遠慮が薄らいだようで笑顔を見せる。

「クラウディア様とチョコ作りができるなんて嬉しいです」

「わたくしもよ。誰かと一緒に作るなんて、これがはじめてだもの」

型にチョコレートを流し込むだけだとしても。

二人でやれば何だって楽しい。

実の姉妹のように仲睦まじく厨房に立つ二人の姿は、このあと料理人たちの間で語り草となった。

固まったチョコを選別し、出来映えのいいものを手の平サイズの箱に詰めれば、あとはラッピングを残すのみだ。

これもヘレンと一緒にやろうと、クラウディアは各種リボンを取り揃えていた。

「クラウディア様、わたしは両親の分だけいただければ十分です」

親に渡すだけだからラッピングの必要はないと、ここでもヘレンは遠慮を見せる。

けれど、それはクラウディアが許さなかった。

「もうっ、ヘレンったら鈍感ね。わたくしが二人でしたいのよ」

主人の意を汲んでちょうだい！　と肩を怒らせれば、ヘレンは瞳を潤ませる。

気を使っているように思われたらしい。

「厨房のときもそうだけど、一人で作業するのって寂しいの。周りに人がいてもね」

何せクラウディアには娼婦時代の記憶がある。

店で買ったままのチョコレートを客に渡す娼婦がいる中、クラウディアとヘレンはせっせと自分たちでラッピングし直していた。

どんなに面倒なことでも、仲間がいれば笑って乗り越えられる。

実体験として知っているからこそ、クラウディアは引かなかった。

「だからこれは、わたくしがそうしたいだけの話。わかった?」

「はい、至らなくて申し訳ありません」

「よろしくてよ」

あえて偉そうに顎を上げ、二人で笑い合う。

ラッピング用のリボンをテーブルに並べると、結ぶ形を検討していった。

「シルにはウェーブボウがいいかしら?」

「そうですね。カーリングリボンは華やかですが、可愛らしさが勝ってしまいますから」

手元で形を作っては、人物像と齟齬《そご》がないか確認する。

(やっぱり話し合いながらやるのが一番よね)

ただヘレンに贈る分だけは、本人にバレないよう誤魔化す必要があった。

「ルイーゼ嬢以外にも贈られるんですね」

「ええ、いくつかお茶会には招待されているから」

この時期のお茶会では、主催にチョコレートを贈るのが慣例となりつつある。

主催は主催で、お茶会に出すスイーツにチョコレートを加えた。

「何かあったときのために予備も作っておくわ。ヘレンも用意しておいたほうがいいわよ」

「わたしもですか？」

両親以外に贈るあてのないヘレンは首を傾げる。

「そんな予感がするの」

クラウディアの予感は、コンフェティが盛り上がるにつれて証明された。


夜の鍛錬後、ヘレンにお茶を淹れてもらう一方で、クラウディアは贈答品に手を伸ばす。

クラウディアに届けられたチョコレートの中から、ヘレンあてのものを選り分けるためだ。

「はい、これはヘレンあてね」

送り主は、ヘレンのかつての友人たちだった。

一時、ヘレンの行方がわからなくなり交流が途絶えていたものの、コンフェティを機に再開されたのだ。

問題は、貴族が平民に施し以外ではものを贈らないことだった。

そのため貴族令嬢であるヘレンの友人たちは、クラウディアを隠れ蓑にした。というより、お茶会やパーティーでヘレンの近況を訊かれたのをきっかけに、クラウディアのほうから提案した。

クラウディアには、日々誼を通じるための贈答品が届く。そこへあまり交流のない名前があっても不思議ではなかった。

「ありがとうございます。いつもすみません」

「お役に立てて嬉しいわ。予備のチョコを用意しておいて正解だったでしょう？」

平民であるヘレンから貴族令嬢へお返しのチョコレートを送るのは難しいが、間にクラウディアが入れば誰も問題視しない。

「でもクラウディア様のお手を煩わせるのは……」

「何言ってるの、実際に動くのはあなたじゃない」

流石にクラウディアの名前で送ると、相手の令嬢との関係について憶測を呼ぶ。

受け取る分には目立たないが、送る立場だと公爵令嬢という地位は配慮が必要だった。

そのためお返しは、クラウディアからという体で、ヘレンから令嬢の侍女へ手渡しされていた。

主人同様、侍女同士もお茶会やパーティーの待機室で顔見知りになることが多い。第三者を介さずに済むので、侍女が郵便受け代わりになることは珍しくなかった。

この場合、内々であることが暗黙の了解なので、侍女も送り主を他言しない。

「お名前をお借りすることに変わりはありませんから」

「律儀ね」

クラウディアにとっては些細なことだった。

娼婦時代、クラウディアが娼館で生きていけたのは、ヘレンのおかげだと言える。

受けた恩を思えば、まだまだ報恩し足りないぐらいだ。

（けれど、これ以上はエゴになるかしら）

ヘレンにしてみれば、身に覚えのない恩を返されている形になる。

一方的な施しに感じ、重荷になっても不思議ではなかった。

（別に恩返しだけでもないのだけど）

純粋に幸せになって欲しいのが一番だった。

上手い言葉が見つからないまま、着席するヘレンの髪に手を伸ばす。

侍女には専用の帽子があった。清掃後、自分の髪が落ちないようにするためだ。

普段はヘレンも髪を上でまとめて帽子を被っているが、運動するにあたって今は脱いでいた。

髪留めを外すと、ヘレンの長い髪がぱさりと落ちる。

「クラウディア様？」

「勤務時間は終わったのだから、いいでしょう？」

ヘレンの髪が肩を撫でて広がるのと同時に、香るものがあった。

不思議と記憶にある香りと重なる。

（娼婦のときと違って、香水をつけていないのに……体臭が同じだからかしら）

全身から力が抜ける安心感を、どう伝えればいいのかわからない。

自分とは違うクセのない髪を手で梳く。

侍女では手入れに限界があるのか、毛先が傷んでいた。その現実に胸がちくりと痛む。

変わってしまった二人の関係性。

本当は、もっと気さくに接して欲しかった。

（望み過ぎよね……）

きっと口にすればヘレンは従ってくれる。でもそれでは嫌なのだ。

自然に距離を縮めたい。

思いは募る一方だが、元気でいてくれるだけで十分だと、わがままな心に蓋をする。

主従関係となった今でもヘレンは優しく、クラウディアにとってお姉様であることに変わりはない。

「ずっと、どう言えば良いのか悩んでいるのだけど」

「はい」

時折くすぐったそうにしながらも、ヘレンはクラウディアのしたいようにさせてくれていた。

ただクラウディアが髪を梳く手を止めて立ち上がると、さすがに慌てる。

「いいの、取りたいものがあるだけだから、ヘレンは座っていて」

「ですが、それならわたしがお取りします」

なおも立とうとするヘレンを手の動きで制する。

クラウディアが取りたかったのは、カーリングリボンでラッピングされたチョコレートだった。

シルヴェスターに渡すには可愛らし過ぎるが、ヘレンにはちょうどいい。

甘味が好きなヘレンのために、全て甘めのミルクチョコレートで揃えてある。

味が同じである分、見た目で楽しめるように、箱に収められた一口大のチョコレートは六個とも形を変えてあった。変わり種ではバラや葉を象ったものなど。ハート型に至っては赤色に着色したカカオバターで表面をコーティングしてある。

ヘレンの前にチョコレートを置き、クラウディア自身は後ろへ回る。

そして椅子の背もたれごとヘレンを抱き締めた。

軽い抱擁だったけれど、驚きでヘレンの体が弾む。

「クラウディア様⁉」

「大好きよ、ヘレン」

他に気持ちを表す言葉が浮かばなかった。

いつだって彼女に勇気付けられ、励まされてきたのに。

「大好きなの……」

女性特有の柔らかい温もりは、母親ではなくヘレンから教わった。

溢れる思いに、目頭が熱くなる。涙で視界が歪んだ。

「ふふ、これじゃあわたくし、重い女よね？」

「いいえっ、いいえ……！」

腕を解かれ、振り返ったヘレンと目が合う。

まるで鏡を見ているような表情に虚を突かれた。

ぎゅっとヘレンの手が背中に回され、抱き締め返される。

「わたしも！　わたしもクラウディア様が大好きです！」

全力で気持ちを肯定され、堪えられなくなった雫が頬を伝う。

嬉しさと、ディーとは呼んでもらえない切なさがごちゃ混ぜになっていた。

「お慕いしています。と言ったら、変に聞こえますが。それぐらい、わたしもクラウディア様が大好きです！　だからとても嬉しい！」

何か答えないと、と思うものの、唇は震えるばかりで。

胸ばかりが熱く滾《たぎ》っていく。

(呼び方が何よ。そんなの、これからどうとでもなるじゃない)

今は無理でも。

クラウディアとヘレンには明日がある。

地道に距離を縮めていけば、いつかは愛称でだって呼んでもらえるだろう。

「わたくしたち、両想いね？」

「はい、両想いです」

二人で額をくっつけて笑う。

胸元では互いの髪が合わさっていた。

これがどれだけ尊く、貴重な時間であるか、クラウディアは噛みしめる。

「クラウディア様、わたしからもよろしいでしょうか？」

「何かしら？」

人心地ついたあと、今度はヘレンが立ち上がった。替わりにクラウディアが座らされる。

目の前に置かれたのは、黒と青のリボンでラッピングされたチョコレート。

リボンの形は、クラウディアがヘレンに贈ったものと同じだった。

加えて、布で作られた小さなクマのぬいぐるみが添えられている。

「同じものになってしまいますが、チョコレートは市販のものより手作りのほうがいいと思いまして。けどクラウディア様に用意していただいたものなので、わたしなりにぬいぐるみを付けさせていただきました」

「ぬいぐるみはヘレンが縫ったの？」

「はい。クラウディア様の刺繍には及びませんし、下手で恐縮ですが」

「嬉しい！」

思いがけないお返しに、跳びはねて喜ぶ。

「とても嬉しいわ！　どこに飾ろうかしら」

手乗りサイズのクマは、触り心地も良かった。

ずっと持っていたいくらいだけれど傷ませないか心配だ。

「枕元がいいかしら？　そうね、寝る前に眺めて、起きてからも眺められるもの」

真剣に検討するクラウディアの横で、ヘレンが頬を染めながら体を小さくする。

「気に入っていただけて本望ですが、その、素人の作品なので、あまり眺められたらアラが目立ってしまいます」

「素晴らしい出来よ？　仮にアラがあったとしても、それはそれで愛らしいわ」

ヘレンが手ずから縫ってくれたのだと実感できる。

むしろ完成されていないほうが、クラウディアは和んだ。

満面の笑みを見せるクラウディアに、ヘレンは言い返す術を持たない。

「クラウディア様に喜んでいただけるなら、これ以上のことはありません」

「ふふっ、枕元ならベッドメイキングにきた侍女の目にもとまるわね」

「クラウディア様？」

「ヘレンがぬいぐるみを縫っていたことは、他の侍女も知っているのでしょう？」

「知っていますが……」

クラウディアの意図がわからず、ヘレンが首を傾げる。

「わたくしがここに飾っておけば、相思相愛っぷりを見せ付けられると思わない？」

「クラウディア様!?」

二人の間に割り込む余地はないのだと、マウントを取れる。

とても良い考えに思えて、クラウディアはクマの居場所を枕元に決めた。

「ヘレンにはわたくしがいることを周知しないと」

料理人たちの様子を見るに、ヘレンの人気は高そうだった。

侍女たちから使用人の男性諸君にまで話が広まるのは想像に容易い。

これで少しは牽制できるだろう。

「やすやすとヘレンに手出しはさせないわよ」

腰に手を置いて宣言するクラウディアの横で、ただただヘレンは顔を赤らめるばかりだった。

あとがき

はじめましての方は、はじめまして。楢山幕府《ならやまばくふ》と申します。

このたびは当作品を手に取っていただき、ありがとうございます。

普段はBがLする世界にいるのもあり、女主人公の小説は、なんとこれが処女作です。

過去、同人で乙女ゲームを制作したり、友人の作品ではイラストレーターとして参加したりもしているのですが、女主人公ものの小説はずっと読み専でした。

去年の今頃は、自分が書くなんて思ってもいなかったほどです。

しかし創作意欲という心の目がカッと開眼する瞬間があり、執筆した結果、書籍にしていただける機会に恵まれ、人生何があるかわからないものだなと実感しております。私の作品で大丈夫なのかと、内心ビクビクもしています。

当作品には、長年読み専として溜めてきた私の「好き」を詰め込んでいます。それが合わない人もおられるかと思いますが、少しでも「好き」を共有できたら嬉しいです。

悪役令嬢もの、いいですよね。大好きです。

ひとえに悪役令嬢ものといっても、今は色んな作品があって幸せです。読みはじめると、つい時間を忘れてしまうので注意が必要ですが。みなさんも無理のない範囲で楽しみましょうね。

ええ、私も一読者として他人事ではありません。

そんな私の中の悪役令嬢をイラストで具現化してくださったえびすしさんは神様です。表紙を見れば、みなさんにも納得していただけるでしょう。

キャラデザの時点から萌えの供給過多でパッションを抑えられず、担当さんに逆輸入ファンアートを送ったりもしました。絵を描くのも大好きなもので。

主人公のクラウディアはもちろんのこと、男性陣も麗しいと思いませんか？　尊い。表紙では各キャラの視線に心を奪われました。

イラストについて語るとキリがないので、これ以上は自重しておきますね。自重していない感想はツイッターにて「#完璧悪女」で検索していただければご覧になれます。

このタグは担当さんが考えてくださいました。天才か。

長いタイトルを覚えられない方は、ぜひこちらをご活用ください。タグを付けて感想を呟いていただければ励みになります。

一緒に作品を楽しんでいただければ、これに勝る喜びはありません。

最後に、ずっと応援してくださっている読者さんや家族、作品を形あるものにしてくださった出版社の方々に心からの感謝を。いつもありがとうございます。

そして、これからもよろしくお願いいたします。

みなさんにも、またお会いできることを祈って。

楢山幕府　拝

ご感想はぜひこちらから！　Ｔｗｅｅｔお待ちしています

「完璧悪女」
キャラクター設定集

キャラクター設定集

クラウディア・リンジー

Sex ....Female
Age 16
Hight 161cm
Bust Size ....D
Image Color...Wine-red

Claudia
Lindsay

シルヴェスター・ハーランド

Sex ....Male
Age 16
Hight 180cm
Image Color...Silver

Sylvester Harland

原作小説⑤巻2023年発売！
シルヴェスターが痺れを切らし——ついに婚約へ!?
私情でしたの？
もうこれ以上、邪魔はさせぬ
NOVEL
著 楢山幕府
イラスト えびすし
して完璧な悪女を目指す

コミックス①〜②巻発売中！
「女は秘密があってこそですわ」
逆行前の記憶を頼りに
異母妹の罠をかいくぐる！
COMIC
漫画 北国良人
原作 楢山幕府
キャラクター原案 えびすし
断罪された悪役令嬢は、

断罪された悪役令嬢は、逆行して完璧な悪女を目指す

2021年10月1日　第1刷発行
2023年　2月6日　第4刷発行

著　者　楢山幕府

発行者　本田武市

発行所　TOブックス
〒150-0002
東京都渋谷区渋谷三丁目1番1号　PMO渋谷Ⅱ　11階
TEL 0120-933-772（営業フリーダイヤル）
FAX 050-3156-0508

印刷・製本　中央精版印刷株式会社

ISBN978-4-86699-332-4